DIANA

Das Buch

Kairo 1912: Der Bau der umstrittenen Eisenbahn in die moderne Vorstadt Heliopolis wird vom Tod eines Mannes überschattet, dessen Leiche man auf den Schienen findet. Noch bevor der Mamur Zapt, der Chef der britischen Geheimpolizei Captain Gareth Owen, klären kann, wer für den Fall eigentlich zuständig ist, gibt es bereits erbitterte Diskussionen zwischen Arbeitern und Familienangehörigen. Angesichts der sengenden Hitze in Ägypten muss der Tote schnell begraben werden. Doch eine Gruppe von Schienenarbeitern weigert sich hartnäckig, den Toten freizugeben; sie vermuten, dass es Mord war und verlangen eine polizeiliche Untersuchung. Unversehens gerät der Mamur Zapt in einen spannenden Fall von unlauteren Machenschaften, an dessen Ende nichts mehr so ist, wie es auf den ersten Blick aussah…

»Weltgewandt, intelligent und niemals herablassend schreibt Pearce über ein Ägypten, dessen Schwächen zu sehen und zu vergeben er, einem Liebhaber gleich, bereit ist.«
Val McDermid

Der Autor

Michael Pearce wuchs im damals von England und Ägypten besetzten Sudan auf und hat die politischen Spannungen, auf denen seine Mamur-Zapt-Romane beruhen, hautnah miterlebt. Er kehrte später im Rahmen seiner akademischen Laufbahn als Lehrer dorthin zurück. Der Autor lebt heute in London.

Im Schatten des Feigenbaums (62/0244) ist nach *Verschwörung am Nil* (62/0109), *Die Schätze des Pharao* (62/0127) und *Die Braut des Nils* (62/0159) der vierte auf Deutsch vorliegende Band einer Serie um die Figur des Mamur Zapt.

Michael Pearce

Im Schatten des Feigenbaums

Roman

Aus dem Englischen von
Peter Pfaffinger

DIANA VERLAG
München Zürich

Diana Taschenbuch Nr. 62/0244

Die Originalausgabe
»The Fig Tree Murder«
erschien 1997 bei HarperCollins*Publishers*, England

Redaktion: Angela Küpper

Deutsche Erstausgabe 11/2001

Der Diana Verlag ist ein Unternehmen der
Heyne Verlagsgruppe, München
Printed in Germany 2001

Umschlaggestaltung: Hauptmann und Kampa
Werbeagentur, CH-Zug
Satz: Schaber Satz- und Datentechnik, Wels
Druck und Bindung: Elsnerdruck, Berlin
Gedruckt auf chlor- und säurefreiem Papier

ISBN: 3-453-19602-3

http://www.heyne.de

1

»Er wird der Baum der Jungfrau genannt«, erklärte McPhee.

»Der Jungfrau?«, fragte Owen.

»Nach der Heiligen Mutter«, belehrte ihn McPhee streng.

»Oh.«

»Eigentlich ist es eine Sykomore. Natürlich keine Sykomore, wie wir sie kennen. Unsere ist ja eine Art Ahorn. Die ägyptische gehört zur Gattung der Feigenbäume.«

»Großartig!« Owen sah auf die Uhr. »Nun, wenn Sie mich entschuldigen …«

»Sie werden ihn sich anschauen?«

»Das werde ich ganz gewiss.«

Owen würde es ganz gewiss nicht tun. Schließlich wollte er nach Heliopolis fahren und der Weg dorthin war beschwerlich genug. Die neue ›Stadt‹ lag fünf Meilen nördlich von Kairo und außerhalb des Straßenbahnnetzes. Eine Straße von der britischen Kaserne in Abbasiya aus befand sich erst noch im Bau. Und selbst wenn sie bereits befahrbar gewesen wäre, hätte es dennoch Probleme gegeben. Eine Arabeah, die überall anzutreffende Pferdedroschke der Stadt? Fünf Meilen? In dieser Hitze? Der Effendi beliebte zu scherzen! Damit blieb nur noch das in Kairo gebräuchliche Verkehrsmittel übrig, der Esel. Davon war Owen jedoch alles andere als begeistert.

Auf Owens Bitte um Rat hatte McPhee die neue elektrische Eisenbahn vorgeschlagen.

»Die ist noch nicht fertig.«

»Sie fährt bis nach Matariya. Von dort wäre es nicht weit zu laufen. Fragen Sie doch, ob man Ihnen eine Draisine bis zum Ende der Strecke leiht.«

»Eine Draisine?«, fragte der Mann am Pont de Limoun. »Selbstverständlich, Effendi! Sofort!«

Nun, nicht ganz sofort. Falten gruben sich in die Stirn des Mannes. »Das heißt, morgen. *Bokra*. Ja, morgen, ganz gewiss.«

»Warum nicht heute Nachmittag?«

»Unmöglich, Effendi. Am Ende der Strecke sind Schwierigkeiten aufgetreten. Irgendetwas mit einem Strauß, glaube ich.«

Owen zuckte die Schultern und wandte sich zum Gehen.

Einen Augenblick später rannte ihm der Mann hinterher. »Effendi ... Effendi! Ich bitte tausendmal um Entschuldigung! Ich wusste nicht, dass Sie der Mamur Zapt sind!«

Ein anderer Mann, ein höher gestellter, kam herbeigeeilt. »Eine Draisine, Effendi? Zum Ende der Strecke? Sofort!«

»Ich dachte, es gäbe Schwierigkeiten?«

»Die gibt es, Effendi, die gibt es. Und wir wären Ihnen äußerst dankbar, wenn Sie helfen könnten.«

»Ich weiß nicht, ob ich bei Straußen viel ausrichten kann«, erwiderte Owen unsicher.

Der Mann sah ihn befremdet an. »Strauße?«

»Hieß es denn nicht eben, es hätte mit einem Strauß zu tun?«

»Nicht, soviel ich weiß. Dort oben gibt es Streitigkeiten zwischen den Arbeitern und den Dorfbewohnern. Ein Mann ist getötet worden.«

Der Mann lag unmittelbar am Ende der bislang fertiggestellten Strecke zusammengekrümmt über den Gleisen. Um ihn herum hatte sich eine Menschentraube gebildet, zu gleichen Teilen Dorfbewohner und Arbeiter, und zwar, wie Owen beruhigt feststellte, ohne einander an die Gurgel zu gehen. Unter ihnen befand sich ein Ausländer mit Helm. Bei Owens Eintreffen sah er erleichtert auf.

»Monsieur le Mamur Zapt?«

»Oui.«

Owen blickte auf den Toten hinab. »Wie ist er hierher gekommen?«

»Ich weiß es nicht. Wir haben ihn heute Morgen hier gefunden.«

»Heute Morgen?«

Es war bereits Mittag.

»Ich weiß! Ich habe versucht, ihn aus dem Weg räumen zu lassen, aber ...«

»Er wird nicht aus dem Weg geräumt!«, bestimmte einer der Arbeiter.

»Nur ein bisschen zur Seite. So dass wir weitermachen können mit der ...«

»Er wird nicht aus dem Weg geräumt!«

»Das geht so jetzt schon den ganzen Vormittag.«

»Es ist nicht meine Schuld«, sagte der Arbeiter.

Einer der Dorfbewohner zupfte Owen am Ärmel. »Effendi, die Hitze ...«

Owen wusste, was er meinte. In Ägypten verwesten Leichen sehr schnell. Gewöhnlich wurden sie gleich am nächsten Tag beerdigt. Man würde den Toten herrichten und letzte Vorkehrungen treffen müssen.

Ein Mann drängte sich durch die Menge. Er trug den weißen Turban der geistlichen Scheichs. Er trat an den

Toten heran und senkte den Blick. »Hebt ihn auf!«, befahl er.

»Er bleibt, wo er ist!«, beharrte der Führer der Arbeiter.

Der Scheich blickte ihm fest in die Augen. »Gott muss das Seine gegeben werden!«, beschied er schroff.

Der Arbeiter scharrte unbehaglich mit den Füßen, gab jedoch nicht nach. »Den Menschen auch«, entgegnete er.

»Hören Sie«, schaltete sich der Ausländer mit dem Helm ein, »warum überlassen Sie ihm die Leiche nicht? Die näheren Umstände kann man auch später ermitteln.«

»Das Gesetz schreibt es so vor«, sagte der Arbeiter.

»Er hat Recht«, erklärte Owen. »Wenn es einen Todesfall unter verdächtigen Umständen gibt, ist das *Parquet* zu benachrichtigen und niemand darf die Leiche berühren.«

»Ja, sicher, aber sind die Umstände überhaupt verdächtig? Könnte es nicht einfach ein Unfall gewesen sein?«

»Unfall …«, schnaubte der Führer der Arbeiter. »Das war kein Unfall!«

»Er hätte stürzen können, oder etwa nicht? Ist vielleicht über ein Gleis gestolpert und …«

»Hat sich das Genick gebrochen?«, höhnte der Arbeiter.

»Na ja, möglich wäre das schon«, verteidigte sich der Mann mit dem Helm. Er sah Owen flehentlich an. »Nicht wahr?«

»Hat man schon nach dem *Parquet* geschickt?«

»Ja, gleich als Erstes, nachdem wir hier eingetroffen sind und ihn gefunden haben. Ich habe keine Ahnung, wo sie stecken! Lassen sich wohl Zeit. Wie alle anderen hier in Ägypten!«

Am Rande der Menge stimmte eine Frau ein Klageheulen an. Vom Feld gegenüber kamen die Antwortschreie.

»Effendi!«, rief der Dorfbewohner besorgt. »Die Frauen ...«

»Hebt ihn auf!«, befahl der Scheich.

»Lasst ihn liegen!«, donnerte der Arbeiterführer.

Die Menge begann zu murren.

»Was schert uns das Gesetz?«, rief jemand.

»Jetzt wird es Ibrahim auch nicht mehr helfen, oder?«, pflichtete ein anderer bei, ein Dorfbewohner.

Die Arbeiter sahen ihren Führer beunruhigt an.

»Er bleibt, wo er ist!«, knurrte dieser.

»Sie haben doch den Mamur Zapt hier.« Der Mann mit dem Helm gab nicht auf. »Wozu brauchen Sie dann noch das *Parquet*? Ist er denn nicht gut genug?«

Der Sprecher der Arbeiter musterte Owen von oben bis unten. »Nein.«

Streng genommen traf das auch zu. Der Mamur Zapt war nicht das *Parquet*. Trotzdem fühlte Owen sich gereizt.

»Er ist ein Unruhestifter«, zischte der Mann mit dem Helm ihm zu. »Um nichts anderes dreht sich das Ganze, verstehen Sie.«

Die Menge begann sich zu regen. Arbeiter und Dorfbewohner formierten sich in zwei Gruppen.

Das Heulen von der anderen Seite der Felder kam näher.

»Hebt ihn auf!«, ordnete der Scheich an.

Die Dorfbewohner drängten nach vorne. Die Arbeiter bildeten einen Schutzwall zwischen ihnen und dem Toten. Wie Owen plötzlich bemerkte, waren beide Seiten mit Spaten bewaffnet.

»Wartet!«, rief er. »Es gibt für alles eine weise Lösung.«

»Das Gesetz Gottes«, verkündete der Scheich drohend, »dient nicht dem Gesetz des Menschen.«

»Brechen Sie das Gesetz«, erwiderte Owen kalt, »und Sie werden es zu spüren bekommen.«

»Wenn es eine weise Lösung gibt«, sagte der Sprecher der Dorfbewohner hastig, »können wir sie zumindest anhören.«

Owen nahm an, dass er der *Omda* war, der Dorfvorsteher, und wohl am ehesten eine Ahnung vom Gesetz hatte.

Der Führer der Arbeiter zuckte die Schultern. »Warum nicht?«

Nun zögerte auch der Scheich.

»Niemand hier will das Gesetz Gottes verletzen«, sagte Owen. »Und auch nicht das Gesetz der Menschen. Denn kein Mensch will Unrecht erleiden. Und es ist möglich, dass hier Unrecht getan worden ist. Ich stimme mit meinem Freund darin überein« – er deutete auf den Führer der Arbeiter –, »dass hier vieles einer Erklärung bedarf. Andererseits«, fügte er hastig hinzu, als der Scheich zum Reden ansetzte, »müssen auch die Erfordernisse des Anstands berücksichtigt werden.«

»Richtig«, bemerkte der Scheich.

»Die Frauen haben ihre Pflichten.«

»Allerdings!«, rief der *Omda*, der nun zu wissen glaubte, wie es weitergehen würde.

»Dann wiederum«, fuhr Owen fort, »haben auch die Männer ihre Aufgaben.«

»Ach ja?«

»Ja. Die Männer aus seiner Familie und diejenigen, die zusammen mit ihm gearbeitet haben, werden die Gewissheit haben wollen, dass dem Recht entsprochen worden ist.«

»Genau!«, bestätigte der Sprecher der Arbeiter.

»Aber …«, begann der Scheich.

»Und die im Dorf genauso«, fuhr Owen eilig an die Menge gewandt fort, ohne weiter auf den Scheich zu achten. »Lasst uns mit Umsicht vorgehen, denn hier liegen dunkle und ernste Tatsachen vor.«

»Ja. Nein. Glauben Sie?« Der *Omda* war verwirrt.

»Hier spricht ein Mann mit Erfahrung«, erklärte Owen in warmem Ton. »Und es werden noch andere unter euch sein, erfahrene, weise Führer im Dorf, die genauso denken wie er!«

»Ach?«, fragte der Scheich.

Gerade noch rechtzeitig hatte Owen einen Geistesblitz. »Solche Weisheit sollte nicht leichtfertig außer Acht gelassen werden«, proklamierte er streng.

»Äh, nein, aber …«

»Wählt drei Männer aus eurer Mitte aus.« Das sollte etwas Zeit in Anspruch nehmen. »Lasst sie mit mir, dem *Omda*« – den band er am besten mit ein – »und mit dem Mann Gottes« – dann konnte er keinen Schaden anrichten – »zu Rate sitzen und gemeinsam vor euch allen eine Lösung finden.«

»Aber das wird lange …«, setzte der Scheich an.

»Effendi, der Tote …«, wandte der *Omda* besorgt ein.

»Sehr richtig! Eile ist dringend geboten. Beginnt darum am besten gleich mit der Auswahl der Männer.«

Owen trat entschlossen zur Seite. Die Leute in der Menge sahen einander unsicher an.

Und dann begannen sie mit der Auswahl.

Uff!, dachte Owen.

Über die Felder zog eine Prozession von Frauen in Schwarz, die laut heulend näher kam.

»Demnach haben Sie also«, meinte der Aide de Camp des Generalkonsuls, während sie auf der Terrasse des Sportclubs saßen und an ihren Drinks nippten, »die Angelegenheit einer Kommission übertragen?«

»Instinkt«, bestätigte Owen. »Die jahrelange Erfahrung mit der ägyptischen Bürokratie hat mich gelehrt, dass man in einer kritischen Situation so zu verfahren hat. Zum Glück ist das *Parquet* bald danach eingetroffen und ich konnte das Ganze jenen Leuten überlassen.«

»Schade«, seufzte Paul nachdenklich. »Schließlich waren Sie ja schon damit befasst.«

»Ja, aber nur durch Zufall. Und das alles geht mich wirklich überhaupt nichts an. Es gehört nicht zu der Art von Fällen, die ich bearbeitete.«

Owen hielt jäh inne. »*Schon?*«, fragte er.

»Eigentlich«, sagte Paul, »wollte ich genau darüber mit Ihnen reden.«

Salah-el-Din, der Mamur der neuen Stadt, erwartete Owen am Tor eines der wenigen Häuser, die bereits fertiggestellt waren. Das Überraschende daran war, dass das große, im indischen Kolonialstil errichtete und mit weißem Stuck verzierte Gebäude einem Polizeiinspektor zur Verfügung stand. Aber das Syndikat hatte schließlich einen einheitlichen Charakter für sämtliche Häuser verlangt.

Die neue Stadt wurde in Hinblick auf die wirklich Wohlhabenden gebaut, die nicht nur die reine Luft hier draußen genießen würden, sondern auch die Nähe zum Herrscher über Ägypten, dem Khedive, der einen Palast in Kubba hatte.

Noch stand die Stadt nicht, sodass es übereilt schien, bereits jetzt einen Mamur zu benennen, doch das für den Bau verantwortliche Syndikat hatte im Interesse der Beziehungen zwischen den Gemeinden darum nachgesucht, was wunderbar war, und angeboten, in den ersten zwei Jahren das Gehalt des Mamurs zu zahlen, was noch wunderbarer war.

Es war sogar so weit gegangen und hatte Salah-el-Din vorgeschlagen. Derlei Dinge lehnte Garvin, der Kommandant der Kairoer Polizei, gewöhnlich ab, aber Salah war ein intelligenter junger Bursche und stand ohnehin zur Beförderung an. Außerdem würden sie für diese Aufgabe so oder so einen äußerst fähigen Mann benötigen. Beim Khedive konnte man sich darauf verlassen, dass er für Schwierigkeiten sorgen würde; die wohlhabende Kundschaft des Syndikats wiederum würde mit Sicherheit glauben, sie hätte ein besonders kompetentes Polizeiwesen verdient.

Salah-el-Din, so hatte man dargelegt, sei genau der Richtige für diese Aufgabe. Er hatte – was für einen Ägypter ungewöhnlich war – seine Ausbildung im Ausland absolviert, zugegebenermaßen nicht zum Polizisten, sondern zu einer Art Anwalt (weil er sein Examen verpatzt hatte, war er zum gesellschaftlichen Abstieg bereit gewesen), und sprach gut genug Französisch, um Verbindungen zum Syndikat (das aus Belgiern bestand) zu knüpfen.

Ansonsten wusste Owen sehr wenig über ihn, außer dass er Tennis spielte. Ziemlich gut sogar, wie Owen erst vor wenigen Wochen erfahren hatte, als er bei einer vom

Generalkonsul veranstalteten Tennisparty gegen ihn angetreten war.

»Wo haben Sie denn *den* aufgegabelt?«, hatte sich Owen anschließend bei Paul beschwert.

»Der Baron hat ihn uns vorgeschlagen.«

»Baron?«

»Der Mann, dem wir heute Nachmittag Honig um den Bart schmieren wollen, Sie Dummerchen.«

Tennispartys fanden beim Konsulat selten ohne bestimmte politische Absichten statt. Der Baron war der reiche Belgier, der hinter dem Heliopolis-Syndikat steckte. Reiche Geldgeber, die Interesse an Ägypten gefunden hatten, sollten unbedingt weiter darin bestärkt werden.

Ein, zwei Wochen später war Owen gebeten worden, im Sporting Club an einer Doppelpartie teilzunehmen. Die Einladung kam von Raoul, einem Belgier, den er bei der Tennisparty kennen gelernt und der irgendwie mit dem Syndikat zu tun hatte. Die beiden anderen Spieler waren Paul und Salah-el-Din. Bei diesem Anlass hatte Salah seine Einladung an Owen ausgesprochen.

»Kommen Sie einfach rüber«, hatte er gesagt, »dann können Sie selbst sehen, wie es vorangeht. Die Tennisplätze dürften bis zur nächsten Woche fertig sein. Sie bauen einen neuen großen Sportpark. Hätten Sie Lust, sie einzuweihen?«

Ja, warum eigentlich nicht? Und gestern war Owen dorthin unterwegs gewesen, als ihn dieser so ärgerliche Zwischenfall aufgehalten hatte.

Er entschuldigte sich für sein Nichterscheinen.

»Aber das macht doch überhaupt nichts, mein Bester!«, rief Salah-el-Din und führte ihn durch den Garten zur Veranda, wo ein Krug Limonade auf sie wartete. »Das war ja wohl eine ziemlich üble Geschichte, hm?«

»Übel nicht so sehr, aber ungelegen«, brummte Raoul, der bereits am Tisch saß. »Wir haben einen ganzen Tag verloren! Andererseits ...«, korrigierte er sich selbst, »hätte es durchaus übel ausgehen können. Dass uns das erspart geblieben ist, haben wir dem Mamur Zapt zu verdanken.« Er nickte Owen höflich zu.

»Worum ging's denn überhaupt?«, fragte das vierte Mitglied der Gruppe unbekümmert. Dabei handelte es sich, wie Owen vermutete, um den Sohn eines Paschas.

»Ein Streit zwischen Arbeitern und Dorfbewohnern«, klärte ihn Salah-el-Din auf.

Der Sohn des Paschas setzte sich auf. »Dörfler? Sind sie wieder lästig geworden?«

Er ging offenbar davon aus, dass die Dorfbewohner sein Eigentum waren. Was bis vor kurzem durchaus der Fall hätte sein können.

»Nein, nein«, versicherte ihm Raoul, »unsere eigenen Leute sind lästig geworden.«

»Eigentlich«, meldete sich Owen zu Wort, »war es ein Toter auf dem Gleis.«

»Sie hätten ihn aus dem Weg räumen können, oder?«, meinte Raoul an Owen gewandt. »Wie ich es verstehe, war das die Wurzel des Problems. Wenn sie den Toten hätten wegschaffen lassen, hätte es das ganze Trara überhaupt nicht gegeben.«

»Ihnen ging es um die gesetzlichen Erfordernisse, glaube ich«, erwiderte Owen.

»Ihnen ging es darum, einen freien Tag zu kriegen!«

»Und deswegen haben sie einen Toten auf die Gleise gelegt?«, fragte der Sohn des Pascha.

»Nein, nein, ich würde nicht so weit gehen und ihnen

dergleichen unterstellen. Aber vermutlich wollten sie das Beste daraus machen, als dort einer lag.«

»Denen sind alle möglichen Gaunereien zuzutrauen«, brummte der Sohn des Paschas.

Raoul nickte. »Ganz ausschließen würde ich das nicht. In letzter Zeit haben wir einige arge Probleme mit ihnen gehabt.« Er wandte sich an Owen. »Deswegen hoffen wir auf Ihre Hilfe.«

»In Auseinandersetzungen mit Arbeitern mische ich mich nicht ein«, erklärte Owen.

»Was *tun* Sie überhaupt?«, wollte der Sohn des Paschas wissen. »Das habe ich mich schon öfter gefragt.«

»Ich kümmere mich um politische Angelegenheiten.«

»Aber das *ist* eine politische Angelegenheit!«, entgegnete Raoul. »Mehrere Agitatoren haben sich unter sie gemischt, und wir erwarten von Ihnen, dass Sie sie ausmerzen.«

»Die Arbeitgeber denken immer, es wären Agitatoren am Werk«, entgegnete Owen, »aber in Wahrheit sind es selten welche.«

»Diesmal aber doch!«, beharrte Raoul. »Wir können sie benennen!«

»Hmm …«

»Oh, ich weiß, was Sie jetzt denken. Aber wir sind in der Lage, es zu beweisen. Es hat Versammlungen mit ihnen und bekannten Nationalisten gegeben.«

»Selbst wenn das der Wahrheit entspricht«, entgegnete Owen, »stellt dergleichen noch kein Verbrechen dar. Agitation übrigens ebenso wenig.«

Die Enttäuschung war Raoul deutlich anzusehen. »Ich muss sagen, ich hatte gehofft, Sie würden einen anderen Standpunkt einnehmen. Dieses Bauvorhaben ist für uns sehr wichtig. Und auch für das Land.«

»Das ist verdammt richtig!«, fauchte der Sohn des Paschas.

»Wir haben mit Ihrem Chef gesprochen, dem Generalkonsul ...«

»Ich arbeite für den Khedive«, berichtigte ihn Owen.

»Das wissen wir doch. Wie gesagt, ich habe mit dem Generalkonsul gesprochen ...«

Das Regierungswesen in Ägypten war eine Angelegenheit von Schatten. Der offizielle Herrscher über Ägypten war der Khedive. Dieser hatte eine Regierung, die ihm gegenüber verantwortlich war. Doch seit die britische Armee vor dreißig Jahren eingegriffen hatte, um ihm bei der Niederschlagung einer Rebellion zu helfen, und dann geblieben war, stand hinter jedem Minister ein britischer Ratgeber und hinter dem Khedive der britische Generalkonsul persönlich. Ja, das Regierungswesen war eine Angelegenheit von Schatten – doch was war die Substanz und was der Schatten?

»Ja«, brummte Owen, »ich verstehe.«

»Gut, dann ...«

»Ich werde der Sache nachgehen.«

»Danke«, seufzte der Belgier erleichtert. »Um mehr wollten wir Sie gar nicht bitten.«

»Dennoch muss ich mich wiederholen: Ich habe nicht vor, mich in Auseinandersetzungen mit Arbeitern einzumischen.«

»Wir bitten Sie ja auch nicht darum, sich die Arbeiter vorzunehmen ...«

Und ob du das tust, dachte Owen.

»Es ist der Zusammenhang mit den Nationalisten, der uns Sorgen bereitet.«

»Die Nationalistische Partei ist doch sonst für die Erschließung des Landes.«

»Das schon, aber sie ist nicht dafür, dass Ausländer es erschließen.«

»Das stimmt.«

»Dabei steht fest, Captain Owen … Gareth, darf ich Sie so nennen?«

»Bitte.«

»Es steht fest, dass wir nichts gegen den Nationalismus haben – im Gegenteil! Aber seit einiger Zeit ist uns klar, dass jemand versucht, diesen Neubau zu verhindern. Und wir sind uns auch ziemlich sicher, wer das ist.«

»Sie geben da doch hoffentlich etwas Stärkeres hinein als Limonade«, beschwerte sich der Sohn des Paschas.

Salah lachte auf. »Nach unserem Spiel.« Er klatschte in die Hände. Im nächsten Augenblick kam ein junges Mädchen auf die Terrasse. »Noch etwas Limonade, meine Liebe.«

Sie neigte gehorsam den Kopf und nahm den Krug entgegen.

Der Sohn des Paschas sah ihr nach. »Wer ist das?«

»Meine Tochter.«

Owen war verblüfft. In all den Jahren, die er in Ägypten verbracht hatte, war es ihm nie gestattet gewesen, weibliche Angehörige des Gastgebers zu sehen.

»Wir versuchen, sie auf moderne Weise zu erziehen … nachdem wir in Europa gelebt haben, verstehen Sie.«

»Verdammt gute Idee!«, dröhnte der Sohn des Paschas, dessen Augen weiter auf ihr ruhten.

Nach Owens Schätzung war sie höchstens vierzehn.

Das Mädchen kehrte mit einem vollen Krug zurück.

»Schenk mir ein!«, befahl der Sohn des Paschas und hielt ihr sein Glas entgegen.

Das Mädchen ging an ihm vorbei und füllte Owens Glas nach.

»Amina ...«, begann Salah-el-Din.

»Strafen Sie sie deswegen nicht«, beschwichtigte ihn der Sohn des Paschas. »Ein wenig Eigensinn gefällt mir durchaus.«

Owen fing ihren Blick auf, als sie weiterging. Sie mochte vierzehn sein, aber unterwürfig war sie gewiss nicht. Ja, so wie sie ihn angesehen hatte, befielen ihn Zweifel bezüglich der vierzehn Jahre.

»Trotzdem gefällt mir das nicht«, beklagte sich Owen. »Ich glaube nicht, dass es in mein Aufgabengebiet fällt. Es kommt mir eher wie ein Streit mit den Arbeitern vor.«

»Das ist es wohl auch«, räumte Paul ein. »Andererseits sähe der Alte gern, dass Sie sich darum kümmern.«

»Es ist keine politische Angelegenheit.«

»Hören Sie«, sagte Paul, »wenn jemand, der so reich ist wie der Baron, den Alten um einen Gefallen bittet, dann *ist* es eine politische Angelegenheit.«

»Sie sind also nicht hingegangen?«, fragte McPhee enttäuscht.

»Äh ... nein, leider«, gestand Owen schuldbewusst.

»Wie schade. Dabei waren Sie so nahe dran. Es ist nämlich ein Ort von beträchtlicher religiöser Bedeutung, wissen Sie. Die Jungfrau und das Kind sollen während ihrer Flucht nach Ägypten unter diesem Baum geruht haben. Laut einigen Chronisten hat sich Maria sogar in seinen Zweigen vor den Soldaten des Herodes verborgen. Es gibt eine Legende, wonach eine Spinne ihr Netz vor dem Eingang zu ihrem Versteck gewoben habe, um sie zu schützen.«

»Wirklich?«

»Interessant, nicht wahr? Das Motiv taucht sowohl bei Robert Bruce und der Spinne als auch bei König Karl in der Eiche wieder auf! Wirklich erstaunlich!«

»Verblüffend! Nun ja, ich muss leider gehen. Ich höre das Telefon in meinem Büro klingeln.«

Es war ein Anruf von einem der Berater des Khedive. »Wie wir hören, zeigen Sie neuerdings Interesse am Voranschreiten des Baus der neuen elektrischen Eisenbahn?«

»Ein gewisses Interesse, ja.«

»Ein ziemlich großes Interesse, hoffen wir. Seiner Königlichen Hoheit bereitet es große Sorgen, dass es mit der Strecke nicht so schnell vorangeht wie erwartet.«

»Ich bin sicher, dass das Bauunternehmen etwaige Probleme schnell überwunden haben wird.«

»Technische Probleme, ja. Aber was ist mit den politischen?«

»Politischen?«

»Der Versuch bestimmter Kreise, das Heliopolis-Projekt als Anlass für die Verbreitung ihrer engstirnigen nationalistischen Interessen zu benutzen.«

»Inwiefern?«

»Indem sie dafür sorgen, dass das Projekt nie vollendet wird. Seine Hoheit hat mich gebeten, Ihnen mit Nachdruck zu erklären, dass er den Erfolg dieses Projekts als eine Frage der Ehre betrachtet, sowohl seiner persönlichen als auch der des Landes.«

»Ich verstehe.«

»Sehr schön. Darauf hat Seine Hoheit gehofft.«

Kaum hatte Owen aufgelegt, als das Telefon schon wieder schrillte. Diesmal war es Muhammed Rabbiki, ein altgedientes Mitglied der Nationalversammlung und eine bedeutende Persönlichkeit in der Nationalistischen Partei.

»Ah, Captain Owen, auf ein Wort. Sie zeigen Interesse an diesem bedauerlichen Vorfall bei Matariya, wie wir gehört haben?«

»Begrenztes Interesse, ja.«

»Aber warum begrenzt? Wichtige Dinge stehen auf dem Spiel.«

»Wirklich? Ich weiß nur, dass die Leiche eines Mannes auf den Gleisen gefunden wurde, und das ist natürlich in erster Linie eine Sache des *Parquet*.«

»Ach, Captain Owen, Sie wissen doch sicher mehr darüber! Wie kam die Leiche auf die Gleise? Wer hat sie dort hingelegt? Und aus welchem Grund?«

»All das sind, wie gesagt, Fragen an das *Parquet*. Mein Aufgabengebiet ist auf politische Angelegenheiten beschränkt.«

»Aber, Captain Owen, was, wenn die Antworten auf diese Fragen politischer Natur sind?«

»Wie könnte das sein?«

»Angenommen, die Leiche ist dort mit Bedacht hingelegt worden? Um eine bestimmte Wirkung zu erzielen?«

»Was für eine Wirkung?«

»Ihnen muss ich das doch sicher nicht deutlicher sagen, Captain Owen. Aber eins kann ich mit Fug und Recht betonen, nämlich dass es ganz gewiss nicht im Interesse der Arbeiter war, weder derjenigen, die am Heliopolis-Projekt beteiligt sind, noch der ägyptischen Arbeiter allgemein.«

»Messen Sie dem Ganzen nicht zu viel Bedeutung bei, Mr. Rabbiki?«

»Ich will nur dafür sorgen, dass Sie ihm nicht zu wenig beimessen, Captain Owen!«, rief der Ägypter mit einem heiseren Auflachen. »Und um das zu gewährleisten, werde ich von Zeit zu Zeit in der Versammlung eine Anfrage an Sie richten. Wir werden Ihre Fortschritte mit größtem Interesse verfolgen, Captain Owen.«

McPhee steckte seinen Kopf zur Tür herein. »Wegen des Baums, Owen …«

»Hören Sie … Vielen Dank, aber im Augenblick bin ich mit etwas anderem beschäftigt.«

»Aber es geht um diese Sache bei Matariya.«

McPhee trat mit besorgter Miene ein. »Offenbar zeichnet sich eine neue Entwicklung ab. Es scheint im Dorf einen ziemlich schwierigen geistlichen Scheich zu geben …«

»Ja, ich habe ihn kennen gelernt.«

»Nun, er bringt den Baum ins Spiel.«

»Was?«

»Er bringt den Baum ins Spiel. Er ist ein christliches Denkmal, verstehen Sie. Eins von besonderer Bedeutung für die Kopten, aber nicht nur für die Kopten, sondern auch für die Katholiken. Der Balsam …«

»Was, zum Teufel, hat der Baum damit zu tun?«

»Na ja, der Scheich sagt, es könne kein Unfall sein, wenn ein Mensch an dieser Stelle ums Leben kommt. Der Baum übe eine besondere Macht aus und innerhalb ihres Bereichs …«

»Es ist also ein Streitpunkt zwischen Moslems und Christen geworden?«, erkundigte sich Paul.

»Das ist richtig. Auch das noch.«

Paul schenkte sich einen weiteren Drink ein. Dann stellte er das Glas ab. »Politisch genug für Sie?«, fragte er süffisant.

»Als Erstes werde ich diesen verdammten Baum verhaften«, stöhnte Owen.

Als Owen im Bahnhof von Matariya aus dem Zug stieg, einem gewöhnlichen Dampfzug diesmal, sah er vor sich die breiten weißen Gleise nach Heliopolis. In der Ferne waren halb fertige Häuser zu erkennen und Männer, die an irgendeiner Baustelle arbeiteten. Das neue Hotel, mutmaßte Owen.

Sehr viel näher mühten sich rechts von ihm zwei Ochsen, denen man die Augen verbunden hatte, mit einem *Sagiya* ab, einem Wasserrad. Sein Ächzen folgte ihm, als er weiterging.

Weit links konnte er hinter dem Lehmwall, der die Fluten des Nils eindämmte, die großen Segel der *Gyassas* sehen, die wie die Flügel riesiger brauner Vögel über den Fluss glitten. Sehr viel dichter vor ihm befand sich der klaffende weiße Schlitz des sich allmählich nähernden Endpunkts der neuen Eisenbahnstrecke. Irgendwo dort drüben musste er vor zwei Tagen gewesen sein.

Die Gleise führten durch ein gewaltiges Weizenfeld, von dessen Mitte aus ein antiker Obelisk in den Himmel ragte.

McPhee, sagte er sich, wäre begeistert gewesen: zum einen die biblische Landschaft und zum anderen dieses Überbleibsel von etwas noch Älterem, dem ursprünglichen Heliopolis, Stadt der Sonne, wo einst Platon und Pythagoras gelebt und gelehrt hatten, deren Gebeine vielleicht sogar unter genau diesem Weizenfeld ruhten.

McPhee war kein Polizist von der gewöhnlichen Sorte. Sein Interesse galt eher dem Alten Ägypten, nicht so sehr dem Neuen; dem Ägypten der Pharaonen, der Ptolemäer und des Moses und nicht so sehr dem des

Khedive, der Engländer, die es besetzt hielten, und der Landerschließer aus der Fremde. Owens Aufmerksamkeit dagegen wurde eher vom Neuen als vom Alten Ägypten in Anspruch genommen. Denn er war der Mamur Zapt, Oberhaupt der Geheimpolizei Kairos, verantwortlich für die politische Ordnung in der Stadt, und die Hauptbedrohung für diese Ordnung ging von jenen Kräften aus, die jetzt überall im Land auftauchten und mit Nationalismus, ethnischen und religiösen Spannungen und der zunehmenden Unzufriedenheit mit der traditionellen Rolle der Paschas in Zusammenhang standen.

Aber das Alte Ägypten hatte seit jeher die Gewohnheit, sich zu erheben und dem Neuen einen mächtigen Tritt in den Hintern zu geben!

2

Dem Baum ging es schlecht. Er neigte sich stark zum Boden. Oben war er zwar noch grün, unten dagegen ganz braun. Sein Stamm war gekrümmt und knorrig und dort, wo die Ehrfürchtigen – oder möglicherweise die Ehrfurchtslosen – ihren Namen hineingeritzt hatten, mit Wunden übersät.

»Das ist der Grund, warum ich ihn einzäunen musste«, erklärte der Mann, der sich als sein Eigentümer ausgab, ein Kopte mit Namen Daniel.

Rings um den Baum stand eine Palisade aus Holz, die ebenfalls über und über mit Namen bedeckt war.

»Es kostet zehn Piaster, den eigenen Namen hineinzuritzen«, sagte der Kopte.

»Zehn Piaster?«, rief Owen entsetzt.

»Darin ist auch die Miete für das Messer enthalten«, verteidigte sich der Kopte und schwang ein großes Schneidegerät mit stumpfer Klinge.

»Aber zehn Piaster!«

»Stellen Sie sich nur vor, Effendi …«, schwärmte der Mann. »Ihr Name in alle Ewigkeit vereint mit einer heiligen Reliquie! Das wird am Tag des Jüngsten Gerichts doch bestimmt etwas zählen!«

»Meinen Sie nicht, dass Preistreiberei dann auch etwas zählen könnte?«

»Der Baum hat viele Tugenden, Effendi«, lächelte der Kopte.

»Wahrscheinlich. Aber hat er nicht, nach allem, was ich gehört habe, auch Laster?«

»Das ist eine von den Moslems verbreitete Verunglimpfung!«

»Aber liegt ihr nicht auch ein Körnchen Wahrheit zugrunde? Immerhin hat es nach allem, was ich gehört habe, wegen des Baumes einen Toten gegeben.«

»Das ist ein Märchen, das sich Scheich Isa ausgedacht hat. Allein für seine Zwecke.«

»Ach?«

»Er möchte mich von hier vertreiben. Damit er selbst Hüter des Baumes wird.«

»Aber weswegen sollte er? Wo doch keine Tugend an dem Baum haftet? Und ist der Baum nicht eine christliche Reliquie und keine islamische?«

»Er ist auch eine islamische. Und was die Tugend betrifft, die würde schon zurückkehren, wenn der Baum in den richtigen Händen wäre. In moslemischen. Sagen sie.«

»Und was sagen *Sie*?«

»Dass Scheich Isa ein gieriger alter Schurke ist, der nie genug Geld kriegen kann!«, stieß der Mann zornig hervor.

»Der Baum ist verflucht«, sagte Scheich Isa. »Das kann doch jeder sehen. Warum würde er sonst auf der Seite liegen?«

»Alter?«

Scheich Isa wischte den Einwand unwirsch beiseite. »Die Frage lautet vielmehr: Warum wurde er verflucht? Und die Antwort liegt klar auf der Hand. Der Baum ist vor einem Jahr umgestürzt. Und zwar *genau in der Zeit*, in der sie mit der Errichtung der neuen Stadt begonnen haben.«

»Ach?«

»Ja, natürlich! Gott will nicht, dass sie die Stadt bauen. Für ihn ist sie eine Abscheulichkeit. Also hat er den Baum verflucht, um uns seinen Zorn zu offenbaren.«

»Und warum verabscheut er die Stadt?«!

»Ich maße mir nicht an, Gottes Willen zu kennen, aber ich kann raten. Es soll eine Stätte des Vergnügens werden. Nicht wahr? Nun, Gott hat nichts gegen Vergnügen, aber ich denke, dass seine Vorstellung von Vergnügen eine andere ist als die der Paschas. Glauben Sie etwa, er möchte sehen, wie ein heiliger Ort in ein Sodom und Gomorra verwandelt wird?«

»Ein heiliger Ort?«

»Nicht hier ...«, zischte der Scheich ungeduldig. »Die Birket-el-Hadj.«

»Ah, natürlich!«

Die Birket-el-Hadj war der traditionelle Versammlungsort der Karawanen nach Mekka. Sie lag etwa drei Meilen nördlich von Matariya.

»Glauben Sie denn, Gott möchte einen solche Vergnügungsstätte gerade dort haben, wo die Pilger sich für die Heilige Reise sammeln sollten?«

»Vielleicht nicht. Andererseits reisen natürlich immer weniger Leute mit den Karawanen. Sie ziehen die Eisenbahn vor.«

»Eisenbahn?«, donnerte Scheich Isa, dem nun bald der Schaum vor dem Mund stand. »Mit der Eisenbahn nach Mekka?«

»Nur bis zur Küste ...«

»Eisenbahn?«, brüllte Scheich Isa. »Die häufen ja Frevel auf Frevel. Sollen wir etwa untätig daneben stehen, wenn Gottes Wille mit Füßen getreten wird? Hat er uns denn nicht ein Zeichen gesandt, das jeder deuten kann?

Ist der Fall des Baums nicht eine Prophezeiung für den Fall der Stadt?«

»Warum sperren Sie ihn nicht einfach ein?«, fragte der Belgier nervös.

»Mit welcher Begründung?«

»Unruhestiftung.«

»Das ist kein Vergehen.«

»In meinen Augen ist es das unbedingt. Und außerdem, hat der Mamur Zapt nicht besondere Befugnisse?«

»Die hat er. Aber es ist weitaus klüger, sie behutsam einzusetzen.«

»Ich würde es für klug halten, so etwas wie das hier im Keim zu ersticken. Bevor es uns über den Kopf wächst.«

»Man sperrt Glaubensführer nicht einfach so ein.«

»Glaubensführer? Er ist ein schrulliger alter Dorfscheich! Hören Sie, Owen, ich verstehe Sie einfach nicht. Wir verrichten hier eine sehr wichtige Arbeit und sind jetzt schon hinter dem Zeitplan zurück. Das heißt, wir müssen Dampf machen. Diese Sache mit dem Toten auf den Gleisen hat uns eineinhalb Tage gekostet. Und jetzt kommen Sie daher und sagen, es gäbe ein Problem mit einem Baum!«

»Ich rate nur zur Vorsicht, das ist alles.«

»Na gut, dann werden wir uns eben vorsehen. Warten Sie, ich habe eine Idee! Wenn sich der Alte darüber aufregt, dass der Baum umgefallen ist, warum heben wir ihn dann nicht einfach wieder auf und stützen ihn ab? Ich könnte einen Wagen hinschicken. Genau, wir könnten einen Flaschenzug nehmen …«

Obwohl es so nahe bei Kairo lag, war Matariya in vieler Hinsicht ein traditionelles Oasendorf. Halb verborgen unter dicht beieinander wachsenden Palmen, Bananenbäumen und Tamarisken, drängten sich seine Häuser um eine alte Moschee mit Mauern voller Schlupflöcher und einem absonderlichen, wackeligen Minarett. Wahrscheinlich wegen ihrer Nähe zum Versammlungsort der Karawanen nach Mekka dienten viele der Gebäude als Herbergen für Pilger. Dementsprechend waren ihre Wände fröhlich mit Bildern von der Mekkareise geschmückt.

Vor einem dieser Häuser war ein farbenprächtiges Tabernakel errichtet worden, unter dem alte Männer auf einem verschlissenen Teppich hockten. In der Mitte dieses Teppichs stand eine *Dikka*, eine Plattform, auf der Scheich Isa saß und aus dem Koran rezitierte. Am Rand des Teppichs lagen Schuhe in einem Haufen aufeinander. Ein Blinder versuchte, seine eigenen zu ertasten, indem er den Fuß in einen Schuh nach dem anderen steckte.

Das Haus des Toten befand sich unmittelbar gegenüber dem Tabernakel und war dank der Trauerbanner für jeden auf Anhieb zu erkennen. Noch immer wurde Totenwache gehalten. Aus dem Hinterzimmer drangen die Stimmen der Frauen an Owens Ohren, mittlerweile nicht mehr so verzweifelt, sondern eher resigniert.

Ein Mann in schwarzem Anzug und Tarbusch, dem mit einer Troddel versehenen, topfähnlichen roten Hut der ägyptischen Effendis, wollte gerade eintreten, als er Owen bemerkte. Er lächelte ihn an und wartete.

Es war der Vertreter des *Parquet*, der vor zwei Tagen zum Ende der Gleisstrecke gekommen war, als Owen sich darum bemüht hatte, eine gewalttätige Auseinandersetzung um den Toten zu verhindern. Sie schüttelten einander die Hand.

»Asif Nimeri.«

»Sind Sie jetzt offiziell mit dem Fall beauftragt?«

Beim erstenmal hatte man ihn hingeschickt, weil er zu den verfügbaren Beamten gehört hatte. Er war jung, unverbraucht und neu, was wahrscheinlich der Hauptgrund war, warum man ihn entsandt hatte. An einem heißen Tag war jeder Einsatz außerhalb der Stadt eine Sache für die Neulinge im Amt.

»Ja.« Er musterte Owen neugierig. »Haben Sie Interesse an dem Fall?«

»Eigentlich nicht. Ich will mir nur ein Bild von den Begleiterscheinungen machen.«

»Scheich Isa?«

»Dinge dieser Art.«

Der Mann vom *Parquet* lachte. »Den halte ich für harmlos.«

»Ich im Grunde auch.«

»Dann interessieren Sie sich nicht unbedingt für den Fall selbst?«

»Nein.«

Das schien Asif zu erleichtern. Den ersten eigenen Fall zu bearbeiten war schwierig genug, ohne dass der Mamur Zapt für zusätzliche Probleme sorgte.

»Da ich nun schon hier bin, habe ich mir gedacht, ich könnte einfach mal reinschauen. Kann ich mit Ihnen kommen?«

»Aber selbstverständlich!«

Sie traten in das Haus. Es hatte nur zwei Zimmer, das hintere, aus dem das Heulen kam, und dasjenige, in dem sie jetzt standen. Es war klein und äußerst karg eingerichtet. An Stelle von Sitzmöbeln gab es nichts als eine gegen die Wand gelehnte zusammengerollte Matte und mehrere Felle, nicht Kissen, auf dem Boden.

Zwei Männer kamen herein, ein alter, wahrscheinlich der Vater, und ein viel jüngerer, wohl der Bruder oder Schwager des Toten.

»Ich komme in einer Zeit des Kummers zu Ihnen«, sagte Asif feierlich, »aber nicht, um Ihnen neuen zu bereiten.«

»Ihr Kummer ist auch mein Kummer«, erklärte Owen.

Die zwei Männer bedankten sich mit einer Verneigung. Dann forderte der ältere sie mit einer Handbewegung auf, Platz zu nehmen. Sie setzten sich auf die Felle.

Eine Frau brachte Wasser und kleine Schalen mit Datteln.

Asif lobte das Wasser und Owen pries die Datteln.

»Das Wasser ist gut«, sagte der Gastgeber bescheiden.

»Die Datteln schmecken nicht schlecht«, räumte sein Begleiter ein, »aber nicht so gut wie die aus Marg.«

»Gott ist gütig«, sagte Asif.

Die Männer gaben ihm Recht.

Owen, der das langsame Voranschreiten bei Ermittlungen im Orient gewöhnt war, machte es sich bequem.

»Manchmal aber«, murmelte Asif, »ist das Joch, das zu tragen er uns bittet, überaus schwer.«

»Wie wahr«, pflichtete ihm der alte Mann bei.

»Hinterlässt unser Freund eine Familie?«

»Eine Frau«, sagte der Alte. »Und zwei Töchter.«

»Keine Söhne?« Asif schüttelte mitleidig den Kopf.

»Die Mädchen sind noch jung.«

Das bedeutete, dass die Verwandtschaft sie noch lange würde ernähren müssen. Das würde sie auch tun, aber jeder zusätzliche Mund, den es zu stopfen galt, war eine Bürde für die Familie.

Schweigen breitete sich aus.

»Sind Sie Steuereintreiber?«, fragte der Alte unvermittelt.

»Nein«, antwortete Asif verdattert.

»Ach. Wir dachten, dass Sie das wären.«

»Weil Sie nämlich aus der Stadt kommen«, erklärte der junge Mann.

»Ich bin vom *Parquet*.«

Die Männer starrten Asif verständnislos an.

»Ich bin ein Mann des Gesetzes«, erklärte Asif.

»Sind Sie ein Kadi?«

»Nun, das eigentlich nicht«, sagte Asif vorsichtig. Es stand einem Anwalt nicht zu, sich als Richter auszugeben. Abgesehen davon handelte es sich um zwei grundverschiedene Systeme. Kadis hatten mit dem religiösen Recht zu tun; das *Parquet*, das sich am französischen Recht orientierte, befasste sich mit dem weltlichen und modernen Strafrecht.

»Und wer ist das?«, fragte der Ältere mit einer Geste zu Owen.

»Ich bin der Mamur Zapt.«

»Ach, der Mamur Zapt?«

Von *ihm* hatten sie offenbar gehört. Oder vielmehr von seinem Posten. Das Amt des Mamur Zapt, Oberhaupt der Geheimpolizei des Khedive und dessen rechte Hand, ging auf eine jahrhundertealte Tradition zurück. Nur waren die Gegebenheiten heute etwas anders als damals. Der Mamur Zapt war jetzt nicht mehr die rechte Hand des Khedive, sondern der Briten, der eigentlichen Herrscher über Ägypten.

»Was führt Sie hierher?«

»Mein Freund muss ein paar Fragen stellen«, antwortete Owen diplomatisch.

»Es sind nicht meine Fragen, sondern Fragen des Gesetzes«, merkte Asif an. »Wenn ein Mensch auf eine Weise stirbt wie unser Freund, dann dürfen sie nicht ungestellt bleiben.«

»Das ist wahr«, meinte der Alte. »Fragen Sie.«

»Die erste Frage lautet«, begann Asif: »Warum ist er nach dem Abendbrot, als es schon dunkel war, noch einmal hinaus in die Dunkelheit gegangen?«

»Das weiß ich nicht.«

»Wollte er jemanden treffen?«

»Das weiß ich nicht.«

»Hat er nichts gesagt?«

Die beiden Männer wechselten Blicke.

»Er hat nur gesagt, dass er raus müsse.«

»Hat er so etwas öfters am Abend getan?«

»Nicht oft.«

»Waren Sie nicht überrascht?«

»Wir dachten, er wolle noch Ja'affar besuchen.«

»Hat er Ja'affar oft besucht?«

Der Alte zögerte. »Manchmal.«

»Aber als er nicht wiederkam, haben Sie sich da nicht gefragt, ob ihm was zugestoßen sein könnte?«

»Warum sollten wir uns so was fragen?«

»Ein Mann verlässt das Haus in der Nacht und kommt nicht zurück – da machen Sie sich keine Sorgen?«

»Was ein Mann in der Nacht tut, ist seine Angelegenheit.«

Owen fing Asifs Blick auf und wusste sogleich, was der Staatsanwalt dachte: eine Frau.

»Und als der Morgen kam und er immer noch nicht da war, da haben Sie sich auch nichts gedacht?«

»Wir nahmen an, er wäre gleich zur Arbeit gegangen.«

»Nachdem er die Nacht bei Ja'affar verbracht hatte?«

»Ja.«

»Ein sonderbares Dorf ist das«, bemerkte Asif in ätzendem Ton. »Wo die Männer die Nacht mit Männern verbringen.«

Der Jüngere brauste auf. »Wieso fragen Sie uns aus?«, fuhr er Asif an.

»Weil ich wissen will, wie Ibrahim getötet wurde.«

»Das ist unsere Sache«, fauchte der Bruder, »und nicht Ihre!«

»Es ist Sache des Gesetzes.«

»Wessen Gesetz? Das der Stadt?«

»Es gibt nur ein Gesetz«, belehrte ihn Asif streng. »Für die Stadt *und* für das Dorf.«

»Das ist die Stadt, die hier spricht«, entgegnete der Dorfbewohner.

»Diese Leute sind doch alle zurückgeblieben!«, schäumte Asif, als sie gingen. Er wirkte unzufrieden mit sich und der Welt.

»Die Gepflogenheiten auf dem Land sind anders als die Gepflogenheiten in der Stadt.«

»Ich weiß, ich weiß! Ich bin doch selbst aus Assiut. Na gut, das ist zwar kein Dorf, aber im Vergleich zu Kairo …«

»Sie haben sich gut geschlagen«, munterte ihn Owen auf.

»Ich hätte besser …«

»Ja'affar, Sie arbeiten aber lange!«, rief Asif.

»O ja«, bestätigte Ja'affar. Sein Gesicht war schweißbedeckt.

»Nicht jeder arbeitet so lange auf den Feldern.«

»Ach, ich war nicht auf den Feldern draußen. Ich arbeite auf der Straußenfarm.«

»Straußenfarm?«, fragte Owen.

»Ja, sie ist drüben beim Bahnhof. Wenn Sie auf der anderen Seite rausgegangen wären, hätten Sie sie gesehen.«

»Und was tun Sie auf der Straußenfarm, dass Sie so spät noch arbeiten?«, fragte Asif.

»Ich füttere die Vögel. Man sollte meinen, dass sie ihr Futter selbst finden, nicht wahr, aber wenn man ihnen nicht noch am spät am Nachmittag was gibt, machen sie einen solchen Lärm, dass der Khedive sich gestört fühlt.«

»Das ist bis zum Sitz des Khedive in Kubba zu hören?«

»So sagt er, ja.«

Ja'affar nahm sein Käppchen ab und spritzte sich Wasser übers Gesicht. Eine Frau kam und holte die Schüssel. »Worum geht es?«, fragte er, als sie weg war. »Ibrahim?«

»Richtig.«

»Er war ein Kamerad von mir. Wir haben zusammen auf der Farm gearbeitet.«

»Auf der Straußenfarm?«

»Ja. Nur hat sich ihm dann die Gelegenheit einer Arbeit an der neuen Eisenbahnstrecke geboten. Er hat an das Geld gedacht und gesagt: ›Das ist für mich!‹ Ich habe ihn gewarnt. ›Die geben dir kein Geld für nichts‹, habe ich gesagt. ›Sie werden dich dafür schwitzen lassen.‹ Und, bei Gott, das haben sie auch getan. Er ist am Nachmittag immer zum Tode erschöpft heimgekommen. Nicht einmal einen Finger konnte er mehr heben, so müde war er!«

»Zu müde, um auszugehen?«, fragte Asif. »Am Abend?«

Das schien Ja'affar zu belustigen. »In Matariya gibt es

nicht viel Gelegenheiten zum Ausgehen«, entgegnete er trocken.

»Wir haben gehört, dass er gern aus dem Haus gegangen ist und mit Freunden geplaudert hat.«

»Ach ja …«

»Mit Ihnen zum Beispiel.«

»Gelegentlich. Aber in der letzten Zeit kaum noch. Nicht seit seiner Hochzeit und seit er …« Ja'affar hielt abrupt inne.

»… etwas Interessanteres gefunden hat?«

»Na ja …«

»Nennen Sie uns einfach ihren Namen«, forderte ihn Asif auf.

Ein Mann kam zur Tür.

»Ja, er ist oft hier gewesen«, sagte er herausfordernd. »Jeder weiß das. Und nein, er ist nicht gekommen, um bloß die Feigen von unserem Baum zu kosten. Auch das ist kein Geheimnis. Was erwarten Sie denn? Ein Mann ist ein Mann, und wenn seine Frau …«

»Ist er auch in der Nacht, in der er getötet wurde, hierher gekommen?«

»Woher soll ich das wissen?«

»Sie leben doch hier, oder?«

»Nein, ich lebe auf der anderen Seite der Moschee.«

Er war, wie durchsickerte, der Bruder der Frau, nicht ihr Mann.

»Sie lebt hier seit dem Tod ihres Mannes allein.«

Asif bat darum, sie in der Gegenwart ihres Bruders vernehmen zu dürfen. Das war so üblich. Mit einer Frau allein zu sprechen galt als unschicklich. Ja, man hielt es beinahe für obszön, überhaupt mit einer Frau zu sprechen. Fragen an eine Frau wurden bei polizeilichen Ermittlungen durch ihren nächsten männlichen Verwandten vermittelt.

Die Frau trat unverschleiert vor sie. Das stürzte Asif sofort in höchste Aufregung. Vermutlich hatte er noch nie das Gesicht einer Frau gesehen, zumindest nicht außerhalb seiner Familie. Diese Frau hatte ein breites, nicht unattraktives, sonnengebräuntes Gesicht. Auf dem Land waren die Sitten nicht so streng wie in der Stadt, und wenn Frauen auf den Feldern arbeiteten, verzichteten sie oft auf den Schleier. Selbst im Dorf, so hatte Owen bemerkt, machten sie sich oft nicht die Mühe, ihre Züge zu verhüllen. Scheich Isa hatte bestimmt seine eigenen Ansichten darüber.

Ihr Gebaren war nicht minder herausfordernd als das ihres Bruders.

»Ja«, sagte sie, »er ist oft gekommen. Warum auch nicht? Es gefiel ihm so und es gefiel auch mir.«

Asif brachte es kaum über sich, ihr ins Gesicht zu sehen. Obwohl sie offenbar gewillt war, seine Fragen selbst zu beantworten, stellte er sie ihr weiter über ihren Bruder, so wie er es in der Stadt getan hätte.

»Kam er auch in der Nacht, in der er getötet wurde?«

»Ja.«

»Und« – er stockte – »er blieb über Nacht?«

»Er ist nie lange geblieben.« Sie lachte. »Eben nur lange genug.«

»Jalila!«, zischte ihr Bruder tadelnd.

Asif wusste nicht mehr, wo er hinsehen sollte. »Wie … wie lange?«, stotterte er.

Sie sah ihm kühl in die Augen. »Wie lange glauben Sie denn?«

Owen beschloss, dem Staatsanwalt zur Seite zu springen. »Der Mann ist tot!«, wies er die Frau zurecht.

Darauf schien sie sich einen Ruck zu geben. »Ja«, seufzte sie.

»Er ist gestorben, nachdem er Sie verließ.«

»Ja«, bestätigte sie leise.

»Er hat Sie früh verlassen. Hat er gesagt, wohin er gehen wollte?«

»Er hat gesagt, er wolle jemanden treffen.«

»Ah! Hat er erwähnt, wen?«

»Nein. Und« – die Frau wurde wieder frecher – »ich habe ihn auch nicht danach gefragt. Ich wusste, dass es keine Frau war, und das hat mir genügt.«

»Woher wussten Sie, dass es keine Frau war?«

»Weil er das nicht mehr geschafft hätte«, antwortete sie herausfordernd. »Nicht nach dem, was er mit mir gemacht hat. Ich habe immer gut darauf geachtet, dass nicht mehr viel in ihm drin war, wenn er mich verließ. Für Leila.«

»Leila?«

»Seine so genannte Frau.«

»Warum so genannt?«

Sie blieb stumm.

Doch unvermittelt wurde sie heftig. »Er hätte mich heiraten sollen! Von Anfang an. Dann wäre das alles nicht geschehen.«

Das Tabernakel war jetzt verlassen. Der Schuhhaufen war verschwunden und der Platz so gut wie leer. Die Hitze stieg vom Sand empor, als unternehme sie einen letzten Versuch, die vorrückenden Schatten in Schach zu halten. Auf einmal hing der Geruch von Holzrauch in der Luft. Die Frauen machten sich daran, das Abendessen zu kochen.

Owen fragte sich, wann der letzte Zug in die Stadt

fahren würde. Auch Asif schien der Meinung zu sein, dass für heute genug erledigt worden sei, denn er sagte: »Morgen vernehme ich die Familie seiner Frau.«

Sie gingen zum Dorfbrunnen hinüber, um sich etwas zu erfrischen, bevor sie den langen Weg über die heißen Felder zum Bahnhof in Angriff nahmen.

»Es könnte eine Frage der Ehre sein, verstehen Sie«, murmelte Asif, dessen Gedanken nach wie vor um den Fall kreisten. »Die Frau ist entehrt worden und mit ihr die ganze Familie.«

»Sie meinen, dass einer von den Verwandten Rache geübt haben könnte?«

Rache war in Ägypten der Fluch im Leben eines jeden Polizisten. Über die Hälfte aller Morde – und davon gab es in Ägypten reichlich – dienten der Rache. Das war gang und gäbe unter den Arabern der Wüste, wo Rachefehden in allen Sippen zum Leben gehörten. Und auch den Fellachen in den Dörfern war sie alles andere als fremd.

»Nun«, sagte Asif, »er wurde durch einen Schlag auf den Hinterkopf mit einem schweren, stumpfen Gegenstand, ähnlich einer Keule, getötet. Knüppel sind die üblichen Waffen der hiesigen Dorfbewohner. Außerdem …«

Er zögerte.

»Ja?«

»Es sieht so aus, als wäre es jemand gewesen, der seine Gewohnheiten kannte. Jemand, der beispielsweise wusste, wo er ihn finden würde. Der wusste, dass er nicht lange bleiben würde. Und der ihn möglicherweise gut genug kannte, um sich mit ihm zu verabreden. Mir scheint, all das weist auf jemanden hin, der im Dorf lebt.«

Owen nickte. »Und wenn das der Fall ist, werden Sie schnell handeln müssen. Sonst nimmt die andere Seite das Gesetz selbst in die Hand.«

Das Schlimme an den Rachemorden war, dass es immer zwei Seiten gab. Ein Mord brachte umgehend den nächsten hervor.

»Morgen«, versprach Asif.

Ein Mann bog um die Ecke der Moschee und kam ihnen entgegen. Er war wie Asif Ägypter, ebenfalls ein Effendi und trug den Tarbusch der Regierungsbeamten. Im Gegensatz zu Asif war er nicht mit einem dunklen, sondern für diese Zeit ungewöhnlichen hellen Anzug bekleidet. Insgesamt wirkte seine Kleidung elegant, wie überhaupt alles an ihm.

Er erkannte Owen und lächelte ihn an. »Lassen Sie mich raten. Die Eisenbahn?« Dann wandte er sich an Asif. »Asif«, sagte er leise, »es tut mir wirklich Leid.«

Der andere starrte ihn überrascht an.

»Ich bin gebeten worden, den Fall zu übernehmen. Warum? Ich weiß es nicht. Aber es hat bestimmt nichts mit Ihrer Arbeit zu tun.«

»Aber Mahmoud, ich habe doch gerade erst …«, stammelte Asif wie vor den Kopf geschlagen.

»Ich weiß. Vielleicht halten sie etwas Wichtigeres für Sie bereit.«

Asif schluckte. »Das bezweifle ich«, stieß er bitter hervor und wandte sich ab. »Ich werde die Unterlagen auf Ihren Schreibtisch legen.« Damit entfernte er sich.

Owen machte Anstalten, ihm nachzueilen, doch Mahmoud legte ihm eine Hand auf den Arm. »Lassen Sie ihn gehen«, sagte er. »Es ist besser so.«

»Er hat seine Arbeit gut gemacht«, meinte Owen.

»Ich halte ihn auch für äußerst vielversprechend«,

pflichtete ihm Mahmoud bei. Er seufzte. »Ich wünschte, sie würden so etwas nicht tun. Es verletzt die Leute in ihrem Stolz.«

Mahmoud war ein Fachmann, was Stolz betraf. Das galt für alle Ägypter, sagte sich Owen, besonders aber für Mahmoud. Stolz, einfühlsam, empfindlich – alles Eigenschaften, mit denen die Ägypter Gefahr liefen, angesichts der Lage, in der sich ihr Volk befand, wieder und wieder verletzt zu werden: Unterordnung unter eine fremde Macht, Unterordnung in der Regierung, Unterordnung in der gesellschaftlichen Struktur.

Wie Salz in den Wunden musste sich da eine Mentalität auswirken, die bisweilen übermäßig gefühlsbetont zu sein schien. Für ein derart reizbares Volk waren die Ägypter andererseits überraschend zartfühlend. In mancher Hinsicht übertrieben maskulin, waren sie in anderen Dingen erstaunlich feminin. Einen Mittelweg kannten sie nicht – anders als die unerschütterlichen, abgestumpften, vernünftigen Engländer, dachte Owen. Er selbst war Waliser.

Er und Mahmoud kannten einander gut. Sie hatten schon oft zusammengearbeitet und – vielleicht ein wenig zu ihrer beider Überraschung – eine Beziehung aufgebaut, die politische und sonstige Unterschiede überlebt hatte.

Sie sahen Asif nach, der auf dem Weg durch die Felder davoneilte.

»Sie werden die Sache schnell in die Hand nehmen müssen«, sagte Owen. »Es besteht die Gefahr einer Vergeltungstat.«

»Die Familie des Mannes?«

Owen nickte. »Vor allem der Bruder. Es ist noch eine andere Frau darin verwickelt. Sie glauben, dass er deswegen getötet wurde.«

»Ihr Ehemann?«

»Nein. Sie ist Witwe. Die Familie seiner Ehefrau. Asif wollte sich morgen näher damit befassen.«

»Das werde ich dann übernehmen. Ich komme gleich morgen in der Früh her. Als Erstes habe ich allerdings etwas anderes eingeplant.« Mahmoud zögerte. »Ich möchte mit den Leuten von der Eisenbahn sprechen.« Er sah Owen ins Gesicht. »Sie hätten nicht zufällig Lust, mich zu begleiten?«

Owen wusste genau, warum er ihn darum bat. Jede Untersuchung, die Ausländer mit einschloss, war potenzielles politisches Dynamit. Fremde, die in Ägypten Geschäfte tätigten, wurden meist durch eigens für sie geschaffene Ausnahmeregelungen im Gesetzbuch geschützt, die fremde Mächte in der Vergangenheit der ägyptischen Regierung auferzwungen hatten. Kein Europäer oder Amerikaner konnte vor Gericht gestellt werden, es sei denn, er hatte nachweislich ein Vergehen begangen, das einen Verstoß gegen das Recht seines Heimatlandes, nicht Ägyptens, darstellte. Aber selbst wenn eine Anklage angenommen wurde, musste er sich im Fall einer Straftat vor dem Konsulargericht seines eigenen Landes verantworten und bei einer Zivilangelegenheit vor einer gemischt besetzten Kammer mit Richtern aus Ägypten und seinem Herkunftsland.

Das waren freilich lediglich die formellen Schutzmaßnahmen. Unterhalb der Paragraphen wurde um Zuständigkeiten gerangelt, gab es Zwistigkeiten um die Staatsangehörigkeit und die Verwendung von Urteilen in anderen Prozessen als Vorwand für die Durchsetzung nationaler Interessen. Unter solchen Umständen hatte der bedauernswerte Polizist stets schlechte Karten, insbesondere dann, wenn er zufälligerweise Ägypter war.

Aus diesen Gründen war es einleuchtend, dass sich Mahmoud mit dem Mamur Zapt verbündete. Für ihn bedeutete es Schutz gegen politische Nachspiele und es erhöhte gleichzeitig seine Chancen auf eine erfolgreiche Strafverfolgung. Und wenn sonst nichts, so bedeutete es zumindest, dass ihn das Syndikat, das Eigentum von Belgiern war, nicht einfach abwimmeln konnte, ohne sich seine Fragen anzuhören.

Owen war gerne bereit, sich benutzen zu lassen. Wie viele britische Beamte, ja, wie der Generalkonsul selbst, hatte er großes Verständnis für die Ägypter, was die rechtlichen Privilegien – die so genannten Kapitulationsparagraphen – betraf.

Allerdings nur bis zu einem gewissen Punkt. Das *Parquet* verfolgte schließlich auch eine bestimmte politische Linie. Das Justizministerium war von allen Regierungsbehörden am stärksten von Nationalisten geprägt und die Staatsanwälte des *Parquet* waren ausnahmslos Nationalisten. Mahmoud selbst gehörte der Nationalistischen Partei an. Wollte das *Parquet* diesen Fall am Ende für seine eigenen politischen Ziele benutzen?

»Warum sind Sie auf diese Sache angesetzt worden?«, fragte Owen.

Mahmoud lächelte. »Warum sind *Sie* darauf angesetzt worden?«

3

Da ist diese Sache mit dem Baum«, begann der Aufseher in unschlüssigem Ton.

»Baum?«, fragte das hohe Tier vom Syndikat, ein gewisser Varages – ein weiterer Belgier. »Was hat es mit diesem Baum auf sich?«

»Ich nehme an, es hat da ein Problem gegeben«, sagte der Aufseher mit einem Blick auf Owen.

»Ist er irgendwie im Weg?«, wollte Varages wissen.

»Wenn es um eine Entschädigung geht ...«, begann einer der Anwälte.

Die Belgier hatten zwei Anwälte mitgebracht. Außerdem hatten sie darauf bestanden, dass der Aufseher nur im Beisein einer Führungsperson aus dem Vorstand des Syndikats vernommen werden durfte. Wahrscheinlich war auch Varages Anwalt. Mahmoud eingeschlossen, trafen also vier Juristen aufeinander. Diese Sitzung würde zu nichts führen, schloss Owen.

»Der Baum ist eigentlich nebensächlich«, sagte er.

»Hatten Sie mir nicht gesagt, ich solle mich vorsehen?«, fragte der Aufseher.

»Das war wegen des Verhaltens eines dort lebenden Scheichs ...«

»Dieser lästige alte Dummkopf?«

Der Anwalt nahm einen neuerlichen Anlauf: »Wenn es um eine Entschädigung geht ...«

»Geben Sie ihm das Geld und schaffen Sie den Baum weg«, bestimmte Varages ungeduldig.

»Es ist nicht ...«

»Können wir die Eigentumsfrage klären?«, schaltete sich der andere Anwalt ein. »Wenn er diesem alten Scheich gehört …«

»Nein«, sagte Owen. »Er gehört einem Kopten. Sein Name ist Daniel, aber …«

»Das Eigentumsrecht ist also umstritten? Nun, das liefert uns einen Ansatzpunkt. Es wird vor Gericht geklärt werden müssen. Ein Kopte, sagen Sie? Und ein Scheich? Dann müssen wir vor das Gericht der Einheimischen …«

»Das würde ich nicht empfehlen«, wandte sein Kollege ein. »Nicht angesichts der Umstände. Es ist weitaus besser, den Fall gleich dem gemischt zusammengesetzten Gerichtshof zu übertragen …«

»Mit der Begründung, dass das Syndikat eine betroffene Partei ist? Nun, das ist selbstverständlich eine Möglichkeit …«

»Hören Sie!«, rief Varages. »Wir wollen vermeiden, dass wir eine Ewigkeit von den Gerichten blockiert werden. Wir müssen mit der Arbeit vorankommen. Wie lange wird das Verfahren dauern?«

»Etwa vier Jahre.«

»Vier Jahre! Himmel! Können Sie das nicht etwas beschleunigen?«

»Wenn das Syndikat gedächte, seinen Einfluss spielen zu lassen …«

»Wie lange würde es dann dauern?«

Die Anwälte sahen einander an.

»Zwei Jahre«, mutmaßte einer von ihnen.

»Zwei Jahre? Hören Sie, schon zwei Monate wären zu lang! Dann müssen wir eben anders vorgehen. Oder vielmehr … Ja genau! Warum graben wir den Baum nicht einfach aus und streiten danach darüber? Dann wäre es egal, wie lange der Prozess dauert …«

»Wenn Sie den Baum der Jungfrau ausgraben«, warnte Owen, »steht die ganze Wüste in Flammen.«

»Haben Sie ›Baum der Jungfrau‹ gesagt?«, fragte einer der Anwälte.

»Ja, er ist …«

»Der Baum der Jungfrau?«, schaltete sich der andere Advokat ein. »Sind Sie sicher?«

»Ja, aber …«

»Macht das etwa einen Unterschied?«, wollte Varages wissen.

»Und ob. Captain Owen hat vollkommen Recht. Die Wüste würde in Flammen stehen. Aber darin liegt nicht die eigentliche Schwierigkeit.«

»Nicht die eigentliche Schwierigkeit?«, fragte Owen.

»Nein. Nicht vom rechtlichen Standpunkt her. Tatsache ist – korrigieren Sie mich, wenn ich mich täusche«, fügte der Anwalt mit einem Seitenblick auf seinen Kollegen hinzu, »Tatsache ist nun mal, dass der Baum weder dem Scheich noch dem Kopten gehört …«

»Der Kopte hat ihn eingezäunt«, unterbrach ihn Owen.

»Wem gehört er denn nun?«, drängte Varages.

»Der Kaiserin Eugénie.«

»Augenblick mal«, ächzte Varages. »Der *Kaiserin Eugénie*? Von *Frankreich*?«

»Richtig. Der Khedive hat ihn ihr überlassen. 1869. Als sie zur Eröffnung des Suez-Kanals hierher kam.«

»Er hat ihn ihr überlassen?«

»Ja. Als Geschenk.«

Für eine Weile herrschte benommenes Schweigen.

Owen erholte sich als Erster. »Er ist aber noch hier! Ich habe ihn gestern gesehen!«

»Ja. Sie wollte ihn nicht mitnehmen.«

»Und … gehört er ihr immer noch?«

»Theoretisch ja.«

»Wir könnten den Gerichtshof um eine Stellungnahme bitten«, schlug der zweite Anwalt eifrig vor.

»Wie lange würde das dauern?«, fragte der Vormann.

»Nun … ungefähr acht Jahre.«

»Ich halte es nicht mehr für ratsam, den Baum wegzuschaffen«, meinte Varages.

»Ich würde mit Nachdruck davon abraten.«

»Die Franzosen wären nicht einverstanden.«

»Ganz bestimmt nicht. Unter Umständen würden sie sogar so weit gehen und es als *Casus Belli* betrachten.«

»Die Entfernung des Baums? Grund für einen Krieg?«

»Das kann nicht ausgeschlossen werden. Wie Captain Owen besser als alle anderen wissen wird, sind die Franzosen seit ihrer Verdrängung aus Ägypten durch die Briten zutiefst verärgert. Sie könnten diesen Anlass als willkommene Gelegenheit sehen, ihren Einfluss erneut geltend zu machen.«

»Mir ist es egal, wer Ägypten verwaltet«, brummte Varages, »Hauptsache, ich komme mit meiner Arbeit voran. Und die besteht zufällig daran, eine Eisenbahnstrecke zu bauen. Was machen wir jetzt mit diesem Baum?«

»Der Baum ist im Grunde nebensächlich!«, rief Owen verzweifelt.

»Das ist er ganz gewiss«, bestätigte Mahmoud.

Im allerletzten Augenblick hatte das Syndikat für Schwierigkeiten gesorgt. Im Prinzip hatte es keine Einwände dagegen, sich mit einem Vertreter des *Parquet* zusammenzusetzen und sämtliche Fragen zu beantworten, die er für angebracht halten mochte. Doch es sah keinerlei Anlass, sich Fragen über die Umstände gefallen zu lassen, die zu dem Tod des Mannes geführt haben konnten, nur weil man die Leiche zufällig auf seinem Gelände gefunden hatte.

Zugegeben, der Mann hatte seiner Belegschaft angehört. Andererseits war der Tod außerhalb des Firmengrunds und außerhalb der Arbeitszeit eingetreten. Mehr noch, der Mann war daheim, in seinem Dorf gewesen. Da war sein Tod doch gewiss eine private oder innerdörfliche Angelegenheit, die zu erhellen man nun wirklich nicht von der Gesellschaft erwarten konnte.

Genauso wenig war einzusehen, dass man vom Syndikat verlangte, Mahmoud Zeit für die Befragung der Arbeiter zur Verfügung zu stellen. Wäre der Mann als Folge eines Arbeitsunfalls gestorben, dann wäre das selbstverständlich etwas ganz anderes. In diesem Fall hätte das Syndikat dem Begehren bereitwillig entsprochen. Doch wegen des zufälligen Fundes der Leiche an der besagten Stelle hatte es inzwischen schon genug Zeit verloren und war nicht gewillt, noch mehr zu vergeuden.

Hinzu kam: Wenn der Tod, wie es den Anschein hatte, unter privaten oder persönlichen Umständen erfolgt war, welchen Sinn sollte es dann haben, die Arbeitskollegen des Mannes deswegen zu verhören? Welche Erhellung des Vorfalls erwartete man sich von ihnen?

Vergebens hatte Mahmoud seine Gründe dargelegt. Die Anwälte des Syndikats hatten nur noch mehr Einwände vorgebracht. Am Ende hatte er sich verzweifelt zu Owen umgesehen.

»Ich glaube«, sagte Owen, »der Grund, aus dem das *Parquet* um diese Besprechung ersucht, ist, dass sie im Interesse des Syndikats liegt.«

»Wie das?«, fragten die Anwälte.

»Weil alle möglichen Gerüchte die Runde machen werden, solange die Umstände, die zum Tod dieses Mannes geführt haben, ungeklärt bleiben. Das *Parquet* treibt die Sorge um, dass einige davon Auswirkungen auf die Arbeiterschaft haben könnten.«

Daraufhin hatte der Aufseher den Baum erwähnt, was zu ihrer Abschweifung geführt hatte.

»Der Baum«, sagte Owen, der längst schweißgebadet war, in einem letzten tapferen Vorstoß, *»steht gar nicht im Weg. Sie müssen auch nicht um ihn herum bauen.* An und für sich ist er ohne Bedeutung. Wichtig ist nur die Art und Weise, wie er benutzt werden *könnte.*«

»Um Unruhe zu stiften, meinen Sie?«, fragte der Aufseher.

Varages runzelte die Stirn. »Das läge gewiss nicht in unserem Interesse.« Er warf einen Blick auf seine Anwälte. »Was haben wir zu verlieren, wenn wir ihn Fragen stellen lassen?«

»Ich finde, wir sollten an unserer Position festhalten«, erklärte einer von ihnen. »Streng genommen hat es nichts mit uns zu tun. Es gibt keinerlei Hinweise auf einen Zusammenhang zwischen dem Tod dieses Mannes und der Eisenbahn.«

»O doch«, widersprach Mahmoud. »Wir haben Sand in den Kleidern des Mannes entdeckt und Hautabschürfungen festgestellt, die dafür sprechen, dass die Leiche eine gewisse Strecke geschleift wurde. Wir glauben nicht, dass er am Fundort starb. Er wurde woanders ermordet und anschließend dorthin gebracht. Da stellt sich die Frage nach dem Warum. Die Antwort, das liegt doch auf der Hand, soll dazu beitragen, eben den Zusammenhang zwischen der Ermordung und der Eisenbahn zu ermitteln, dessen Existenz Sie abstreiten.«

»Das Geld ist gut«, räumten die Arbeiter ein.

»Aber die Arbeit ist hart.«

»Schwer, nicht wahr?«, meinte Mahmoud verständnisvoll.

»Es ist eher so, dass sie einen ständig auf Trab halten.«

»Woanders muss man sich dafür auf den Feldern abplagen«, widersprach ein anderer.

»Sicher, aber da ist die Arbeitsgeschwindigkeit vernünftig. Hier muss man schneller machen, als einem recht sein kann.«

»Das liegt daran, dass sie fertig werden wollen. Der Khedive, heißt es, hat einen Tag bestimmt, an dem er damit fahren will.«

»Warum kann er nicht einfach ein bisschen warten?«

»Er hat wohl was Größeres vor.«

»Na ja, wenn er in die Stadt fahren will, warum kann er dann nicht eine Pferdekutsche nehmen, so wie er es bisher immer getan hat?«

»Wahrscheinlich hat er es eilig.«

»Er braucht nur früher aufzubrechen, dann kommt er um die gleiche Zeit an.«

»Ja, aber darum geht es überhaupt nicht. Schnelligkeit ist heutzutage das Ein und Alles.«

»Ich verstehe trotzdem nicht, wozu wir sie brauchen.«

»Du bist eben ein Mann der Vergangenheit, Abdul. Ägypten stürmt vorwärts in die Zukunft. So heißt es zumindest.«

»Na ja, ich wünschte, es würde ohne mich stürmen. Es bringt nichts, so schwer zu arbeiten. Das ist ja schlimmer als damals, als sie die *Curbash* hatten.«

Die *Curbash* war die schwere Peitsche, mit der die Paschas von ihren Arbeitern noch mehr Leistung erzwungen hatten. Ihre Abschaffung war eine der ersten Maßnahmen der Engländer nach deren Ankunft gewesen.

»Du sehnst dich doch sicher nicht nach der *Curbash* zurück, oder?«

»Ich glaube nicht, dass sie einen großen Unterschied machen würde.«

»Ich glaube, dass du den Unterschied spüren würdest.«

»*Curbash*, Geld, das ist alles ein und dasselbe«, bemerkte einer, der bisher geschwiegen hatte. »Beides ist eine Peitsche, die sie über den Köpfen der Armen schwingen.«

Es war Mahmoud gestattet worden, in der Pause mit ihnen zu sprechen. Hierin lag ein weiterer Zankapfel. In Ägypten war es üblich, bis zum frühen Nachmittag zu arbeiten und dann, egal ob Büroangestellte oder Feldarbeiter, Feierabend zu machen. Ladeninhaber öffneten ihre Geschäfte noch einmal am Abend, wenn es kühler wurde. Das Syndikat hatte jedoch darauf bestanden, dass seine für den Bau der Eisenbahn eingestellte Belegschaft bis zum späten Nachmittag durcharbeitete und nur in der Mittagspause, wenn die Sonne am heißesten brannte, eine kurze Pause einlegte.

Nun saßen die Männer im Schatten und verzehrten ihre Brote und Zwiebeln.

»Sie sagen, Ibrahim hätte die Arbeit so schwer gefunden«, schaltete sich Owen ein.

Der Führer der Arbeiter blickte ihn an. »Sagen sie das?«

»Ja. Im Dorf. Sie sagen, er wäre zu erschöpft heimgekommen, um noch einen Finger zu heben.«

»Er hat seinen Teil geleistet.«

»Das stimmt aber nicht ganz. Da hat es noch eine Frau gegeben, die er regelmäßig besucht hat.«

»Wirklich?«

»Er hat nie mit Ihnen darüber gesprochen?«

»Nein.«

»Ich nehme an, er hat sich ein bisschen Kraft für sie aufgespart«, meinte einer. »Du würdest das doch sicher tun, Abdul, oder?«

»Wetten, dass er dann schnell genug arbeiten würde?«, lachte ein anderer. »Bei dieser Art von Dienst müsste keiner mit der *Curbash* hinter ihm stehen.«

Die Runde brach in Gelächter aus.

»Warum haben Sie nicht zugelassen, dass der Tote aus dem Weg geräumt wurde?«, fragte Mahmoud den Anführer.

»Er ist ermordet worden, oder etwa nicht? Das konnte man sehen. Sein Genick war gebrochen.«

»Sie wollten, dass das *Parquet* sich das anschaute?«

»Ja.«

»Warum?«

»Ist das etwa nicht deren Aufgabe?«, entgegnete der andere.

Was mit Sicherheit stimmte. Nur überraschte es ein wenig, dass dieser Mann es mit dem Gesetz so genau nahm. Die wenigsten Ägypter hätten so reagiert. Das *Parquet* war – für ägyptische Begriffe – verhältnismäßig neu, war es doch erst dreißig Jahre zuvor geschaffen worden, als die Regierung, sorgfältig darauf bedacht, ein modernes Rechtswesen einzuführen, das französische Gesetzbuch kurzerhand übersetzt und dessen Paragraphen mitsamt der französischen Verfahrensweise komplett übernommen hatte. Viele Ägypter waren noch in der jahrhundertealten Ordnung verwurzelt, einem System von Dorfaufsehern, *Ghaffirs*, in dem der örtliche *Mudir* oder Bürgermeister Richter, Geschworener und häufig auch Henker in einem gewesen war. Der Mamur Zapt war ebenfalls Teil dieses Systems gewesen, was den Umstand erklärte, dass die Bewohner von Matariya von ihm, aber nicht vom *Parquet* gehört hatten.

Dennoch gab es hier jemanden, einen gewöhnlichen Arbeiter und vermutlich Dorfbewohner, der sich buchstabengetreu auf das für viele Ägypter noch neue Gesetz berief.

Es mochte eine Nebensächlichkeit sein, doch sie ließ Owen stutzen. Er selbst wusste wenig über die Arbeitsgesetze (und war sich verdammt sicher, dass sich sehr wenige Ägypter darin auskannten) und nicht viel über Arbeitskämpfe. Vielleicht war es in den neuartigen Industriezweigen anders. Vielleicht wussten die Arbeiterführer dort etwas über das moderne Rechtswesen. Vielleicht war das der Grund, warum sie – vernünftigerweise – von den Arbeitern gewählt wurden.

Vielleicht maß er dem Ganzen zu viel Bedeutung bei. Er warf einen Blick auf den Anführer, einen jungenhaft wirkenden Mann in den Dreißigern mit schmalem, spitzem Gesicht und athletischem Körper. Er war mit Sicherheit intelligent.

Wieder begann der Zweifel an Owen zu nagen. War er vielleicht zu intelligent? Er wusste nicht, was für Leute in den neueren Industriezweigen von Ägypten arbeiteten – und der Eisenbahnbau war eine der neuen Industrien des Landes –, doch er vermutete, dass sie fähiger waren als der Durchschnitt. Aber wahrscheinlich traf das nur bei ausgebildeten Fachkräften wie Maschinenführern, Stellwerkswärtern oder Handwerkern zu und nicht notwendigerweise bei den für den Gleisbau angestellten Handlangern.

Sicher maß er dem Ganzen zu viel Bedeutung bei. Nur hatten die Belgier von Agitatoren gesprochen, und er hatte das als die Art von Bemerkung abgetan, die Bauunternehmer aus dem Ausland eben von sich gaben. Bislang war ihm an diesem Mann auch nichts aufgefallen, was ihn als einen Aufwiegler in ihrem Sinne ausgewiesen hätte. Er hatte auf eine Leiche aufmerksam gemacht, mehr nicht, und auf der Einhaltung der gesetzlich vorgeschriebenen Vorgehensweise bestanden. Nichts war daran auszusetzen; nur dass in Ägypten, einem Land mit äußerst vielen Morden und einer äußerst beiläufigen Einstellung zum Tod, so etwas eben ein bisschen ungewöhnlich war.

Dann wieder machte er sich selbst Vorhaltungen: Ihm kam es merkwürdig vor, dass ein Mann genau das tat, was von ihm erwartet wurde? Wie weit war es nur gekommen?

Der Zweifel nagte jedoch weiter. Es lief auf die Frage hinaus, warum dieser Mann so gehandelt hatte. Gewöhnlicher Einsatz für das öffentliche Wohl? Mitleid mit dem Toten, Zorn über die Ermordung eines Freundes? Oder konnte es sein, konnte es ganz einfach sein, dass jemand in diesem Todesfall eine Gelegenheit sah, die Lage für seine eigenen Zwecke auszunutzen, dass der Vorwurf des Khedive an die Nationalisten, sie würden politische Manipulation betreiben, nicht jeder Grundlage entbehrte?

Die Männer beendeten die Pause und nahmen ihre Arbeit wieder auf. Mahmoud, ohne Mittagessen im Bauch, lenkte seine Schritte in Richtung des Dorfes.

Wahrscheinlich war er der einzige Mann beim *Parquet*, ja, möglicherweise in ganz Kairo, der vorhatte, trotz der Hitze durchzuarbeiten.

Owen nahmen eine Draisine zum Pont de Limoun und von dort eine Arabeah ins Viertel Ismailiya, wo er Zeinab in einem der ›Schmetterlingsläden‹ zu finden hoffte.

Die ›Schmetterlingsläden‹ waren nur in der Saison geöffnet und wurden von Schneidern, Hutmachern und Verkäufern allen möglichen Zierrats betrieben, die eigens zu diesem Anlass aus Paris gekommen waren. Das modebewusste Ägypten lehnte sich stark an Paris an, und die Waren, die man hier kaufte, waren stets gerade der letzte Schrei in der französischen Metropole. Sie waren auch die teuersten in den Pariser Läden, und oft fragte sich Owen, was Zeinab dort treiben mochte. Von ihrem Vater, einem – jedenfalls nach eigenen Angaben – wohlhabenden Pascha, bekam sie Unterhaltsgeld. Das stritt dieser zwar ab, doch derlei Dinge waren, wie sich Owen sagte, relativ. Ein Kleid aus einem der Schmetterlingsläden, das mehr kostete als Owens ganzes Jahresgehalt, betrachtete er vermutlich als nicht der Rede wert. Er konnte seiner Tochter, dem unehelichen Kind von seiner Lieblingskurtisane, einfach nichts verweigern. Nicht, dass es ihm etwas genutzt hätte, wenn er stur geblieben wäre. Dann wäre sie eben ohne Geld losgezogen, hätte das Kleid gekauft und die Rechnung auf ihn ausstellen lassen.

Owen trat in den vielversprechendsten Laden und blieb benommen und verwirrt zwischen all den Kleidern stehen. Was ihre Einkäufe betraf, befand ihn Zeinab als Gesellschaft zum Mittagessen für geeignet, aber nicht für viel mehr.

Ja, bestätigte die Verkäuferin, sie war im Geschäft. Sie probierte gerade ein Kleid an und würde bald zu ihm kommen.

»*Monsieur désire une boisson peut-être?*«, fragte die Verkäuferin.

Ja, Monsieur wünschte ganz gewiss *une boisson* und nippte immer wieder an seinem Glas, während er auf Zeinab wartete.

Im Laden arbeiteten noch andere Verkäuferinnen, Damen von außerordentlicher Schönheit und unbestimmter Herkunft, ausnahmslos in Schwarz gekleidet. Fast alle trugen aus Rücksicht auf moslemische Gefühle Schleier. Doch es war keine übertriebene Rücksicht – die Schleier waren dünn und zart und verrieten mehr, als sie verbargen.

Es gab jedoch auch einige Frauen in traditioneller Tracht, langen, schwarzen, formlosen Kitteln, die ihnen bis zu den Knöcheln reichten, mit üppigen Schleiern, die ihren Kopf bedeckten – das Haar war für die Araber eine besonders erotische Zone – und bis weit über die Brust herabhingen. Zu den knappen, vieles enthüllenden europäischen Kollektionen bildeten sie einen scharfen Kontrast und wirkten genauso fehl am Platz wie Owen selbst.

Eine von ihnen hatte ein junges Mädchen dabei, das jedoch nicht die traditionelle Kleidung trug, sondern irgendetwas direkt aus Paris. Das Kleid sprach von Jugendlichkeit und Kindlichkeit, doch die Figur darunter war alles andere als kindlich. Owen sinnierte noch darüber, als sie sich umdrehte und ihn anschaute.

Wie die anderen Frauen trug sie einen Schleier, aber weder den traditionellen wie ihre Mutter noch den dezenten aus Paris, sondern einen türkischen, der die untere Hälfte ihres Gesichts bedeckte und die Augen frei ließ. Die Augen über dem Schleier sahen Owen warm an und verrieten Wiedererkennen.

Salah-el-Din tauchte vor ihm auf. Begleitet wurde er von dem Mann, den er Owen neulich vorgestellt hatte, dem Sohn des Paschas.

»Captain Owen! Was für eine Freude! Sie kennen Malik natürlich schon.«

Sie schüttelten sich die Hände.

»Wir können zusammen hingehen«, schlug Malik vor.

Wohin konnten sie nur wollen? Bei dem einzigen Termin, den Owen seines Wissens heute noch hatte, handelte es sich um eine Routinebesprechung über einen Antrag auf die Lizenz zur Betreibung eines Spielsalons, und der einzige Grund, warum er sich daran erinnerte, war, dass sie am Nachmittag stattfand.

»Meine Frau und meine Tochter, die Sie bereits kennen gelernt haben, wenn Sie sich erinnern.«

Die Mutter murmelte höflich einen Gruß auf Arabisch. Die Tochter trat mit ausgestreckter Hand auf Owen zu. »*Enchanteé, Monsieur! Ç'est un très grand plaisir …*«

»Ein bezauberndes Kleid, finden Sie nicht auch? Es ist wichtig, den richtigen Stil zu treffen..«

»Sie könnten es mit einem etwas kürzeren versuchen«, schlug Malik vor.

»Klar, dass Sie es so sehen!«, rief Salah mit einem gutmütigen Lachen.

Die Mutter schüttelte entschieden den Kopf.

»Wie wär's mit einem Drink?«, fragte Malik an Owen gewandt.

»Leider nein«, lehnte Owen ab, der in diesem Augenblick Zeinabs große, schlanke und elegante Gestalt im hinteren Teil des Geschäfts die Treppe hinunterschweben sah. »Ich bin bereits verabredet.«

Maliks Augen folgten Owens Blick. »Kann ich Ihnen nicht verdenken.«

Zeinab kam auf sie zu. Mit einem Hauch von Eifersucht freute es Owen, dass sie einen Schleier trug, einen im französischen Stil, der ihr gesamtes Gesicht bis auf das markante, etwas weit vorstehende Kinn bedeckte. Zeinabs Vater meinte immer, in der Familie gebe es auch Beduinenblut; allerdings war er sich nicht ganz sicher, wie es hineingelangt war.

»Griechin?«, fragte Malik. »Nein. Jedenfalls keine Tscherkessin. Sie sollten es unbedingt mal mit einer Tscherkessin probieren.«

Zeinab ging an ihnen vorbei. Owen holte sie ein, als sie durch die Tür rauschte.

»Ich mag deine Freunde nicht«, fauchte sie.

»Sie sind nicht unbedingt meine Freunde. Einer davon ist der neue Mamur in Heliopolis.«

»Wer ist das Mädchen?«

»Seine Tochter. Aus ihr werde ich nicht so recht schlau.«

»Aber ich!«

Zeinab verstummte für einen Moment, dann fügte sie hinzu: »Wie kann sich ein Mamur einen Laden wie das *Anton's* leisten?«

»Das frage ich mich auch die ganze Zeit«, antwortete Owen.

»Ich werde Anton sagen, dass er bei der Auswahl seiner Kunden strengere Maßstäbe anlegen muss. Er kann schon mal damit anfangen und diesen anderen Kerl rauswerfen.«

»Malik? Er ist der Sohn eines Paschas!«

»Gut!«, rief Zeinab vergnügt. »In diesem Fall werde ich Anton garantiert auffordern, ihn rauszuwerfen.«

Owen war etwas verblüfft, als er bei der Rückkehr in sein Büro erfuhr, dass der Besprechungsort geändert worden war. Jetzt sollte er sich im Hotel Savoy einfinden, das ungefähr in der Gegend lag, aus der er gerade gekommen war. Seine Sitzungen wurden gewöhnlich nie im Savoy abgehalten, aber nun hegte er insgeheim die Hoffnung, dass diese Ausnahme vielleicht einen Präzedenzfall schuf.

Teilnehmer des Treffens waren ein Vertreter des Justizministeriums, McPhee, der Stellvertretende Kommandant der Polizei, zwei Anwälte und Malik, die die Antragsteller vertraten, und Owen selbst. Gegenstand der Sitzung war ein Antrag auf Eröffnung einer neuen Spielstätte unter dem neuen Lizenzierungsgesetz.

Oder vielmehr: nicht ganz ein Antrag.

»Eine formelle Eingabe wird später eingereicht«, erklärte einer der Anwälte lächelnd. »Vorläufig möchten wir lediglich das Terrain sondieren. Es geht uns darum zu eruieren, ob *prinzipielle* Vorbehalte gegen Anträge wie den unseren bestehen.«

»Ziel der Regierung ist es, die Zahl der Spielstätten zu beschränken«, beschied McPhee streng.

»Mit gutem Recht. Es gibt viel zu viele Spielhöllen, wo die Gepflogenheiten offen gesagt alles andere als lobenswert sind. Mit dieser Sorte hat unser Antrag nichts zu tun. Er bezieht sich auf die Eröffnung eines Casinos im Hotel Palace in Heliopolis.«

»Hotel Palace?«, fragte McPhee verdattert. »Das gibt es dort doch gar nicht.«

»Es wird gerade gebaut.«

Der Mann vom Justizministerium, ein Ägypter, warf einen Blick auf seine Unterlagen. »In den ursprünglichen Bauplänen war aber nirgendwo von einem Casino die Rede.«

»Äh, nein. Uns ist erst kürzlich aufgegangen, wie attraktiv ein zusätzliches Angebot wäre.«

»Die Regierung verfolgt die Politik, keine neuen Spielcasinos zu genehmigen.«

»Aber das bezieht sich doch gewiss nur auf das Stadtgebiet von Kairo, wo es in der Tat eine Überfülle von derartigen Etablissements gibt?! Wir aber sprechen über Neu-Heliopolis, wo derzeit kein Einziges steht.«

»Es ist eine allgemein gültige Beschränkung«, sagte der Mann vom Justizministerium.

»Aber wie kann sie sich auf einen Ort wie Neu-Heliopolis beziehen, das noch nicht einmal geplant war, als die Gesetze verabschiedet wurden?«

»Die Gesetzgebung deckt auch zukünftige Entwicklungen ab.«

»Ich habe diese Anfrage wegen des besonderen Charakters des Heliopolis-Projekts gestellt. Es soll eine Stadt des Vergnügens werden. Das wurde ausdrücklich bei der Einreichung der Baupläne dargelegt. Ich möchte Ihnen den Schluss nahe legen, dass die Bewilligung des ursprünglichen Konzepts auch für weitere sich daraus zwangsläufig ergebende Entwicklungen gilt.«

»Die Ansicht, ein Casino sei eine zwangsläufige Entwicklung, stelle ich in Abrede«, sagte Owen. »Vergnügungsstätten im Allgemeinen, ja, aber Casinos im Besonderen, nein.«

»Aber ich denke, Sie sollten auch die anderen Entwicklungen berücksichtigen: die Pferderennbahn …«

»Gott, ja!«, rief Malik.

»... die eine wichtige Attraktion des neuen Sportparks darstellt. Eine Rennbahn ohne Glücksspiel ist kaum denkbar!«

»Gott, nein!«, stöhnte Malik.

»Danke, Mr. Hosnani. Ich halte fest: Erstens: Die Bewilligung der Pferderennbahn enthielt bereits die Zustimmung zu den damit verbundenen Spielstätten ...«

»Aber das sind verschiedene Dinge!«, protestierte Owen.

»Es ist doch alles dasselbe«, widersprach Malik. »Es ist gehupft wie gesprungen.«

»Ein Casino ist etwas ganz anderes!«

»Nicht vom Wesen her, Captain Owen. Und das ist mein Hauptargument: Heliopolis ist vom Wesen her eine Stadt des Vergnügens.«

»Ich bin immer fürs Vergnügen«, sagte Malik.

»Danke, Mr. Hosnani. Wir sprechen hier nicht über irgendeine üble, primitive Spielhölle, sondern über ein geschmackvolles, diskretes, bescheidenes Projekt in einem führenden Hotel ...«

»Bescheiden?« Der Mann vom Justizministerium senkte den Blick auf den Bauplan. »Es ist gigantisch!«

»Zu seinem Wesen gibt es noch etwas anderes anzumerken«, sagte Owen. »Haben Sie je an die Nähe zum Versammlungsort der Karawanen nach Mekka gedacht?«

»Ach, Captain Owen«, lächelte der Anwalt, »ich denke, Sie sind der Zeit ein bisschen hinterher. Wir alle fahren heute mit der Eisenbahn, verstehen Sie.«

»Wirklich?«, fragte Malik verblüfft.

»Nein«, sagte Owen. »Nicht jeder. Es gibt immer noch Karawanen.«

»Wie lange noch? Nein, Captain Owen ...« – der Anwalt schüttelte lächelnd den Kopf –, »wir müssen in die Zukunft schauen. Und Heliopolis ist die Zukunft.«

»Ich glaube, wir müssen die religiösen Gefühle der Einheimischen berücksichtigen«, erklärte Owen.

Nun schaltete sich der andere Anwalt ein. »Bei allem Respekt, aber ich bin mir nicht so sicher, ob der Mamur Zapt der beste Fürsprecher bezüglich religiöser Gefühle ist.«

»Nein?«, fragte der Vertreter des Justizministeriums.

»Nein. Es gibt auch im Ort selbst eine beachtliche Unterstützung für das Vorhaben. Ich würde sogar so weit gehen und behaupten, dass es die Fantasie der örtlichen Bevölkerung beflügelt hat, wie Mr. Hosnani hier in der Lage ist, Ihnen zu bezeugen.«

»Da haben Sie verdammt Recht«, knurrte Malik. »Wir sind alle dafür. Wir können es gar nicht mehr erwarten, bis es losgeht.«

»Bei allem Respekt«, erwiderte Owen, »ich bezweifle, dass Mr. Hosnani in der Lage ist, das zu bezeugen; zumindest nicht, was die Meinung der gewöhnlichen Leute betrifft.«

»Bin ich vielleicht kein Anwohner?«, rief Malik entrüstet.

4

Ein paar Leute standen herum, aber im Vergleich zu dem Auflauf, den es in der Stadt gegeben hätte, war das nichts. In der Stadt wäre die ganze Straße verstopft gewesen. Hier sah lediglich ein alter Mann beim Tränken seiner Ziegen auf, eine Hand voll Frauen hielten auf dem Weg zum Brunnen inne und gebückt im Feld arbeitende Männer richteten sich kurz auf und schauten hinüber. Ein, zwei Dorfbewohner waren aus ihren Häusern gekommen, um zu sehen, was los war. Und beim Baum hielt sich Daniel, der Kopte, bereit, in der Hoffnung, aus dem Ereignis irgendwie Gewinn zu schlagen.

Die Fläche vor dem Baum war mit Seilen abgeriegelt. Mehrere Männer, bekleidet mit Polizeirock und einem Tarbusch ähnlich wie beim Militär, hatten sich niedergekauert und untersuchten den Boden. Obwohl die Sonne den Sand derart aufheizte, dass er einem fast die Haut versengte, gingen sie barfuß; und obschon sie nicht sehr viel anders aussahen als gewöhnliche Polizisten aus der Stadt, handelte es sich bei ihnen um Männer der Wüste. Sie waren die professionellen Fährtenleser der Polizei.

Einige ihrer Leistungen waren legendär. Einmal waren mitten in der Wüste Güter aus einem Zug geworfen worden. Auf Kamelen wartende Komplizen hatten diese ins über hundert Meilen entfernte Port Said geschafft, wo die Fährtenleser sie auf dem Marktplatz aufgespürt hatten. Die Hufabdrücke der Kamele allein hatten ihnen genügt, sie zu identifizieren.

»Ich hatte gedacht, es wäre vielleicht schon zu spät«,

sagte Mahmoud. »Und natürlich war der Boden am Ende der Gleise schon sehr verunstaltet. Dort sind ja am Tag nach dem Mord etliche Leute kreuz und quer durcheinander gelaufen. Aber ein Stückchen weiter draußen ist es ihnen tatsächlich gelungen, die Spur aufzunehmen. Zum Teil lag das an den verschiedenen Arten von Sand, die sie am Toten gefunden haben; aber sie haben dann wirklich eine Fährte entdeckt.«

»Und die hat hierher zurückgeführt?«, fragte Owen.

»Ja. Hier ist er ermordet worden.«

Einer der Fährtenleser sah auf und deutete auf ein Stück Boden.

»Ist er hier gestürzt?«

Owen beugte sich über die Stelle und betrachtete sie eingehend. Er erwartete nicht wirklich, irgendetwas erkennen zu können, und wurde auch nicht enttäuscht. Andererseits kannte er die Fährtenleser gut genug, um ihnen zu glauben. Aber wenn er es ganz genau bedachte, war der Boden hier vielleicht ein kleines bisschen abschüssig.

Der Fährtenleser deutete auf den Rand dieser Stelle und machte mit der Hand Bewegungen, als wolle er den Sand glätten. Richtig, man konnte meinen, dass hier etwas gezogen worden war. Der Mann richtete sich auf, bedeutete Owen, ihm zu folgen, und lief, unentwegt auf den Boden zeigend, weiter in die Wüste hinein.

Für ihn war der Sachverhalt sonnenklar. Für Owen war er so gut wie unsichtbar. Nur von Zeit zu Zeit bückte sich der Mann und zeigte Owen Abdrücke, mit denen *er* jedenfalls etwas anfangen konnte. Die Schwierigkeit bestand darin, zwischen den Abdrücken einen Zusammenhang herzustellen und daraus die Fährte als Ganzes zu ermitteln. An dieser Stelle kamen – vermutlich – die verschiedenen Sandarten ins Spiel. Daran wiederum waren für Owen praktisch keine Unterschiede zu erkennen. Den Fährtenlesern sprangen sie schon auf eine Meile Entfernung ins Auge.

Der Mann führte Owen über die Wüste zur Eisenbahnstrecke, wo ein Teil der Arbeiter, mit denen er und Mahmoud am Vortag gesprochen hatten, Gleise verlegten. Ein neues Stück war hinzugekommen. Darum kümmerte sich der Fährtenleser nicht. Stattdessen ging er mit Owen zu der Stelle, wo dieser den Toten hatte liegen sehen.

Dann kehrte Owen mit ihm zum Baum zurück.

»Es ist ein weiter Weg, wenn man jemanden zieht.«

Der Fährtenleser zuckte die Schultern.

»Vielleicht hatte er keinen Esel.«

Es war eine weite Strecke. Mühelos hätte sie niemand bewältigt. Jemand musste es bewusst getan haben, um, wie Mahmoud angenommen hatte, ein Zeichen zu setzen.

Es war wirklich eine weite Strecke, und wenn es in voller Absicht geschehen war, warum hatte der Täter dann nicht an die Last gedacht? Hier, in dieser Hitze, wurde fast alles auf dem Rücken eines Esels transportiert. Gut, der Überfall war in der Nacht verübt worden, als es kühl gewesen war. Trotzdem war es eine weite Strecke.

Darauf machte er Mahmoud aufmerksam.

»Ja«, antwortete der Ägypter, »daran habe ich auch gedacht.«

»Warum kein Esel?«

»Weil hier überall Esel gehalten werden. Er hätte schreien können.«

»Wir sind ein gutes Stück vom Dorf entfernt«, wandte Owen ein.

»Ja, aber Esel gibt es hier trotzdem. Gleich dort drüben unter den Bäumen beim Brunnen steht zum Beispiel einer.«

Owen akzeptierte das mit einem Nicken.

»Es *musste* eine weite Strecke sein«, brummte Mahmoud. »Die Eisenbahngleise waren sein Ziel; dort wollte er den Toten am Ende haben. Aber von sich aus wäre Ibrahim nicht dorthin gelaufen. Wenn er mit dieser Verabredung in eine Falle gelockt werden sollte, dann dürfte das Treffen nahe beim Dorf stattgefunden haben. Nahe, aber nicht zu nahe. Hier unter dem Baum« – Mahmoud sah sich um – »wäre so ziemlich der ideale Ort gewesen.«

Der Kopte hatte das Geschehen aufmerksam verfolgt. Owen trat auf ihn zu.

»Sind Sie die ganze Zeit hier, Daniel?«

»Gewiss. Das ist schließlich mein Grund und Boden.«

»In den Nächten auch?«

»Äh, nein. Ich habe eine Frau, die ich wärmen muss.«

»Und wo wärmen Sie sie, Daniel?«

»In Tel-el-Hasan.«

»Ah, Heliopolis, wo jetzt gebaut wird?«

»Wo jetzt gebaut wird, leider. Ich habe ihnen *mein* Land angeboten, aber der Khedive war schneller.«

»Es ist sein Land, nicht wahr?«

»Das meiste davon ist nur Wüste. Doch er hat behauptet, sie gehöre ihm.«

»Und Sie gehen jeden Abend heim?«

»Ja.«

»Zu Fuß?«

»Zu Fuß?«, fragte Daniel erstaunt zurück. »Laufen ist etwas für Fellachen. Ich habe einen Esel.«

»Wann brechen Sie ungefähr von hier auf?«

»Wenn die Sonne zwei Faustbreit über dem Horizont steht. Würde ich auch nur etwas länger warten, käme ich in der Dunkelheit heim. Das kann mir aber nicht recht sein. Hier sind üble Gestalten unterwegs.« Er sah zu der Stelle hinüber, wo die Fährtenleser kauerten. »Moslems«, fügte er hinzu.

»Und wann kommen Sie wieder?«

»Bei Sonnenaufgang. Käme ich später, wer weiß, wie viele Kerle dann schon am Baum herumschnitzen würden.«

»Und in der Nacht, in der der Mann ermordet wurde, ist Ihnen da auf dem Heimweg nichts Ungewöhnliches aufgefallen?«

»Nein.«

»Auch nicht bei Ihrer Rückkehr am Morgen darauf?«

»Was hätte ich denn schon sehen sollen?«

»Ich habe mich nur gefragt ...«

»Die anderen Männer wollten das auch schon von mir wissen«, sagte Daniel. »Sowohl der da« – er deutete auf Mahmoud – »als auch der andere, der vor ihm da war.«

Owens Augen folgten der ausgestreckten Hand und er sah wieder den Esel zwischen den Bäumen. »Gehört dieser Esel dort drüben Ihnen?«

»Ja. Und die Bäume sollten mir von Rechts wegen auch gehören. Denn als die Jungfrau unter dem Baum ruhte, ging sie zum Brunnen, um Wasser zu holen und die Kleider des Kindes zu waschen. Und als sie danach das Wasser wegschüttete, entsprangen an dieser Stelle heilige Balsambäume. Diese dort. Sie sind viel Geld wert. Und von Rechts wegen«, stieß David bitter hervor, »müssten sie mein Eigentum sein. Denn es gäbe sie nicht, wenn die Jungfrau nicht unter dem Baum geruht hätte.«

»Wem gehören sie?«

»Da gibt es Leute im Dorf, die behaupten, es wären wilde Bäume, auf die niemand ein Recht hätte. Aber ist der Brunnen etwa wild? Jemand hat ihn hier gebaut. Und das Gleiche gilt für die Bäume. Jemand hat sie gepflanzt. Und dieser Jemand war die Jungfrau, nachdem sie unter meinem Baum geruht hatte. Sie gehören nicht allen; sie gehören mir. Und dieser alte Hurensohn dort drüben lässt seine Ziegen meine Lebensgrundlage fressen!«

Die Ziegen stellten sich auf die Hinterbeine und zupften an den Zweigen. Von dort, wo sie Triebe ausrissen, strömte ein kräftiger, süßer Duft nach Kräutern zu Owen herüber.

»Schöne Tiere«, sagte er zu dem alten Mann.

»Zwei davon geben Milch«, erklärte dieser.

»Hier ist wirklich eine günstige Stelle für Sie«, meinte Owen. »Sowohl Wasser als auch Futter.«

»Die Blätter mögen sie gar nicht so gern. Kann sein, dass wir bald weiterziehen.«

»Sie sind seit ein, zwei Tagen hier?«

Der Alte nickte.

»Was tun Sie die Nacht über? Lassen Sie sie allein?«

»Ich bleibe bei ihnen«, erklärte der alte Mann. »Sie sind an mich gewöhnt.«

»Demnach waren Sie auch in der Nacht hier, in der der Mann gefunden wurde?«

Er nickte erneut.

»Und haben Sie in jener Nacht etwas gehört?«

»Ich habe die Tauben in den Bäumen gehört.«

»Und dann, als es dunkel wurde und die Tauben sich in den Bäumen zur Ruhe begaben, haben Sie da noch irgendwas gehört?«

»Die Ziegen waren unruhig.«

»Fühlten sie sich vielleicht gestört?«

»Vielleicht.«

»Wodurch?«

Der Alte überlegte. »Durch Menschen«, sagte er schließlich.

»Hier draußen? Beim Baum?«

»Dort waren sie, ja.«

»Dann waren es also mehr als einer?«

»Das ist richtig.«

»Und was haben Sie gehört?«

»Stimmen.«

»Laute Stimmen?«

»Nicht sehr laut.«

»Waren sie aufeinander böse?«

»Nein«, antwortete der alte Mann überrascht. Er dachte kurz nach. »Eine davon war eine Frau«, fügte er zögernd hinzu.

»Ach? Sie haben sie reden gehört? Und die andere Stimme gehörte einem Mann? Oder waren es vielleicht doch mehr?«

»Nur diese eine.«

Owen versuchte, mehr von ihm zu erfahren, doch ihm war kein Erfolg beschieden. Schließlich entfernte er sich und berichtete Mahmoud davon.

»Demnach hat sie sich getäuscht«, schloss Owen.

»Sie?«

»Jalila. Die Frau, die er besucht hatte.«

Er erklärte Mahmoud, was sie Asif gegenüber geäußert hatte.

»Sie glaubte, er hätte nichts mehr davon gehabt, wenn er nach allem, was er mit ihr gemacht hätte, noch zu einer anderen Frau gegangen wäre. Da hat sie sich eindeutig getäuscht!«

»Oder gelogen.«

»Ich glaube nicht, dass sie gelogen hat«, brummte Owen.

»Wahrscheinlich nicht. Lassen Sie uns also annehmen, dass sie sich geirrt hat. Er wollte tatsächlich noch zu einer anderen Frau.«

»Wir können uns nicht vollkommen sicher sein. Aber es ist anzunehmen.«

»Es müsste«, sagte Mahmoud nachdenklich, »eine Frau aus dem Dorf gewesen sein. In diesem Fall wird jemand anderes aus dem Dorf sie mit ziemlicher Sicherheit kennen.«

»Die Frauen in diesem Dorf sind ein verderbter Haufen!«, rief Scheich Isa grimmig.

Sie waren ihm bei der Rückkehr nach Matariya über den Weg gelaufen.

»Tja, so ist das nun mal«, meinte Owen mit einem betrübten Kopfschütteln.

»Liegt es daran, dass sie nicht auf die Worte ihrer Männer hören?«, fragte Mahmoud voller Anteilnahme. »Oder daran, dass ihre Männer nicht auf *Ihre* Worte hören?«

»Frauen sind unmoralisch, Männer sind schwach«, verkündete Scheich Isa.

»Verführerinnen, und zwar alle!«, bellte Owen.

»Diese Schlampe von Jalila! Da muss ein Anfang gemacht werden. Sie gehört gesteinigt!«

»Eine faule Dattel verdirbt die anderen«, meinte Mahmoud.

»Sie sollten ein Exempel an ihr statuieren! Das predige ich ihnen schon lange. Aber hören sie auf mich?«

»Ich nehme an, das liegt daran, dass zu viele von ihnen selbst zu ihr gegangen sind«, bemerkte Owen spitz.

Scheich Isa blitzte ihn an. »Wenn sie das getan haben, sollten sie ihren Lebenswandel ändern!«

»Vielleicht wird ihnen ja Ibrahims Schicksal eine Lehre sein.«

Scheich Isa sah Owen misstrauisch an. Trotz seiner Heftigkeit war er, wie Owen schlagartig begriff, kein Dummkopf. »War das also der Grund?«, fragte er.

»Wir wissen es nicht«, gab Mahmoud zu, »aber wir stellen uns Fragen. Vor allem würden wir gern wissen, wer diese andere Frau war, zu der er ging.«

»Noch eine?« Scheich Isa schlug sich gegen die Stirn. »Noch eine andere Frau, sagen Sie? Außer Jalila?« Mahmoud nickte. »Huren!«, brüllte der Scheich. »Alle miteinander … Huren!«

Leute blieben stehen und sahen neugierig herüber.

»Nun ja, möglicherweise nicht alle«, beschwichtigte ihn Owen. »Vielleicht sogar nur eine einzige. Außer Jalila natürlich.«

»In der Nacht, in der Ibrahim ermordet wurde, hat eine Frau mit ihm gesprochen«, sagte Mahmoud. »Nachdem er bei Jalila gewesen war. Wir würden gern wissen, wer das war.«

»Es kann sein, ja, es ist sogar höchst wahrscheinlich, dass er sie nicht zum ersten Mal traf«, ergänzte Owen.

»Und wenn das der Fall ist«, sagte Mahmoud, »so kennt sie vielleicht jemand im Dorf.«

Scheich Isa sah ihn nachdenklich an. »Das ist durchaus möglich. Im Dorf gibt es Leute, die es zu ihrem Lebensinhalt machen, über die Angelegenheiten aller anderen Bescheid zu wissen. Und darüber zu reden!«

Unvermittelt brüllte der Scheich los. »Klatschbasen! Verleumderinnen! Spioninnen! Frauen!«

»Äh …«

»Kommen Sie mit!«, rief Scheich Isa. »Ich weiß, wer es Ihnen sagen wird!«

Eine alte Frau öffnete die Tür.

»Sag's uns!«, befahl Scheich Isa. »Sag's uns!«

»Was soll ich Ihnen sagen?«

»Mit wem er zusammen war. Los schon! Raus damit! Nenn uns den Namen der Hure!«

»Welcher Hure?«, fragte die Alte. »Es gibt ja so viele.«

»Die, bei der Ibrahim in seiner letzten Nacht war.«

»Sie wissen doch, bei wem er war.«

»Nicht Jalila, du Närrin. Die andere!«

Die Frau sah ihm unbeeindruckt in die Augen. »Oho! Sie wachen also auf, wie?«

»Mir sind die Augen geöffnet worden!«

»Es war ja auch höchste Zeit. Aber ich kann Ihnen nicht weiterhelfen.«

»Weißt du es nicht?«

»Nicht sicher. Aber ich kann es mir denken.«

»Nun, dann?«

»O nein, ich kann es Ihnen nicht sagen.«

»Warum nicht?«, donnerte der Scheich.

»Sie haben mir gesagt, ich darf nicht klatschen.«

»Das ist kein Klatsch!«

»Was dann?«

»Äh … es ist das Teilen von Wissen, sonst nichts.«

»Aber nichts anderes habe ich letzte Woche gemacht, als Sie mir befohlen haben, es bleiben zu lassen!«

»Mach dich nicht über mich lustig, du Schlampe!«

»O nein, ich kann es Ihnen unmöglich sagen. Leider.«

Die Alte vergnügte sich unbändig. »Ich weiß es übrigens ... oder kann es mir zumindest denken. Aber ich darf es Ihnen nicht sagen. Das wäre nicht richtig.«

»Sag's mir einfach, du alte Schlampe!«

»Mein Scheich hat es mir verboten!«

Scheich Isa hob seinen Stock. Blitzschnell sprang die alte Frau hinter die Tür.

»Schämen Sie sich!«, zeterte sie. »Erst locken Sie mich ins Laster, dann schlagen Sie mich! Morgen komme ich zu Ihrer Gebetsversammlung und offenbare es laut vor allen Leuten: Scheich Isa wollte mich zum Laster verlocken, und als ich mich nicht verführen ließ, hat er gedroht, mich zu schlagen!«

Schon vorher hatte Owen vermutet, dass Scheich Isa im Dorf nicht übermäßig gefürchtet wurde.

Mahmoud entschied sich einzugreifen. »Sie scherzen, Mutter«, tadelte er sie in strengem Ton. »Aber diese Angelegenheit ist nicht zum Lachen. Ein Mann ist gestorben.«

Die alte Frau trat wieder hinter der Tür hervor und musterte ihn. »Sind Sie der Kadi?«

»Ich bin so etwas Ähnliches wie ein Kadi.«

»Es hat lange gedauert, bis Sie endlich hierher gefunden haben. Das Gesetz kommt nicht oft an diesen Ort.«

»Diesmal ist es da. Und es bittet Sie um Ihre Hilfe. Nachdem Ibrahim Jalila in der besagten Nacht verlassen hatte, wollte er noch eine andere Frau treffen. Wissen Sie, wer das gewesen sein könnte?«

»Ibrahim war ein Narr. Er konnte diese Frau einfach nicht in Ruhe lassen. Aber dass er deswegen sterben sollte, ist nicht richtig. Mit Gerechtigkeit hat das doch nichts zu tun, oder? Darum sage ich es Ihnen. Ich weiß nicht, zu wem er in dieser Nacht noch gehen wollte. Aber ich weiß, auf wen er ein Auge geworfen hatte: Khadija.«

»Khadija?«, bellte der Scheich. »Khadija?«

»Das ist richtig.«

»Du alte Schlampe! Du treibst nur Unfug!«

»Wer ist Khadija?«, fragte Mahmoud.

Die Frau wandte sich zu ihm um. »Leilas Schwester.«

»Die Frau des Ermordeten«, klärte ihn Owen auf.

»Du lügst, Frau!«, schrie der Scheich.

»Ich lüge nicht«, beharrte die Alte. »Es ist die Wahrheit! Er hatte schon immer ein Auge auf sie geworfen. Manche Leute sagen, dass er sie und nicht die andere heiraten wollte. Das kann ich nicht beurteilen, aber ich weiß eben, dass er immer hinter ihr her war. Selbst nach seiner Hochzeit.«

»Haben Sie mit den Verwandten der Frau gesprochen?«, fragte Owen Mahmoud leise.

»Ja, aber nicht mit ihr selbst.«

»Möglich ist es«, räumte Scheich Isa widerstrebend ein, »aber schicklich ist es nicht!« Er funkelte die Alte böse an.

»Natürlich stammt sie nicht aus unserem Dorf«, sagte die Alte mit einem verschlagenen Lächeln.

»Das ist wahr.« Der Scheich war mit einem Mal sehr viel freundlicher zu ihr.

Owen sah die Frau fragend an. »Woher kommt sie denn?«

»Tel-el-Hasan.«

»Ich muss sofort dorthin gehen und das Scheich Riyad sagen!«, verkündete Scheich Isa. »Wir werden sie gemeinsam anprangern!«

»Halten Sie sich besser ein wenig zurück«, bat ihn

Mahmoud. »Noch wissen wir schließlich nicht, ob sie es wirklich war.«

»Er hatte ein Auge auf sie geworfen; oder steht das etwa nicht fest?«

»Schon, aber wir wissen nicht, ob sie auch ein Auge auf ihn geworfen hatte.«

»Er hätte sie nicht mal angeschaut, wenn sie ihn nicht dazu verlockt hätte. Huren … Huren! Sie sind alle Huren!« Immer noch schimpfend, eilte Scheich Isa davon.

Tel-el-Hasan, der Ort, aus dem die Familie der Ehefrau stammte, war ein weniger als zwei Meilen entferntes kleines Dorf. Wie in Matariya standen die Häuser im Schatten dicht beieinander wachsender Bäume. Obwohl diese Dörfer gut vier, fünf Meilen abseits des Nils lagen, waren sie durch Bewässerungskanäle mit ihm verbunden. Die Hauptwasserstraße war jedoch der Khalig-Kanal, der unmittelbar hinter Matariya zum Ismailiya-Kanal wurde. Auch hier lagen die Dörfer nicht unmittelbar am Ufer, sondern waren über ein dichtes Netz aus kleinen Kanälen, Gräben und Furchen, die das Wasser über die Felder beförderten, an ihn angeschlossen. Allerdings gab es wohl in Matariya wie auch in Tel-el-Hasan ein Grundwasserreservoir, das die Brunnen speiste und dem die Bäume ihr dichtes Laubwerk verdankten.

In einem der *Gadwals* oder Gräben schlugen sich zwei kleine Jungen. Mahmoud, der immer für Gerechtigkeit eintrat, auch unter kleinen Kindern, kletterte in den Graben hinunter und trennte die Streithähne. »Er ist doch kleiner als du«, tadelte er den Überlegenen.

»Es ist eine Blutfehde«, entgegnete der größere Junge.

»Schäm dich! Und das im selben Dorf?«

»Er ist nicht wirklich aus unserem Dorf!«

»Bin ich doch!«, rief der kleinere Junge mit tränenerstickter Stimme.

»Nein, bist du nicht! Das dort drüben ist sein Haus.« Er deutete auf ein kleines Gebäude am Rand oder, wenn man es übergenau nahm, unmittelbar hinter der Dorfgrenze.

»Das zählt als Dorf«, erklärte Mahmoud entschieden und ließ die Jungen los. Sie verschwanden blitzschnell. »Selbst dieser kurze Weg ...« Er schüttelte betrübt den Kopf. »Das lässt ihnen eine Strecke von zwei Meilen wie eine Reise in ein fremdes Land erscheinen.«

»Aber sie heiraten doch zwischen den Dörfern«, wandte Owen ein.

»Das müssen sie auch. Das Schlimme ist nur, dass sie trotzdem weit voneinander entfernt bleiben.«

»Wollte die Familie eine Fehde anzetteln?«

»Dazu wollten sie nichts sagen. Überhaupt haben sie eisern geschwiegen.«

»Wissen Sie, das ließe sich doch lösen. Es muss nicht zu einer Blutfehde ausarten. Vom Standpunkt der Familie der Frau aus ist ja gar kein Blut vergossen worden.«

»Vom Standpunkt der Sippe des Mannes aus aber sehr wohl. Wenn sie glauben, dass es die Familie der Frau war, werden sie Rache nehmen wollen.«

»Aber warum soll es jemand aus der Sippe der Frau gewesen sein?«

»Ehre.«

»Ist ihnen die Frau derart wichtig?«

»Nein. Aber die Familie ist ihnen sehr wohl wichtig. Und sie sagen, die Sippe wäre beleidigt worden.«

»Ibrahims Verwandte könnten eine Entschädigung zahlen.«

»Entschädigung ist das Letzte, woran die Familie im Augenblick denkt. Einer ihrer Männer ist ermordet worden und sie wollen Rache.«

»Sie könnten etwas zahlen und die Frau zurückschicken.«

»Das würde das Ganze noch schlimmer machen. Die Familie der Frau würde sagen, darin käme nur die Verweigerung jeder Achtung zum Ausdruck. Und so komisch es klingt, ich glaube, dass es Ibrahims Familie genauso sehen würde. Sie haben nicht vor, sie zurückzuschicken. Sie mögen sie zwar nicht besonders, und weil sie nichts außer zwei Töchtern hat, stellt sie eine zusätzliche Bürde für sie dar – dennoch würde keiner auf die Idee kommen, sie zu ihren Leuten zurückzuschicken. Durch ihre Hochzeit ist sie ein Teil der Familie geworden, und jetzt ist es eben ihre Aufgabe, sie zu versorgen. Nein, was ihnen wirklich etwas bedeutet, das ist der Mann. Ein Mann ist getötet worden, einer von ihnen, und dafür muss jemand büßen.«

Owen nickte. Als er nach Ägypten gekommen war, hatte er die ersten Monate auf Patrouillendienst in der Wüste verbracht und dabei einiges über Fehden und den Ehrenkodex der Stämme gelernt. »Es besteht die Gefahr«, gab er zu bedenken, »dass sie jemanden aus der Familie der Frau töten; dann gibt es einen weiteren Tod, der gesühnt werden muss, und so geht das immer weiter.«

»Diese Dörfler!«, stöhnte Mahmoud.

»Hoffen wir, dass es niemand aus der Sippe der Frau war.«

»Hoffen wir, dass wir herausfinden, wer es war«, erwiderte Mahmoud, »und zwar vor ihnen.«

Unter dem Hausdach waren Feuerholz, Gemüse und Büffelmist hoch aufeinander geschichtet, alles auf engstem Raum. Von den Dachsparren baumelten zu Ringen zusammengebundene Zwiebeln herab, von denen jede so gewaltig wie eine Melone war. Arm mochten die Leute sein, Hunger litten sie deswegen nicht. Wo so viele Lebensmittel gelagert wurden, musste es Männer geben, die sie verdienten oder anbauten, und tatsächlich waren im Haus gleich drei anzutreffen.

»Sie schon wieder?«, knurrte der älteste der Brüder Mahmoud nicht gerade einladend an.

»Mir geht es um Gerechtigkeit für Ihre Schwester«, sagte Mahmoud leise.

»Darum kümmern *wir* uns.«

Mahmoud schüttelte energisch den Kopf. »Nein, das werden Sie nicht tun.«

Der Bruder starrte ihn einen Moment lang an, dann fiel sein Blick auf Owen. »Wer ist der da?«

»Der Mamur Zapt.«

Der Mann zuckte ein wenig zusammen. Alte Erinnerungen, die alte Legende, starben nur langsam ab. »Was wollen Sie?«

»Mit Khadija sprechen.«

»Mit Khadija ... Das geht nicht. Sprechen Sie mit uns.«

»Ich habe beim letzten Mal mit Ihnen gesprochen«, sagte Mahmoud. »Jetzt würde ich gern mit Khadija sprechen.«

Die drei Brüder sahen einander an.

»Sie ist nicht da«, sagte einer herausfordernd.

»Dann warte ich eben, bis sie zurückkommt«, erklärte Mahmoud und ließ sich bequem nieder.

»Sie können nicht mit ihr sprechen!«

»Warum ist es so wichtig, dass ich nicht mir ihr spreche?«

»Es ist nicht wichtig. Sie ist eine Frau, das ist alles.«

»Wäre es Ihnen denn lieber, dass mein Freund in die Frauengemächer geht und sie rausholt? Das Recht dazu hat er.«

Das stimmte. Der Mamur Zapt war befugt, sich in jedes Haus Kairos Eintritt zu verschaffen, die Harems eingeschlossen. Ob sich dieses Recht auch auf so entfernt gelegene Orte wie Tel-el-Hasan erstreckte, war freilich eine andere Frage.

In Frage stand auch, inwiefern man diesem Recht Geltung verschaffen konnte. Erst vor zwei Jahren war nicht weit von hier ein Polizist bei der Durchführung seiner Ermittlungen erschossen worden.

Owen gab sich einen Ruck, als machte er wirklich Anstalten aufzustehen. Die drei Männer wechselten Blicke.

In diesem Moment trat eine Frau in die Tür, die in den inneren Raum führte. »Lasst sie mit mir sprechen«, forderte sie.

»Khadija?«

Sie nickte.

»Ich werde für sie sprechen«, bestimmte der älteste Bruder.

Die Frau blieb mit vor der Brust verschränkten Armen stehen. Verschleiert war sie strenggenommen nicht; sie hatte vielmehr ihr Kopftuch über das Gesicht gezogen, sodass die Männer es nicht sehen konnten.

»Kannten Sie Ibrahim?«, begann Mahmoud. Seine Frage richtete er allerdings nicht an Khadija, sondern, wie es der Brauch verlangte, an ihren Bruder.

»Wie konnte sie?«, knurrte dieser.

»Ich frage sie.«

»Ich kannte den Mann meiner Schwester«, erklärte sie gelassen.

»Sie kannte ihn so, wie es sich für eine Schwägerin geziemt.«

»Daran habe ich keinen Zweifel. Aber verhielt es sich bei ihm genauso? Hat er sie vielleicht, das heißt, hätte er sie gern auf andere Weise gekannt?«

»Das werden Sie ihn fragen müssen«, warf einer der Brüder lachend dazwischen.

»Das ist eine ehrenrührige Frage«, hielt der älteste Bruder Mahmoud vor.

»Sie muss gestellt werden. Denn andere stellen sie ebenfalls.«

»Ach, wirklich?« Die Züge des Ältesten strafften sich.

»Wir sind das Gespött des Dorfes dort, Bruder«, zischte einer der anderen beiden wütend.

Mahmoud hob beschwichtigend die Hand. »Kein Gespött. Und niemand verweigert Ihnen den Respekt. Sie sagen nur, dass er sich Ihnen gegenüber respektlos verhalten hat.«

»Indem er uns den Respekt verweigert hat«, stieß die Frau aufgebracht hervor, »hat er meine Schwester missachtet.«

»Das hat er jedoch allein mit den Augen getan?«

»Er hätte es gern anders gehabt.«

»Aber es geschah mit den Augen allein?«

»Bei mir, ja. Aber nicht bei meiner Schwester. Bei ihr ist es durch Taten geschehen.«

»Er hat sie vor all den Leuten in Schande gestürzt!«, knurrte einer der Brüder.

»Indem er zu Jalila gegangen ist?«

»Jede Nacht. Er hat keinen Hehl daraus gemacht. Und

sie genauso wenig. ›Ich kann dir Söhne geben‹, hat sie zu ihm gesagt, ›auch wenn deine Frau das nicht kann.‹«

»Wer ist sie, dass sie so redet?«, schimpfte die Frau. »Wie viele Söhne hat sie denn schon? Leila hatte wenigstens Töchter. Und Söhne wären auch noch gekommen. Das ist in unserer Familie immer so. Schauen Sie sich nur die drei an!« Sie deutete auf ihre Brüder.

»Ich bin verwirrt«, gestand Owen. »Erst hat er Ihre Schwester wegen Jalila verlassen. Und dann hätte er Jalila Ihretwegen sitzen lassen?«

»Wenn er die Gelegenheit dazu gehabt hätte«, schnaubte Khadija.

»Die hätte er bestimmt nicht gekriegt!«, stieß einer der Brüder grimmig hervor. »Wofür halten Sie uns eigentlich? Für Männer, die ihre Schwestern zu Huren machen?«

»Huren!«, schrie eine vertraute Stimme draußen auf der Straße.

Owen und Mahmoud wechselten einen Blick.

»O Gott!«, stöhnte Owen. »Scheich Isa!«

Sie gingen hinaus. Zusammen mit einem anderen geistlichen Scheich, der mindestens genauso alt, ehrwürdig und wahrscheinlich auch streitbar war wie er, stand Scheich Isa auf der Straße. Eine Gruppe Neugieriger feuerte die beiden an.

»Wie unpassend!«, ächzte Owen.

»Gottes Werk wartet nicht, bis es dem Menschen zupass kommt«, hielt ihm Scheich Isa unerbittlich vor.

»Gottes Werk? Sie nennen es Gottes Werk, zu einem Haus zu kommen und eine Frau anzuprangern, deren Schuld überhaupt nicht feststeht?«

»Unschuld festzustellen ist Gottes Sache, nicht die der

Menschen!«, bellte der Scheich. »Der Mensch sieht nur das Äußere, aber Gott sieht ins innerste Herz!«

»An meinem Herzen ist nichts faul!«, verteidigte sich Khadija unerschrocken.

»Aber an deinem wird gleich was faul sein!«, drohte einer der Brüder dem Scheich und lief ins Haus zurück.

Mahmoud hielt ihn fest, als er mit einem Gewehr in der Hand wieder herauskam.

»Genug!«, donnerte Owen. Er entwendete dem Mann das Gewehr und hielt die anderen beiden Brüder damit in Schach. »Keiner rührt sich von der Stelle!«

»Ins Caracol mit ihnen!«, schrie Scheich Isa aufgebracht.

Mahmoud warf Owen einen Blick zu. »Das ist vielleicht gar keine schlechte Idee.«

Owen nickte. »Bringt mir einen Strick«, befahl er.

Ein paar Männer rannten in ein benachbartes Haus und kamen mit Stricken zurück.

»Sie sind verhaftet«, beschied Mahmoud den Bruder, den er immer noch festhielt, und fesselte ihm die Hände.

Dann drehte er sich zu den anderen beiden um. »Und Sie und Sie.«

»Wir haben doch überhaupt nichts getan!«, protestierten sie.

»Sorgen wir dafür, dass es so bleibt. Umdrehen.«

»Und was wird aus mir?«, schrie Khadija.

»Hure!«, brüllte Scheich Isa. »Du bist schuld daran, dass es so weit gekommen ist!«

Einer der Brüder griff nach dem Gewehr. Geistesgegenwärtig drosch Owen ihm den Lauf auf den Unterarm. Mahmoud packte ihn von hinten und verschnürte ihm flink die Hände.

»Sie halten sich hier heraus!«, blaffte Owen Scheich

Isa an. »Und Sie bleiben hier«, befahl er Khadija. »Und Sie«, sagte er an den anderen Scheich gewandt, »sorgen dafür, dass ihr kein Leid geschieht.«

Mahmoud fesselte unterdessen auch den dritten Bruder, dann trat er einen Schritt zurück.

»Warum tun Sie ihnen das an?«, begehrte Khadija auf.

»Um sie davor zu bewahren, erschossen zu werden«, sagte Owen für sich.

5

Den Bahnhof von Matariya hätte man leicht übersehen können. Er war bloß eine Haltestelle in der Wüste und wies weder einen Bahnsteig noch irgendein Gebäude auf, sah man einmal von einem Wasserturm ab. Gewöhnlich gab es hier allerdings einen Fahrkartenkontrolleur, der unter einer einsamen Akazie auf einem Stuhl saß und die Fahrscheine entgegennahm, sofern sie ihm gezeigt wurden.

Als Owen heute aus dem Zug kletterte, war er jedoch nicht da. Der Stuhl stand verwaist an seinem üblichen Platz. Owen hatte schon den Eindruck gehabt, der Mann klebe für alle Zeiten auf seinem Sitz fest; umso überraschter war er diesmal. Weiter wunderte ihn, dass an diesem Halt, wo sich sonst nichts bewegte außer den kleinen Wüstensperlingen, die sich gern auf dem Eisenträger versammelten, der aus dem Wasserturm ragte, Menschen hin und her hasteten.

Als der Zug weiterfuhr, erkannte Owen, was los war. Auf der anderen Seite befand sich etwa hundert Meter neben dem Gleis ein großes Straußengehege und dort herrschte an diesem Morgen ein beträchtliches Durcheinander. Die gewaltigen Vögel rannten aufgeregt im Gehege herum und flatterten hektisch mit ihren mächtigen Flügeln, als wollten sie sich in die Lüfte schwingen. Es war ein blindes, panisches Gerenne und immer wieder schoss einer von ihnen geradewegs auf den Zaun zu, der dem Bahnhof gegenüberlag. Sobald das geschah, stürzten die am Zaun arbeitenden Männer laut schreiend herbei, fuchtelten wild mit den Armen, worauf der zweieinhalb Meter große und fast drei Zentner schwere Riesenvogel Angst bekam, im letzten Moment auswich und wieder über die Wüste zurücklief.

Das alles war äußerst spannend und Owen verstand auf Anhieb, warum das Spektakel so viele Neugierige anzog – einschließlich des Fahrkartenkontrolleurs. Jetzt sah er auch, dass in der Mitte des Zaunes eine Lücke klaffte, an der die Männer arbeiteten.

Auf der hiesigen Seite des Zaunes lag nahe dem Gleis ein Mann auf dem Boden. Mehrere Leute hatten sich über ihn gebeugt.

Auch Owen näherte sich dem Mann. Dieser rieb sich stöhnend das Genick.

»Nicht verzagen, Ja'affar«, redete ihm einer der Umstehenden gut zu. »Wir haben schon nach dem Barbier geschickt.«

»Ich brauche keinen Barbier«, ächzte der Verletzte. »Holt einen *Hakim*.«

»Der Barbier ist billiger, Ja'affar«, riet ihm jemand.

Ja'affar stöhnte nur.

»Vielleicht lässt Zaghlul einen *Hakim* holen«, meinte ein anderer.

»Zaghlul?«, rief Ja'affar. »Nicht, wenn es Geld kostet! Er kann einen Scheich holen lassen, damit der für mich betet.«

»Hier ist ein Effendi«, meinte einer. »Vielleicht ist er ein *Hakim*.«

»Leider nein«, sagte Owen. »Aber lasst einen *Hakim* holen, ich werde ihn bezahlen.« Er sah auf den Verletzten hinunter. »Aber … das sind ja Sie!«, rief er verblüfft, als er bemerkte, dass es der Mann war, den er zusammen mit Asif befragt hatte. »Aber natürlich, Sie arbeiten auf der Farm.«

»Dieser verfluchte Vogel. Ich habe ihn nicht kommen sehen.«

»Er hat den Zaun durchbrochen, Ja'affar, und ist weggerannt.«

»Wirklich? Na ja, der alte Zaghlul wird sich darum mehr Sorgen machen als um mich.«

»Owen, Owen, sind Sie das?«, rief eine Stimme.

Der Brite sah auf. Zu seiner Überraschung erkannte er Malik, den Sohn des Paschas. Und, was noch verblüffender war, denn diese Dinge waren in Ägypten noch so gut wie unbekannt, hinter ihm stand ein blitzendes, nagelneues Automobil.

»Kommen Sie schon! Steigen Sie ein!«

Owen ging hinüber.

»Ein Vogel ist ausgebrochen. Wir veranstalten eine Jagd!«

»Hm, ich weiß nicht ...«

»Los schon, Mann, steigen Sie ein!«

»Dort drüben liegt ein Verletzter ...«

»Ein gebrochenes Schlüsselbein. Mehr nicht.«

Malik ergriff Owen am Arm und zerrte ihn beinahe in den Wagen.

»Vergessen Sie nicht, ich bezahle Ihnen den *Hakim*!«, rief Owen den Arbeitern über die Schulter zu.

»Das müssen Sie nicht, alter Knabe«, brummte Malik. »Diese Burschen sind zäh. Ein paar Tage Ruhe und er ist wieder auf den Beinen. In null Komma nichts tanzt der wieder zur Arbeit an.«

»Die Luft hier draußen ist ausgezeichnet«, ließ sich aus dem Inneren des Wagens ein Mann vernehmen. »Sehr gesund.«

Zwei Männer saßen im Fond, beides Ägypter und beide steinreich. Außerdem befand sich eine bemerkenswerte Ansammlung von Gewehren auf den Sitzen.

»Hab mir alles geschnappt, was im Schrank war«, kommentierte Malik. »Ich weiß eben nicht, welches das beste für so was ist. Hab noch nie auf einen Strauß geschossen.«

»Müssen wir ihn denn erschießen?«

»O ja! Warum nicht?«

»Nun, er ist … Würden Sie ihn nicht als Teil des Viehbestands der Farm bezeichnen?«

»Ich würde ihn Wild nennen. Oder wildes Geflügel. Genau, wildes Geflügel. Heute kriegen wir ein Stück Geflügel, was, Ahmed? Oder klingt das nicht doch nach zu wenig? Schließlich ist er ja ein Riesenvogel. Richtig, eindeutig zu wenig. Dann ist er eben Wild.«

Der Wagen holperte über die Wüste.

»Das ist die einzige Methode«, erklärte Malik.

»Die einzige Methode?«

»Zu jagen. Hab's schon mit einem Pferd versucht, aber damit kommt man nie nahe genug heran. Nicht bei Gazellen, unmöglich. Mit Straußen müsste es so ähnlich sein, finden Sie nicht auch? Ziemlich schnell.«

»Der hier hat einen kleinen Kopf, Malik«, bemerkte einer seiner Freunde.

»Dann muss ich eben auf den Körper zielen. Aber auch das wird eine heikle Angelegenheit. Ein Ziel, das sich bewegt, und das Gewehr ruht auf einer sich bewegenden Grundlage. Verdammt aufregend! Was sagen Sie, Owen?«

»O ja.«

»Bin froh, dass ich Sie entdeckt habe. Danach gehen wir in den Racing Club und essen eine Kleinigkeit zu

Mittag. Eigentlich sollten die uns das Essen spendieren, wissen Sie. Dafür, dass wir einen Strauß abschießen. Ihnen einen Gefallen tun.«

»Einen Gefallen tun?«

»Klar. Die verdammten Vögel brechen ständig aus und greifen die Rennpferde an.«

»Ich glaube nicht, dass sie sie wirklich *angreifen*, Malik. Sie jagen ihnen nur Angst ein.«

»Ist doch dasselbe, oder? Sie sind eine verdammte Plage. Jemand sollte mal mit diesem alten Narren von Zaghlul sprechen.«

»Das tun wir. Oft sogar.«

»Diese Farm ist ein Gefahrenherd.«

»Ach, ich weiß nicht, Malik«, wandte einer der anderen ein. »Sie ist doch sehr malerisch, findest du nicht auch? Interessant für die Touristen.«

»Dann macht sie eben noch interessanter«, entgegnete Malik. »Verwandelt sie in ein Wildreservat. Verkauft die Schussrechte. Gott, ist das eine Idee! Sagt selbst, ich bin der geborene Geschäftsmann, nicht wahr? Was für eine Idee. Lasst sie uns dem Syndikat unterbreiten.«

»Der alte Zaghlul wird niemals einwilligen.«

»Der wird rausgekauft. Ich sorge schon dafür, dass das Syndikat ihn rauskauft.«

»Ich glaube, das hat es sogar versucht, Malik. Es ist brennend an seinem Land interessiert. Aber der alte Zaghlul will nichts davon wissen.«

»Dann müssen wir dafür sorgen, dass er Vernunft annimmt.«

Am Horizont bemerkte Owen plötzlich eine Schar von Reitern.

»Dort drüben, dort drüben!« brüllte Ahmed aufgeregt.

Malik riss das Lenkrad wild hupend in ihre Richtung herum.

»Tally-ho!«, schrie Ahmed. Er sah Owen an. »Das ruft man doch in England, nicht wahr?«

»Kann gut sein.«

In dem Teil von Wales, aus dem Owen stammte, war man nicht auf die Jagd versessen.

Der Wagen rumpelte in halsbrecherischem Tempo über den Sand und drohte sie jeden Moment hinauszukatapultieren.

»Verdammt aufregend, was?«, schrie Malik, vor Begeisterung die Zähne fletschend.

Dann erreichten sie die Reiter. Ein alter Mann in zerlumptem Beduinenumhang, der sich ein Gewehr über den Rücken gehängt hatte, ritt wütend gestikulierend auf sie zu.

Malik achtete nicht auf ihn. »Bei Gott, da ist er!«, rief er.

Und tatsächlich jagte weiter vorn ein Strauß über die Wüste.

»Tally-ho!«, heulte Malik und lenkte den Wagen in dessen Richtung.

Die Reiter sprengten ihm in breiter Formation hinterher. Owen sah gerade noch, wie ihr Anführer sein Gewehr in die Hand nahm, dann musste er sich schleunigst festklammern.

»Lad mir das Gewehr, Ahmed!«, schrie Malik.

»Welches?«

»Egal!«

Der Strauß rannte verschreckt geradeaus weiter.

»Du holst auf, Malik!«

»Hast du das Gewehr?«

Doch just in diesem Augenblick blieben die Vorderräder in einer tiefen Sandverwehung stecken. Sie alle flogen nach vorn. Unversehens fand sich Owen längs auf der Motorhaube ausgestreckt wieder.

»Gib mir das Gewehr!«, befahl Malik.

Owen kroch auf seinen Sitz zurück.

Es gab eine laute Explosion.

Ein Stück vor ihnen blieb der Strauß abrupt stehen, wechselte die Richtung und rannte im Zickzack weiter.

»Versuch's noch mal, Malik!«

Aber der Abstand war längst zu groß. Angewidert kletterte Malik aus dem Wagen. Owen sah, wie in der Ferne zwei Gruppen von Reitern dem Strauß über den Wüstensand nachjagten und ihm näher und näher kamen.

Es dauerte fast eine Stunde, bis sie den Wagen aus der Verwehung gegraben und wieder flott gemacht hatten. Danach holperte das Auto weiter dorthin, wo die Reiter den Strauß inzwischen gefangen hatten.

Er lag in einem riesigen Netz auf dem Boden. Die Männer hatten ihm die Füße zusammengebunden. Mit hektisch sich hebenden und senkenden Flanken lag er da. Mehrere Männer hielten ihn am Hals fest. Von Zeit zu Zeit fuhr er herum und versuchte, nach ihren Händen zu hacken.

Malik seufzte. »Verdammt schwerer Schuss. Wäre eine herrliche Trophäe gewesen, wenn ich ihn erlegt hätte. Wie wär's mit einem Drink?«

»Ungeziefer!«, knurrte der Mann am Tresen des Racing Club. »Nichts anderes sind sie!«

»Habt ihr schon von meiner Idee gehört?«, fragte Malik strahlend. »Die verdammte Farm in ein Wildreservat umwandeln. Die Schussrechte verkaufen. Das wäre eine echte Sensation.«

»Strauße und Pferde passen nicht zueinander«, sagte der Mann, der zuerst gesprochen hatte. »Die Strauße erschrecken die Pferde und die Pferde erschrecken die Strauße. Man muss sie getrennt halten. Diese Farm ist einfach zu nahe an der Rennbahn.«

»Es sind immerhin drei Meilen«, wandte jemand ein.

»Wenn sie ausbrechen, ist das keine Entfernung. Und was soll aus den Galoppern werden, die trainiert werden?«

»Es werden doch nicht ständig welche weglaufen.«

»Hoffentlich nicht. Es sind verdammt gefährliche Viecher. Brechen einem Pferd im Handumdrehen ein Bein.«

»So schlimm?«, fragte einer der Belgier beunruhigt. »Wir werden darauf achten müssen. Eine Straußenfarm könnte ganz reizvoll sein, eine ungewöhnliche Attraktion –, aber wenn die Tiere gefährlich sind, ist das etwas ganz anderes.«

»Könnte man den Alten nicht dafür bezahlen, dass er sie abschießt?«

»Wie viele sind es?«

»Mehrere hundert.«

»Zu teuer. Und womöglich willigt er nicht ein.«

»Meine Idee ist besser«, schaltete sich Malik ein. »Leute anlocken, die dafür zahlen, dass sie sie abschießen dürfen.«

»Na so was, Malik, dort draußen ist eine Frau!«

Alle stürzten ans Fenster.

»Das ist Salah-el-Dins Mädchen.«

»Ganz schön wagemutig, was?«

»Ich gehe rüber.« Damit eilte Malik zur Tür. »Kommen Sie mit?«, rief er Owen mit einem Blick über die Schulter zu.

»Ich glaube nein. Eigentlich ...« – Owen sah auf die Uhr – »sollte ich langsam aufbrechen.«

»Bleiben Sie doch noch«, bat ihn einer der Belgier. »Wir würden gern etwas mit Ihnen besprechen.«

Sie führten ihn in eine Ecke der Bar und bestellten frische Drinks. Von seinem neuen Platz aus konnte Owen durch das Fenster schauen. Neben der Rennbahn hatte man einen Streifen mit Gras bepflanzt, über das ein Mädchen flanierte. Ein Bediensteter hielt ihr einen Sonnenschirm über den Kopf.

»Ein bisschen ungeniert, was?«, meinte einer der Belgier.

»Auf den Boulevards mag das ja angehen«, brummte Raoul, der Mann, mit dem Owen Tennis gespielt hatte. »Aber hier?«

»Sie ist sehr jung«, gab Owen zu bedenken.

»Hier hat man eben einen anderen Geschmack.«

Während sie noch schauten, gesellte sich Salah-el-Din zu dem Mädchen und einen Augenblick später kam Malik angerannt.

»Ein ehrgeiziger Man, dieser Salah«, bemerkte einer der Belgier. »Hat große Pläne.«

»Man ist nicht immer gut beraten, wenn man als Bezirksmamur große Pläne hat«, meinte Owen.

»Nein. Und Sie? Haben Sie große Pläne?«

»Auch britische Beamte sind nicht immer gut beraten, wenn sie große Pläne haben.«

»Nicht in dem Sinn, wie Sie meinen. Aber irgendwelche Pläne muss man ja haben. Sie müssen früh in Rente gehen. Was kommt dann?«

»Gute Frage«, brummte Owen.

»Es sei denn, Ihre Regierung handhabt das ganz anders als unsere. Bei uns ist die Rente nämlich ein Witz.«

»Ich bin noch ein gutes Stück vom Bezug einer Rente entfernt«, erwiderte Owen.

»Das ist der richtige Zeitpunkt, um Pläne zu schmieden.«

Owen, der solche Annäherungsversuche gewöhnt war, nahm es ihnen nicht übel. Man wandte sich anderen Themen zu. Die Belgier erzählten, das Projekt entwickle sich recht gut. Bei so vielen freien Flächen und billigen Arbeitskräften sei das Bauen kein Problem. Die einzige Schwierigkeit, wenn man von einer sprechen könne, bestehe darin, Planungen und Einkünfte aufeinander abzustimmen.

»Jedes Bauprojekt ist eine langfristige Angelegenheit«, führte Raoul aus. »Der Haken an der Sache ist: Wenn es auf zu lange Frist geplant ist, werden die Geldgeber ungeduldig. Man versucht also, möglichst früh irgendetwas hochzuziehen, das Erträge gewährleistet.«

»Einen Spielsalon zum Beispiel«, meinte Owen.

Raoul lachte. »Das würde helfen. Aber die Hauptsache ist das Hotel. Ist es erst einmal fertig und zieht Gäste an, werden sie zwangsläufig Geld ausgeben.«

»Häuser zu bauen und zu verkaufen genügt nicht?«

»Es ist nicht schlecht. Auf lange Sicht. Aber kurzfristig brauchen wir mehr Bargeld. Deshalb ist die Pferderennbahn so wichtig. Wenn sie attraktiv genug ist, kommen die Leute selbst dann, wenn sie nicht hier leben.«

»Vorausgesetzt, sie können hierher gelangen.«

»Richtig«, bestätigte Raoul, »und das ist der Schlüssel. Straßen, Eisenbahn, selbst Trambahnen. Wir beabsichtigen, das Straßenbahnnetz bis hier heraus zu erweitern.«

»Bis hier heraus?«, rief Owen ungläubig. »Das wird eine Ewigkeit dauern!«

»Sie sehen freie Flächen«, sagte Raoul. »Wir sehen Gebäude.«

»Was für eine erschreckende Vorstellung!«

»Es ist die Zukunft«, lächelte Raoul.

Unten, neben der Rennbahn, beendete Amina den Spaziergang und lenkte ihre Schritte, begleitet von ihrem Vater – und Malik – in Richtung ihres Zuhauses.

»Und wie«, fragte Owen, »kommen Sie mit der neuen Eisenbahnstrecke voran, ehe Sie daran gehen, die Häuser zu bauen und die Straßenbahn zu verlängern?«

»Sie macht Fortschritte«, sagte Raoul und fügte mit ernster Miene hinzu: »Wenn auch zu langsam.«

»Aber Sie benötigen sie für Ihre Erträge?«

»Wir benötigen sie für die Erträge. Nun, da die Pferderennbahn gebaut ist, können wir uns keine Verzögerungen leisten. Die Strecke muss pünktlich fertig werden.« Er sah Owen unverwandt an. »Wir haben daran gedacht, die Männer auch am Freitag arbeiten zu lassen.«

»Am Freitag? Aber das ist der moslemische Sabbat!«

»Wir arbeiten schließlich auch am Sonntag, wissen Sie.«

»Ja, aber das ist etwas anderes. Dies ist ein moslemisches Land.«

»Wie religiös ist Ägypten eigentlich?«

»Wenn die Leute am Sabbat arbeiten sollen«, sagte Owen, »werden Sie merken, wie religiös es ist.«

»Blasphemie! Gotteslästerung! Frevel!«, ereiferte sich Scheich Isa.

Heute stand eine größere Menge als sonst um das Tabernakel. Darunter befand sich auch eine Reihe junger Männer, die Owen vom Bau der Eisenbahn her zu kennen glaubte.

»Normalerweise würde ich ihm ja nicht zustimmen«, kommentierte Ja'affar. »Aber diesmal hat er wohl Recht.«

»Du magst damit einverstanden sein, Ja'affar«, entgegnete einer von denen, an die sich Owen zu erinnern meinte – war sein Name nicht Abdul? –, »schließlich sind die Leute, die auf der Straußenfarm arbeiten, nicht davon betroffen.«

»Noch nicht«, fügte einer seiner Kollegen hinzu.

Ja'affar fuhr entsetzt herum. »Du willst doch nicht sagen, dass der alte Zaghlul …?«

»Er ist ein mieser alter Geizkragen. Der probiert jeden Trick. Wenn die von der Eisenbahn das durchsetzen, wird er bald anfangen zu fragen, warum er das nicht auch auf der Farm einführen darf.«

»Aber im Augenblick betrifft dich das sowieso nicht, Ja'affar«, meinte der Barbier. »Mit diesem Arm kannst du unmöglich arbeiten.«

Sie saßen hinter dem äußersten Ring um den Scheich auf dem Boden, weit genug entfernt, um ihre Unabhängigkeit zu bekunden, doch nahe genug, um mitzubekommen, was gesagt wurde. Vorübergehend hatte der Barbier seinen Laden, also seinen Stuhl, seine Schüsseln und seine Geräte, hierher verlegt.

Und auch seine Kumpane waren mitgekommen. Scheich Isa hatte heute eine andere Zuhörergemeinde als gewöhnlich. Sie war jünger, kritischer und freidenkerischer. Neben dem verletzten Ja'affar gehörte eine Reihe von Gleisarbeitern dazu, darunter auch der Mann, der beim Streit um die Entfernung von Ibrahims Leiche ihren Sprecher abgegeben hatte. Außerdem war der Bruder des Toten dabei.

»Das sehe ich auch so«, sagte der Mann, der als ihr Sprecher aufgetreten war. Er schien Wahid zu heißen. »Normalerweise würde ich dem Scheich nicht zustimmen, aber damit hat er Recht. Wenn diese Idee vom Sabbat als Werktag weiter verfolgt wird, lassen sie uns bald tatsächlich am Sabbat arbeiten. Dich, Ja'affar, mich, Ismail – nur Sie nicht.« Er sah Owen an.

Owen war gekommen, um sein Versprechen einzulösen. Wie sich aber schnell herausgestellt hatte, war am Ende doch nicht nach einem *Hakim* geschickt worden.

»Er hätte den ganzen weiten Weg von der Stadt kommen müssen, Effendi«, erklärte der Barbier. »Und wozu? Was ist denn schon ein gebrochenes Schlüsselbein? Das kriege auch ich hin.«

»Du hast gesagt, da müsse man überhaupt nichts machen!«, rief Ja'affar vorwurfsvoll. »Du hast gesagt, das würde von selbst heilen.«

»Das wird es auch. Die Schlinge ist nur dazu da, um zu verhindern, dass der Arm belastet wird. Und um dem alten Zaghlul zu zeigen, dass du wirklich was hast.«

Ja'affar hatte nicht nur zufrieden gewirkt, sondern schien auch schon auf dem Weg der Besserung zu sein. Darum hatte sich Owen damit einverstanden erklärt, die Rechnung des Barbiers zu begleichen, was ihm sowohl bei Ja'affar als auch beim Barbier und dessen Clique große Beliebtheit eingebracht hatte.

»Ich arbeite jeden Tag«, antwortete Owen lächelnd.

Er hatte eine Tasse Tee angenommen und sich zu den anderen in den Kreis gesetzt. Das war sehr günstig, bekam er doch von hier aus mit, was Scheich Isa sagte, und erfuhr gleichzeitig, wie im Volk darüber gedacht wurde. Eins hatte die Diskussion um die Arbeit am Freitag offenbar bereits bewirkt: Sie hatte Ibrahims Tod in den Hintergrund gedrängt. Wenn dem wirklich so war, würde es Mahmoud die Arbeit erleichtern. Er gewann dadurch Zeit, den Mörder zu verfolgen und zu verhindern, dass die ganze Affäre zu einer Rachefehde ausartete. Vorausgesetzt natürlich, der Mord hatte einen ausschließlich lokalen Hintergrund.

Aber was geschah jetzt? Scheich Isa verknüpfte plötzlich zwei verschiedene Dinge miteinander.

»Wie viele Zeichen muss Gott denn noch senden? Erst der Baum; dann der Mord an dem armen Ibrahim! Sind die Zeichen etwa nicht dazu da, um gedeutet zu werden? Und gibt es etwa Menschen, die so dumm sind, dass sie sie nicht deuten können? Überall Fleischeslust, Ehebruch und Tod, Zwietracht und Streit. Gott häuft Zeichen auf Zeichen. Die Natur rebelliert. Gestern, erst gestern bricht hier, jawohl, in diesem unserem Dorf, ein Strauß aus und fällt einen Mann an! Was ist das anderes als Gottes Art, uns zu zeigen, dass wir zu weit gegangen sind? Wenn wir die Grenzen der Ordnung überschreiten, tut das auch die Natur und wendet sich gegen uns. Haltet jetzt inne! Gebietet dieser Torheit Einhalt, diesem Monstrum, dieser frevlerischen Bestie! Hört mit dieser Eisenbahn auf! Sofort!«

Wahid, der Sprecher, sprang auf und klatschte heftig Beifall.

Mit einem Mal bekam Owen Ärger daheim. Eigentlich begann es recht vielversprechend mit einer Einladung zum Dinner bei Nuri Pasha, Zeinabs Vater. Als Owen eintraf, war Zeinab, die allein kommen wollte, noch nicht da. So zog Owen seine Schuhe aus und kletterte zu Nuri auf den *Liwan*, wo sie zwanglos plauderten. Der *Liwan* war eine Plattform am hinteren Ende des *Mandar'ah* oder Empfangsraums. Dort ruhte der Gastgeber gern auf großen *Divans* oder Kissen, auf denen auch der Gast Platz nehmen durfte, sofern er hoch genug in seiner Gunst stand.

Was Annehmlichkeiten betraf, war Nuri Traditionalist. Auf dem *Liwan* hatte er ein Gestell stehen, in dem er sein Kafferservice, seine Wasserpfeifen und Schalen mit kandierten Früchten und Nougat aufbewahrte. Das war freilich noch längst nicht alles, was die Annehmlichkeiten betraf. Im oberen Stockwerk gab es einen großzügig mit Ehefrauen und Konkubinen ausgestatteten Harem. Nun aber, da Nuri älter wurde, fand er die Dienste seiner Konkubinen nicht mehr so zufriedenstellend wie früher einmal, was er jedoch auf die allgemeinen Verfallserscheinungen der modernen Zeit zurückführte.

Abgesehen davon hatte er nie wieder eine Frau gefunden, die Zeinabs Mutter gleichkam, seinerzeit die berühmteste Kurtisane Kairos. Nuri hatte sie blind und innig geliebt und ihr ein ums andere Mal Heiratsanträge gemacht. Jahre lang war sein Verhalten *der* Skandal in der Kairoer Gesellschaft gewesen und hatte der allgemeinen Ergötzung gedient. Zeinabs Mutter, die so unabhängig war wie ihre Tochter, hatte seine Anträge taktvoll zurückgewiesen. Sie könne nicht, erklärte sie, von ihm das Opfer seines Rufs und Aufstiegs annehmen, das ein solcher Schritt für den Mann, den sie liebe, zwangsläufig bedeuten würde. Aufstieg, schnaubte Nuri – er war damals jung gewesen – sei vergänglich; Liebe sei dauerhaft. Und tatsächlich hatte ihre Liebe eine ganze Weile gedauert, bis zum Tode von Zeinabs Mutter, genauer gesagt, und sie hatte in Gestalt von Zeinab etwas weniger Vergängliches hinterlassen.

Nuri, ein Freund alles Französischen und – für damalige Verhältnisse – ein Modernisierer, hatte beschlossen, seine Tochter nach westlichem Vorbild zu erziehen, damit sie zu einer ebenso geistreichen und freidenkerischen Frau wie ihre Mutter heranwuchs. Nun, da er das erreicht hatte, war er sich nicht mehr so sicher, ob das eine gute Idee gewesen war.

Wie sah es zum Beispiel mit dem Heiraten aus? Eine Ehe mit einem wohlhabenden Pascha oder dem Sohn eines Paschas war das Naheliegende, doch Paschas wie Söhne hatten schlichtweg Angst vor ihr. Abgesehen davon blieb die Zeit nicht stehen und sie war inzwischen achtundzwanzig. Mädchen wurden hier verheiratet, wenn sie halb so alt waren.

Zeinab wurde das allmählich schmerzlich bewusst. Owen zum Glück nicht, und fürs Erste hatte sie vor, eine Beziehung mit jemandem, der sie für normal hielt, auszukosten.

Während sie gemeinsam auf dem *Liwan* saßen, überschüttete Nuri Owen mit diesem und noch anderen Kümmernissen, und der Brite antwortete, wie er das immer tat, dass Zeinab sich nach eigenem Gutdünken entscheiden würde und dass weder er noch Nuri es in der Hand hätten, auch nur das Geringste daran zu ändern.

Sie unterhielten sich höchst angeregt, als Zeinab eintrat, eine große Karte mit Goldrand durch die Luft wedelnd.

»Was ist das?«, fauchte sie.

Nuri nahm die Karte behutsam entgegen. »Eine Einladung zu einem Empfang anlässlich der Eröffnung des Pferderennvereins von Heliopolis«, las er vor.

»Was habe ich mit Pferderennvereinen zu tun? Was habe ich mit lächerlichen Nestern für Emporkömmlinge wie Heliopolis zu tun? Was, um es genau zu sagen« – sie starrte Owen erbittert an –, »habe ich mit solchen Leuten zu tun?«

»Nichts«, erwiderte der Brite. »Ich gehe nur zum Empfang, das ist alles.«

»Es ist dieses Mädchen«, sagte Zeinab.

»Was für ein Mädchen?«, fragte Owen verdattert.

»Die, mit der ich dich neulich gesehen habe. Im *Anton's.*«

»Salah-el-Dins Tochter? Aber sie ist doch nur ein Kind!«

»Ich weiß, was sie ist«, entgegnete Zeinab. »Und mit einem Kind kann man sie jedenfalls nicht verwechseln!«

»Wer ist Salah-el-Din?«, fragte Nuri interessiert.

»Der Mamur von Heliopolis.«

»Und er geht bei Anton einkaufen?« Nuri wirkte auf einmal nachdenklich.

»Komisch, dass sie dich auch eingeladen haben«, murmelte Owen. Wenn sie nicht gerade die Töchter von Paschas waren, wurden Ägypterinnen kaum je zur Teilnahme an öffentlichen Veranstaltungen aufgefordert.

Zeinab war indes nicht in der Stimmung, an so etwas Anstoß zu nehmen. Blitzartig fand sie ein anderes Thema. »Du willst nicht, dass ich hingehe, ist es das?«

»Natürlich nicht. Ich bin nur verblüfft, das ist alles. Du warst nie an Rennen interessiert. Wie kommt es dann, dass sie ausgerechnet dich herauspicken?«

Er nahm Nuri die Karte aus der Hand. Unten standen die Namen der Komiteemitglieder. »Malik?«, rief er. »Glaubst du, dass das unser Malik sein könnte?«

»Dieser Kerl, den Anton in meinem Namen rauswerfen sollte?«

»Malik?«, fragte Nuri. »Welcher Malik?«

»Abd-al-Jamals Sohn«, sagte Owen.

»Und du hast Anton aufgefordert, ihn rauszuwerfen?«

»Natürlich.«

»Ach, du mein Gott!«, stöhnte Nuri.

»Er ist ein ordinäres Schwein.«

»Schon, aber er ist Abd-al-Jamals Sohn.«

»Wo ist der Unterschied?«

»Abd-al-Jamal ist sehr mächtig. Und steinreich. Außerdem ...«

»Ja?«

»Ich habe neulich mit ihm gesprochen«, gestand Nuri betrübt.

»Und?«

»Nun ja ...«

»Worüber«, blaffte ihn Zeinab in einem plötzlichen Wutanfall an, »habt ihr geredet?«

»Na ja ...«

»Wenn«, zischte Zeinab in bedrohlichem Ton, »du mit ihm übers Heiraten geredet hast ...«

»Nein, nein, nein!«, versicherte ihr Nuri hastig. »Nur so ganz allgemein.«

»Wenn dann nämlich etwas ganz Bestimmtes daraus wird ...«

»Davon war nicht die Rede. Überhaupt nicht die Rede ... Er ist ... natürlich sehr reich.«

Owen sah alles nur zu deutlich vor sich. Nuri war permanent knapp bei Kasse. Und was war besser, als sie aufzufüllen, indem er seine Tochter mit dem Sohn eines der wohlhabendsten Paschas von Ägypten verheiratete?

»Nein!«, schrie Zeinab und stampfte mit dem Fuß auf. »Mit mir nicht!«

»Wirklich, niemand denkt daran …«

»Eher würde ich mich umbringen!«

»Niemand …«

»Nein, das würde ich nicht tun«, sagte Zeinab, die sich schlagartig beruhigt hatte.

»Nein?« Nuri fasste wieder Mut.

»Nein. Ich würde ihn umbringen. Und das«, fügte Zeinab in majestätischem Tonfall hinzu, »mache ich gleich jetzt. Ich ziehe los und bringe ihn auf der Stelle um!«

Damit rauschte sie hinaus.

Nuri und Owen blieben einen Moment lang benommen sitzen.

»Sie glauben doch nicht, dass …?«, begann Nuri unsicher.

»Nicht sofort«, meinte Owen.

»Sie ist ein resolutes Mädchen.«

»Das dauert eine Weile.«

»Abd-al-Jamal ist ein alter Freund von mir. Ich würde ungern …«

»Ich werde mit ihr reden. Ich werde ihr vorschlagen abzuwarten, bis der Ernstfall eintritt.«

»Das war doch nur so nebenbei. Im Grunde haben wir nur über meine Investition gesprochen.«

»Was für eine Investition ist das denn?«

»In die Oase im Heliopolis-Projekt.«

»Ich dachte, Sie hätten kein Geld?«

»Ich hoffe, dass er mir welches gibt.«

Für nichts würden sie ihm auch nichts geben, dachte Owen. Nuri war zu gewitzt, um das nicht zu wissen.

Was sollten sie also von ihm bekommen? Zeinab? Aber er musste doch gewusst haben, wie sie reagieren würde. Selbst wenn er noch nicht geahnt haben konnte, dass Zeinab etwas gegen Malik hatte.

Aber Zeinab selbst hatte sich in letzter Zeit etwas merkwürdig verhalten. Was regte sie sich derart über dieses Mädchen auf? Wäre die Kleine ein bisschen älter, könnte er es ja verstehen. Aber sie war doch nur ein Kind! Es leuchtete ihm einfach nicht ein.

Was ihm aber einleuchtete, war, dass jemand versuchte, Nuri an dem Heliopolis-Projekt zu beteiligen. Worauf war er aus? Auf Zeinab? Von wem stammte der Vorschlag mit der Heirat? Von Nuri – oder von Malik? Hatte Malik ein Auge auf Zeinab geworfen? Das ließ sich nicht ausschließen.

Aber den Versuch, Nuri zu beteiligen, hatte mit Sicherheit das Syndikat unternommen, nicht Malik, und seine Direktoren hatte ganz bestimmt kein Interesse an Zeinab. Das hieß, sie waren hinter etwas anderem her. Nuri selbst konnte das wohl kaum sein. Auch wenn er ein Pascha war und es nicht schaden konnte, wenn sein Name mit auf den Prospekten stand, gab es Paschas in Hülle und Fülle, die genauso angesehen waren und ihren Namen längst zur Verfügung gestellt hatten. Nein, es ging um etwas – oder jemand – anderes, hinter dem sie her waren. Und langsam dämmerte Owen, dass das womöglich er selbst war.

6

In der Nacht war ein heftiger Wind aufgekommen, der Sand aus der Wüste hereingeweht hatte. Jetzt lag er überall: auf den Leisten der Fensterläden, als dünne Schicht auf Owens Schreibtisch, in kleinen Häufchen im Tropenhelm, den Owen an der Tür aufgehängt hatte. Er war in den Aktenschrank eingedrungen, sodass sich die Dokumente staubig anfühlten, und obwohl Owens Diener den Wasserkrug sorgsam mit einem Tuch abgedeckt hatte, schmeckte nun auch das Wasser darin nach Sand.

Gut war die Stimmung nirgendwo. Im Dienstbotenzimmer waren die Träger ungewöhnlich niedergeschlagen. Die Männer, denen die Reinigung oblag, fegten so unentwegt wie erfolglos durchs Haus. Nikos, der sonst so korrekte Sekretär des Mamur Zapt, tobte. Wütend riss er die Schubladen auf, begutachtete den Schaden und überlegte laut schimpfend, ob er sämtliche Dokumente noch einmal tippen lassen sollte, um die vorige Makellosigkeit wieder herzustellen.

McPhee, der Stellvertretende Kommandant, sonst immer mit pfadfinderhafter Fröhlichkeit ausgestattet, steckte den Kopf verdrießlich durch die Tür. »Es kommt noch mehr«, knurrte er und verschwand im Korridor.

Yussef, Owens Diener, der die Gedanken seines Herren, wenn auch sonst nichts, lesen konnte, kam mit einer Kanne frischen Kaffees angestapft. Auch der schmeckte nach Sand.

Das Telefon klingelte.

»Das *Parquet*«, meldete Nikos und reichte Owen den Hörer.

Es war Mahmoud, und Nikos hätte ihn üblicherweise mit seinem Namen angekündigt, doch heute war er außerordentlich wortkarg.

»Die Gerichte sind geschlossen«, sagte Mahmoud. »Überall Sand. Da dachte ich mir, ich könnte nach Matariya fahren. Haben Sie Lust mitzukommen?«

Owen hatte Lust, überall zu sein, nur nicht in diesem nach Sandkörnern schmeckenden Büro.

»Muss weg«, teilte er McPhee mit, als er an dessen Büro vorbeikam.

»Glückspilz!«, stöhnte McPhee, den die Pflicht und, wie Owen dachte, mangelnde Fantasie an seinen Schreibtisch fesselten.

Er traf Mahmoud am Pont de Limoun. Sämtliche Züge standen still, auch die nach Marg – und infolgedessen nach Matariya.

»Ich erkundige mich, ob sie eine Draisine haben«, sagte Owen. »Sie werden welche losschicken müssen, um die Strecke frei zu räumen.«

Der Fahrkartenverkäufer behandelte Owen wie einen alten Freund.

»Aber gewiss, Effendi! Sofort! Nur ist sie leider noch nicht wieder da.«

»Wann kommt sie zurück?«

»Äh, nun ja, Effendi …«

»*Bokra?*«

»Genau, Effendi! Morgen! Ja, ganz bestimmt. Morgen.«

Mahmoud wandte sich ab.

»Warten Sie noch!«, rief Owen. »Das ist erst der Anfang der Geschichte.« Und an den Fahrkartenverkäufer gerichtet sagte er: »Prüfen Sie das doch bitte nach.«

Der Mann verzog sich beglückt ins Nebenzimmer. Heute hatte er einen ausgesprochen erfolgreichen Vormittag verbracht. Er hatte jeden abwimmeln können.

»Sagen Sie nur, dass es für den Mamur Zapt ist!«, rief ihm Owen nach.

Sekunden später kam der Fahrkartenverkäufer zurückgehastet. »Effendi, soeben ist sie zurückgekommen!«, verkündete er freudig.

»Das finde ich nicht richtig«, murmelte Mahmoud zornig, während er Owen zum Bahnsteig folgte.

»Privilegierung?«, fragte Owen. »Normalerweise komme ich damit nicht sehr weit. Aber die Burschen hier kenne ich eben.«

»Nicht Privilegierung«, erwiderte Mahmoud mit düsterer Miene. »Es ist die Art und Weise, wie diese Kerle mit einem umspringen!«

Mahmoud lebte ständig in der Hoffnung auf ein besseres, schöneres Ägypten. Dafür setzte er seine gesamte Energie ein; und er konnte einfach nicht verstehen, warum andere nicht genauso handelten.

Die Draisine war bis auf Werkzeug und einen Wasserkanister leer. Owen und Mahmoud setzten sich, und die zwei Arbeiter starke Mannschaft begann, das Gefährt durch rhythmisches Pumpen eines Hebels vorwärts zu bewegen.

In den tiefer gelegenen Abschnitten waren die Gleise dem Treibsand entgangen, doch auf dem offenen Gelände hatte er anscheinend weggeräumt werden müssen, denn dort lagen überall frische Sandhaufen neben den Gleisen.

Draußen in der Wüste wehte der Wind noch immer. Sandwolken rasten vor der Draisine her, stiegen bisweilen hoch in die Luft, bis sie herabschwebten und auf Kniehöhe weitertrieben.

Die Arbeiter zogen sich ihre Kopftücher tief ins Gesicht.

»Es ist Zeitverschwendung, das alles wegzuräumen«, erklärte einer. »Der Sand kommt sowieso bald wieder.«

Vor ihnen lag massenhaft Sand auf den Gleisen und die Draisine wurde deutlich langsamer. Die Sandhaufen neben den Gleisen wurden größer.

Weiter vorn sahen sie Arbeiter an der Strecke. Die Draisine kam zum Stehen. »Bis hierher fahren wir«, bestimmten die zwei Männer vom Bahnhof.

Der belgische Schichtleiter trat auf sie zu. »Ach, Sie sind das?«, begann er. »Eine schöne Bescherung!« Er spähte ins Innere der Draisine. »Sind die Spitzhacken dabei?« Er entdeckte das Werkzeug und zog ein paar Geräte heraus. »Die haben uns ja noch mehr von diesen idiotischen Spaten geschickt. Spitzhacken!«, fuhr er einen der Fahrer an. »Ich habe ausdrücklich um Spitzhacken gebeten! Der Sand ist steinhart. Fahrt zurück und sagt ihnen Bescheid. Sagt Mustapha: Ich brauche Spitzhacken, *Spitzhacken!* Ich muss den Sand lockern.«

Die zwei Männer kehrten achselzuckend zur Draisine zurück. Bald darauf setzte sie sich langsam in Bewegung.

»Dieses elende Land!«, stieß der Belgier hervor.

Owen und Mahmoud gingen längs der Strecke zu den Gleisarbeitern weiter. Große, tiefe Sandverwehungen hatten sich auf die Schienen gelegt. Die Männer schaufelten sie mit Holzspaten zur Seite. Es war Schwerstarbeit und der Schweiß strömte ihnen übers Gesicht.

»Sie arbeiten schon den ganzen Vormittag«, sagte der Schichtleiter. »Man kann von ihnen nicht verlangen, dass sie den ganzen Tag so weitermachen. Wir hoffen, dass bald eine Ablösung eintrifft. Als ich die Draisine sah, dachte ich, das wäre sie. Sie haben nirgendwo etwas gesehen, oder?«

»Leider nein«, antwortete Owen.

»Na gut, dann gebe ich ihnen jetzt eine Pause«, brummte der Schichtleiter. »Sie sollen sich was kochen dürfen. Wasser ist ja schön und gut, aber man braucht auch was Festes zwischen den Zähnen, wenn man sich derart abmüht.« Er wandte sich an einen der Arbeiter. »Ist doch so, Abdul, oder?«

Der Mann richtete sich grinsend auf. »Man braucht was, das einem den Geschmack von Sand aus dem Mund nimmt«, sagte er und schaufelte weiter.

»Sie leisten Schwerarbeit«, sagte der Belgier, wie um sich zu verteidigen. »Ich habe nie das Gegenteil behauptet.« Er richtete den Blick auf die Wüste. »Ich hatte gehofft, der Wind würde sich legen.«

»Sieht nicht danach aus«, meinte Owen, der zunehmend spürte, wie ihn die spitzen Körner ins Gesicht stachen.

»Was machen Sie, wenn der Wind noch zunimmt?«, erkundigte sich Mahmoud.

»Das frage ich mich selbst«, gestand der Schichtleiter.

Eine neue, von der Wüste herangewehte Sandschicht bedeckte längst wieder die Schienen, die zuvor freigeräumt worden waren.

»Wir werden sie von hier abziehen müssen, wenn es noch schlimmer wird«, fuhr der Mann fort. »Weiter oben habe ich noch einmal Leute eingesetzt. Wir werden zweimal fahren müssen.« Erneut blinzelte er in die Wüste hinaus. »Na ja, vielleicht kommt es nicht dazu. Hoffentlich nicht. Diese Strecke muss unbedingt fertig werden.«

Der Wind schien endlich wieder abzuflauen.

»Ich muss mal bei den anderen nach dem Rechten

sehen«, erklärte der Schichtleiter. Er sah Owen und Mahmoud fragend an. »Sagen Sie, weswegen sind Sie eigentlich hier?«

»Wir hatten gehofft, nach Matariya zu gelangen.«

Der Schichtleiter zog eine skeptische Miene. »Ich weiß nicht, ob das eine gute Idee ist. Sind Sie schon mal von einem Sandsturm überrascht worden?«

Owen nickte. »Ja.«

»Na gut, dann wissen Sie, was ich meine.«

»Hier draußen ist der Wind stärker als in der Stadt«, sagte Mahmoud.

»Und der Wind ist stärker als heute früh, als ich hierher kam. An Ihrer Stelle würde ich das nicht riskieren. Nehmen Sie die nächste Draisine zurück in die Stadt. Und ihr!«, rief er den Arbeitern zu, »könnt jetzt Pause machen! Aber denkt dran: Zwanzig Minuten! Nicht länger!«

Er stapfte davon. Die Männer legten ihre Spaten eilig zur Seite und versammelten sich im Windschatten einer Düne. Jemand brachte einen Primuskocher und stellte einen Wasserkessel darauf.

Mahmoud warf Owen einen Blick zu.

»Wahrscheinlich hat er Recht«, meinte der Brite.

Mahmoud nickte.

»Bis die Draisine zurückkommt, dauert es noch eine Weile«, sagten die Arbeiter. »Kommen Sie zu uns rüber. Hier ist kein Wind.«

Owen und Mahmoud setzten sich neben sie in den Sand. Mehrere Arbeiter zogen bunte Taschentücher unter ihren Umhängen hervor und packten Brot und Zwiebeln aus, die sie auch Owen und Mahmoud anboten. Diese lehnten dankend ab, nahmen aber gern den heißen schwarzen Tee an.

»Harte Arbeit«, meinte Owen teilnahmsvoll.

»Das ist sie«, bestätigte sein Nachbar.

»Das Schlimme daran ist«, brummte ein anderer, »dass wir mit allem noch mal von vorne werden anfangen müssen.«

»Dieser Wind, meinen Sie?«

»Ach, der richtet keinen Schaden mehr an«, sagte wieder ein anderer mit einem prüfenden Blick in den Himmel. »Es wird ein Kinderspiel sein, den Rest von den Schienen zu wischen.«

»Zu leicht wollen wir es auch nicht haben«, sagte jemand. »Je länger unser Auftrag dauert, desto besser.«

»Die Belgier sehen das nicht so!«, widersprach einer unter allgemeinem Gelächter.

»Bei ihnen heißt es: Kriegt-es-fertig-so-schnell-es-geht!«

»Darum wollen sie auch unbedingt diese Freitagsarbeit.«

»Ich bin damit nicht einverstanden. Ihnen bedeutet das vielleicht nichts, uns aber sehr wohl. Man will sich doch nicht *jeden* Tag quälen, bis einem das Kreuz bricht.«

Zustimmendes Gemurmel erhob sich.

»Man will wenigstens einmal ausschlafen können, oder? Ich meine, gegen sechs Tage in der Woche ist ja nichts einzuwenden; das kann man schaffen. Es geht schließlich nicht ewig so weiter. Doch wenn man jeden Tag schuften muss, ohne sich auszuruhen, dann wächst einem das über den Kopf.«

»Aber viel kann man nicht dagegen tun, oder? Was Wahid über einen Streik sagt, klingt ja ganz gut, aber wohin führt uns das?«

Erst jetzt fiel Owen auf, dass Wahid, der neulich für alle gesprochen hatte, heute nicht dabei war.

»Irgendwas muss man aber tun!«

»Ich weiß nicht, ob wir so viele Möglichkeiten haben. Wenn wir aufhören, holen sie sich ganz einfach andere Leute.«

»Aber die wollen das vielleicht auch nicht so unbedingt. Nicht, wenn Freitagsarbeit verlangt wird.«

»Es gibt viele, die springen, wenn man ihnen damit winkt. Es sind schließlich nur ein, zwei Monate. Und es gibt eine Zulage.«

Zustimmendes Gemurmel.

»Irgendwas muss man trotzdem unternehmen.«

»Ja, aber was?«

»Wir sollten Wahid bitten, mit ihnen zu reden. Im Namen von uns allen.«

»Das würde uns aber ungemein viel bringen … Was hat Ibrahim denn damals schon ausrichten können?«

»Zumindest hat er mit ihnen geredet.«

»Sicher, aber was hat es uns gebracht? Sie haben genauso weitergemacht wie vorher. Wenn es euch nicht passt, haben sie gesagt, dann wisst ihr ja, was ihr tun könnt.«

»Ich glaube nicht, dass sie es dieses Mal auch wieder so leicht hätten. Sie müssen zusehen, dass die Arbeit schnell erledigt wird. Das ist das Allerwichtigste für sie.«

»Ist es dann nicht umso wahrscheinlicher, dass sie uns rauswerfen?«

»Eben nicht. Es würde Zeit kosten, neue Leute einzustellen.«

»So viel auch wieder nicht. Einen Tag, schätze ich. Und überhaupt: wie weit kämen wir damit? Wir würden uns nur um die Arbeit bringen!«

Die Diskussion ging weiter, wenn auch nicht sehr lebhaft. Alles in allem schienen sich die Männer mit der Aussicht auf Freitagsarbeit abgefunden zu haben.

»Es ist schließlich nur für ein paar Wochen«, meinten sie.

Der Schichtleiter tauchte am Horizont auf und kam die Schienen entlang auf sie zu.

Die Arbeiter erhoben sich und ergriffen wieder ihre Spaten.

»Wo ist Wahid heute Morgen?«, erkundigte sich Owen bei einem. »Ist er nicht mehr bei Ihnen?«

Die Männer sahen in die Runde. »Er arbeitet wohl weiter oben.«

»Los schon!«, kommandierte der Schichtleiter im Laufen. »An die Arbeit!«

Unvermittelt deuteten die Männer in die andere Richtung. Eine mit Arbeitern beladene Draisine näherte sich.

»Die nächste Schicht!«, seufzte der Aufseher erleichtert. »Wurde auch Zeit.«

Owen und Mahmoud kehrten mit der Draisine zurück. Beim Aussteigen am Pont de Limoun meinte Owen: »Eigentlich schade, aber vergeudet war die Zeit nicht.«

»Nein«, bestätigte Mahmoud. »Ganz gewiss nicht!«

»Falls es Ihnen um Informationen dieser Art geht«, sagte die Stimme des Syndikats am anderen Ende der Leitung, »dann sollten Sie sich an Salah-el-Din wenden.«

»Salah-el-Din? Sie meinen den Mamur von Heliopolis?«

»Richtig.«

Owen war überrascht. Von diesem Aspekt von Salahs Tätigkeiten hatte er noch nichts geahnt.

»Möchten Sie mit ihm sprechen?«

»Gern. Aber der Verkehr zwischen Kairo und Heliopolis ist derzeit etwas gestört. Der Sand …«

»Wir können Sie mit ihm verbinden, wenn Sie wollen.«

Schon wieder staunte Owen. Seines Wissens war das Polizeirevier noch gar nicht an die Telefonleitung angeschlossen.

»Es ist seine private Nummer.«

»Seine private Nummer!«

Bisher hatte Owen noch niemanden mit einer privaten Telefonnummer gekannt. Nicht einmal der Generalkonsul hatte eine. Die Ministerien erhielten erst jetzt einen Telefonanschluss, dazu die Banken und einige der größeren Unternehmen. Hier ging die Entwicklung zweifellos voran. Aber Telefone daheim?

»Äh, ja bitte, wenn es keine großen Umstände bereitet.«

»Überhaupt nicht.«

Gleich darauf hörte er Salahs Stimme.

Ja, selbstverständlich könne er Owen die benötigte Information zukommen lassen, sehr gern sogar. Ob sie sich vielleicht treffen könnten?

»Ich würde ja rausfahren«, sagte Owen, »aber im Augenblick geht es hier ein bisschen drunter und drüber …«

Es sei inzwischen schon wieder besser, versicherte ihm Salah. Das Syndikat hätte alle Hebel in Bewegung gesetzt, um den Verkehr wieder in Gang zu bringen. Die Straßen seien praktisch frei. Wenn Owen wolle, könne er mit einer Draisine kommen oder den Zug nach Marg nehmen, der auch in Matariya halte. Alles habe wieder seinen normalen Betrieb aufgenommen. Mit dem Zug wäre es vielleicht am günstigsten, wenn Owen die Mühe nichts ausmache. Er, Salah, würde ja gern in die Bab-el-Khalk kommen, wenn das Owen lieber wäre, aber heute Vormittag müsse er noch zum Bahnhof von Matariya fahren und den Eigentümer der Straußenfarm über das Aufstandsgesetz aufklären. Wenn Owen nichts dagegen hätte, ihn dort zu treffen …

Der Sand war tatsächlich von den Gleisen geräumt worden und der Zug fuhr störungsfrei. Der Wind hatte sich gelegt und der Himmel sich aufgehellt. Ja, als Owen in Matariya aus dem Zug stieg, fand er die Luft ungewöhnlich rein und frisch und zum ersten Mal fühlte er sich geneigt, den Werbeschriften des Syndikats über die besondere Atmosphäre von Heliopolis Glauben zu schenken.

Salah empfing ihn mit ausgestreckter Hand, mehreren Stühlen im Schatten und einer Feldflasche, gefüllt mit durchaus gutem Kaffee.

»Ja, ich muss mit ihm sprechen«, sagte Salah. »Sie brechen unablässig aus. Ich weiß, diesmal gibt es eine Entschuldigung – der Wind hat einen Teil der Umzäunung niedergerissen –, aber so kann es doch wirklich nicht weitergehen. Stellen Sie sich nur vor, es streunt wieder einer herum und erschreckt die Pferde. Während eines Rennens womöglich! Verstehen Sie, die Rennsaison steht bevor. Die Pferde werden um Unmengen von Geld galoppieren; da kann man doch nicht zulassen, dass Strauße all das durcheinander bringen. Wir würden uns bis auf die Knochen blamieren!«

»Geschieht es wirklich so oft?«

»O ja. Erst neulich wieder – Sie haben es, glaube ich, selbst miterlebt. Malik hat versucht, ihn abzuschießen. Es wäre ein Segen gewesen, wenn er getroffen hätte. Aber er hatte Pech, wie ich gehört habe. Nein, sie brechen wirklich ständig aus. Vor zwei, drei Tagen erst ist einer entlaufen und hat beträchtlichen Schaden angerichtet.«

»Tja, ich nehme an, das gehört nun mal zu den Aufgaben des Mamurs. In Heliopolis jedenfalls.«

Salah lachte. »Heliopolis ist ein bisschen anders als die üblichen Bezirke. Aber ich mag es so. Mit dem Syndikat kann man gut zusammenarbeiten. Sie leisten viel Arbeit und bewegen etwas. Genau das braucht dieses Land.« Er sah Owen von der Seite her an. »Ich bin so etwas wie ein Nationalist, verstehen Sie. Natürlich kein Parteimitglied. So weit würde ich nicht gehen. Darüber wollten Sie doch mit mir sprechen, nicht wahr?«

Owen nickte. »Das Syndikat behauptet, es hätte Beweise, dass einige seiner Arbeiter berufsmäßige Agitatoren seien. Da habe ich mich gefragt, wie verlässlich diese Beweise sind.«

»Ziemlich verlässlich. Die Direktoren hatten mich gebeten, ein wenig nachzuforschen – in meiner Freizeit. Das war, bevor ich die Stelle hier annahm. Bei einigen der Leute, die sie mir genannt hatten, habe ich noch den Hintergrund überprüft.«

»Der Mann, an dem ich interessiert bin, heißt Wahid. Er arbeitet bei dem Trupp, der die Gleise verlegt.«

»Ich kenne den Mann. Ja, er war einer von denen, die ich mir vorgenommen hatte. Über ihn kann ich Ihnen eine ganze Menge erzählen. Er hat die Höhere Schule nie geschafft. Ist bei der Abschlussprüfung durchgefallen. Darum wurde er von keiner Universität genommen. Ich glaube, das hat ihn verbittert. Es dürfte erklären, warum … Egal, er ist durchgefallen, Punkt. Er arbeitete in einem Büro als Effendi ohne besonderen Einfluss, in der Abteilung für staatliche Bauvorhaben.«

»Nicht die Eisenbahn?«

»Nein, nein. Es ist auch schon einige Zeit her, fünf oder sechs Jahre. Und er war dort Effendi, nicht Arbeiter. Er blieb ungefähr drei Jahre lang und wurde immer unzufriedener. Er kam einfach nicht voran, oder zumindest nicht so schnell, wie er es zu verdienen glaubte. Das führte er auf willkürliche Benachteiligung zurück. Egal, eines Tages ist er nach einem Streit einfach gegangen. Danach kommt eine Lücke in den Aufzeichnungen über ihn. Anscheinend hat er alle möglichen Hilfsarbeiten angenommen, teilweise wohl sogar am Hafen; der nächste Eintrag, den wir über ihn haben, stammt von einer Lagerhalle in Bulak, von der er ein Zeugnis vorgelegt hat, als er sich bei der elektrischen Eisenbahn bewarb.« Salah sah Owen eindringlich in die Augen. »Das Zeugnis war gefälscht. Als ich in der Lagerhalle Erkundigungen einzog, kannte man ihn dort überhaupt nicht.«

»Die Gesellschaft hatte das damals nicht überprüft?«

»Es war ihnen egal. Er schien der Mann zu sein, den sie brauchten: Erfahrung mit harter Arbeit, daran gewöhnt, schwere Säcke zu schleppen, diese Art von Dingen.«

»Warum haben Sie seine Zeugnisse überprüft?«

Salah starrte Owen an. »Warum ich ihn überprüft habe?«

»Warum ausgerechnet ihn?«

»Er war einer von mehreren. Die Gesellschaft hatte mich gebeten …«

»Sie hatten ihn herausgegriffen. Da frage ich mich, warum?«

»Weil er schwierig war, nehme ich an.«

»Das kann ich verstehen. Aber wegen so etwas ist man doch nicht gleich Nationalist. Ich suche immer noch Beweise für nationalistische Aktivitäten.«

»Die gibt es in Hülle und Fülle. Er ist bei Versammlungen der Nationalisten gesehen worden.«

»Das ist wohl bei der Hälfte der Arbeiter der Fall.«

»Und ist dabei aktiv in Erscheinung getreten.«

»Inwiefern?«

»Verteilen von Flugblättern.«

»Das ist schon etwas genauer. Aber zu einem Berufsagitator macht einen das wohl kaum.«

»Haben Sie ihn schon mal zu seinen Genossen sprechen hören? Er stiftet in einem fort Unruhe!«

»Daran habe ich keinen Zweifel. Aber *berufsmäßig*? Bezahlt?«

»Es gibt keine direkten Beweise. Aber ...«

Owen schwieg. Er hielt es für höchstwahrscheinlich, dass Wahid den Nationalisten angehörte. Nach allem, was die Arbeiter gesagt hatten, war er sich ziemlich sicher, dass dieser Mann versuchte, sie dazu anzustacheln, ihren Groll durch aktive Maßnahmen zu äußern. Aber das machte ihn noch nicht zu einem eingeschleusten Agitator. »Um davon ausgehen zu können, dass die Nationalisten dahinter stecken, bräuchte ich mehr Beweise für einen direkten Zusammenhang mit der Partei«, sagte er schließlich.

»Es *gibt* Beweise«, beharrte Salah.

»Können Sie sie vorlegen?«

»Sie werden sie bekommen«, versprach Salah.

Sand war gegen die Zäune um die Gehege getrieben und hatte sie an mehreren Stellen umgebogen. Eine Hand voll Männer war mit der Ausbesserung beschäftigt. Die Strauße drängten sich an den entfernten Enden ihrer Gehege aneinander.

Zaghlul, der alte Araber, den Owen am Tag der Straußenjagd gesehen hatte, beaufsichtigte die Arbeiten.

»Ja«, knurrte er gereizt, »die Zäune sind beschädigt worden. Was haben Sie denn erwartet? Dass der Sand einen Bogen um mich macht?«

»Die Zäune müssen in gutem Zustand gehalten werden«, beschied ihn Salah streng. »Die Dinge sind nicht mehr so, wie sie früher waren!«

»Was glauben Sie denn, was ich mit den Zäunen mache? Und ich weiß selbst, dass es nicht mehr so ist wie früher. Jetzt ist alles viel schlechter.«

»Wir können nicht dulden, dass diese Vögel frei herumlaufen.«

»Meinen Sie etwa, ich will das? Jeder Einzelne kostet mich ein Vermögen, das kann ich Ihnen sagen. Es ist bares Geld, das mir da davonläuft. Und wenn sie nicht von selbst für immer verschwinden, kommt so ein Narr daher und versucht, sie abzuschießen.«

»Seien Sie bloß vorsichtig mit den ›Narren‹. Wir sprechen hier von Paschas!«

»Was kümmern mich Paschas? Oder der Khedive! Wenn sie mit Gewehren auf meine Vögel losgehen, dann jage ich ihnen eine Kugel unter die Haut!«

»Ihre Vögel sind doch nichts als ein Ärgernis. Sie erschrecken die Pferde. Wissen Sie, was ein Rennpferd kostet?«

»Ich weiß, was ein Strauß kostet. Und die Vögel waren vor den Rennpferden da.«

»Ja, gut … Aber sorgen Sie bloß dafür, dass sie auf dieser Seite der Gleise bleiben. Ansonsten gibt es Probleme.«

»Bisher hat es noch nie Probleme gegeben. Es ist doch der Bau dieser neuen Stadt, der die Probleme schafft. Stadt!« Der alte Mann spuckte verächtlich aus. »Wozu bauen die draußen in der Wüste eine Stadt? Die Wüste ist die Wüste. Das sollte so bleiben!«

»Nichts steht für immer still. Die neue Stadt wird gebaut und Sie können nichts daran ändern. Sie werden eben damit leben müssen. Und das heißt, dass Sie darauf achten müssen, dass Ihnen Ihre Vögel nicht entwischen.«

»Es wäre alles in Ordnung, wenn man sie in Ruhe ließe.«

»Wenn sie im Gehege bleiben, werden sie in Ruhe gelassen.«

»Nein, nein, es ist in der Luft. Das riechen sie. Und es macht ihnen Angst. Deswegen brechen sie in Panik aus.«

»Was ist in der Luft?«

»Menschen. Häuser. Die neue Eisenbahnlinie. Die alte war nicht so schlimm. An die haben sie sich gewöhnt. Aber jetzt bauen sie eine neue. Wozu brauchen sie noch eine? Überall bauen sie jetzt welche. Wie viele soll es denn noch geben?«

»Es wird nicht noch mehr geben. Nur diese eine. Und sie brauchen sie, weil sie direkt nach Heliopolis führen wird. Ihre Gehege werden überhaupt nicht davon betroffen sein.«

»Trotzdem, irgendwas stimmt nicht damit.«

»Was soll das heißen: irgendwas stimmt nicht damit?«

»Sie ist doch elektrisch, oder?«

»Ja, und?«

»Da haben wir's. Das ist in der Luft und es wirkt sich auf meine Vögel aus.«

»Unsinn!«

»Eins kann ich Ihnen versprechen: Wenn es anfängt, meine Vögel zu stören, dann gehe ich mit meinem Gewehr rüber! Und dann ist es schnell vorbei mit dem Spuk!«

»Die Eisenbahn wird Ihre Vögel nicht im Geringsten stören.«

»Das will ich auch hoffen. Und achten Sie lieber darauf, dass dieses ganze Zeug auch bleibt, wo es ist, statt sich zu sorgen, dass meine Vögel ausbrechen könnten. Ich kümmere mich schon um meine Vögel. Und ich werde mich auch um diese neue elektrische Eisenbahn kümmern, wenn Sie nicht aufpassen!«

Da er nun schon mal in Matariya war, wollte Owen bei dieser Gelegenheit auch einen Abstecher ins Dorf machen. Mit etwas Glück würde er vielleicht Mahmoud treffen und erfahren, ob er in seinen Ermittlungen vorangekommen war.

Zum Dorf war es von der Straußenfarm nur eine Meile, aber als Owen dort ankam, rann ihm trotz der – wie er geglaubt hatte – frischen Luft außerhalb der Stadt der Schweiß übers Gesicht und das Hemd klebte ihm am Rücken. Als Erstes ging er zum Brunnen, wo er einen kleinen Eimer hochzog, sich dann das Gesicht abspritzte und ein paar Schlucke trank. Das Wasser schmeckte nach Sand.

Am Brunnen hielten sich auch mehrere Frauen auf, die ihre Krüge füllten. Als sie seine Grimasse sahen, trat eine auf ihn zu. »Hier, nehmen Sie von meinem Wasser. Wir haben es raufgeholt, bevor es verschmutzt wurde.«

»Miriam war diejenige, die es verschmutzt hat«, beklagte sich eine der anderen. »Sie hat den Eimer zu tief runter gelassen.«

»Das musste ich ja auch«, verteidigte sich die Beschuldigte wütend. »Ich war die Letzte, ihr hattet das gute Wasser längst abgeschöpft.«

»Ali hätte den Deckel über den Brunnen schieben müssen«, sagte die erste Frau vorwurfsvoll.

Ein alter Mann, der im Schatten saß, richtete sich auf. »Das habe ich doch!«, protestierte er. »Der Sand ist durch die Ritzen gedrungen. Er kommt überall hin.«

»Ja, das stimmt leider«, räumte die Frau ein.

»Ich habe Sand in meiner Suppe«, jammerte eine andere, »obwohl ich den Deckel drüber hatte.«

Owen nahm das Wasser dankbar an. Wie es in den Dörfern so oft der Fall war, liebten die Frauen den Klatsch. Keine von ihnen trug einen Schleier, und keine war übermäßig verschämt, weil sie mit einem Mann sprach, noch dazu einem weißen. Es waren die Männer, sagte sich Owen, die auf den Konventionen bestanden und eifersüchtig auf die Würde ihrer Frauen achteten.

Vielleicht ging es ihnen aber auch gar nicht um die Würde ihrer Frauen, sondern nur um die eigene.

Das, sinnierte Owen, traf jedenfalls bei den drei Brüdern zu, die sie fürs Erste eingesperrt hatten.

Der Gedanke daran bereitete ihm inzwischen allerdings etwas Unbehagen. Bald würde er sie freilassen müssen. Ewig konnte er sie nicht festhalten. Das war eins der Dinge, über die er mit Mahmoud sprechen wollte. Er hoffte sehr, dass dieser mit seiner Untersuchung Fortschritte erzielt hatte und vielleicht schon jemanden ins Visier nahm. Wenn es sich dabei, wie Owen mutmaßte, um einen der Brüder handelte, wäre es beträchtlich leichter, sie weiter festzuhalten und so zu verhindern, dass die Familie des Ermordeten das Gesetz selbst in die Hand nahm.

Mahmoud trat aus einem der Pilgerhäuser. Er bemerkte Owen und trat auf ihn zu, um ihn zu begrüßen. Mit einem Schlag verloren die Frauen ihre Unbekümmertheit. Sie ergriffen ihre Krüge und entfernten sich.

Mahmoud setzte sich an den Brunnenrand und schöpfte etwas Wasser für sich.

»Irgendwelche neue Anhaltspunkte?«, erkundigte sich Owen.

»Nein. Ich habe jetzt alle Häuser abgeklappert. Niemand hat etwas gesehen oder gehört. Niemand war in der Nacht, als Ibrahim ermordet wurde, draußen oder kennt jemanden, der draußen war. Na ja, das leuchtet mir sogar ein. Sobald es dunkel wird, bleiben alle in ihren Häusern. Aber wenn es in den Nächten so heiß ist wie zur Zeit, dann sitzen sie gern vor der Tür. Und da will keiner, aber auch keiner im ganzen Dorf, etwas gesehen oder gehört haben?«

»Was hätten sie denn sehen oder hören können?«

»Jemanden, der zum Baum ging. Leute, die beim Baum waren und redeten. Sie *haben* schließlich geredet. Das wissen wir vom Ziegenhirten.«

»Er war allerdings ein gutes Stück vom Dorf entfernt. Und es war stockdunkel.«

»Ich muss herausfinden, wen Ibrahim in jener Nacht getroffen hat«, stöhnte Mahmoud frustriert.

»Sind Sie mit dem anderen Dorf schon fertig, Tel-el-Hasan? Jemand könnte dort Leute weggehen gesehen haben.«

»Die Brüder, meinen Sie?«

»Ja.«

»Asif hat mir dabei geholfen. Er hat alle im Dorf verhört.«

»Kein Glück?«

»Dasselbe wie überall«, seufzte Mahmoud. »Dörfler sagen einem nie etwas. Nicht, wenn man ein Fremder ist.« Er stellte den Eimer zurück auf den Mauervorsprung. »Abgesehen davon«, fügte er hinzu, »neige ich zunehmend zu der Auffassung, dass die Antwort gar nicht hier zu finden ist.«

7

Nicht hier?«, fragte Owen verblüfft.

»Nun ja, das hier – das Dorf – hat sicher irgendwie damit zu tun, hier ist es schließlich geschehen. Aber die Bedeutung des Ganzen liegt nicht hier.«

»Die Bedeutung?«

»Ich bekomme viele Morde mit«, erklärte Mahmoud. »Dieser hier hat eine Bedeutung. Die Leiche wurde zu den Gleisen gebracht, um ein Zeichen zu setzen.«

»Was für ein Zeichen?«

»Das weiß ich nicht. Aber ich frage mich langsam, ob es vielleicht mehr mit der Eisenbahn zu tun hat als mit dem Dorf.«

»Den Gedanken, dass es sich um einen Rachemord handeln könnte, verfolgen Sie nicht weiter?«

»Rache könnte ein Teil davon sein.«

»Ich verstehe nicht, wie Rache Teil von etwas anderem sein könnte. Ist sie nicht ein Grund an sich?«

Mahmoud schwieg. Über ihnen, in den Palmen, gurrten die Tauben vergnügt vor sich hin.

»Wie ich es sehe«, antwortete Mahmoud schließlich, »taucht Ibrahim in zwei Zusammenhängen auf. Einer davon ist das Dorf, und hier liegen Dinge vor, die zu seinem Tod geführt haben könnten. Andererseits leuchtet mir nicht ein, warum diese Dinge den Täter dazu veranlasst haben sollen, den Toten über die Gleise zu legen. Für diesen Aspekt muss es eine andere Erklärung geben. Ich habe das Gefühl, dass wir diese Erklärung in dem anderen Zusammenhang finden könnten, in dem Ibrahim eben auch aufgetaucht ist: der Eisenbahn.«

»Sicher, seine Leiche wurde dort gefunden. Gilt das als ›auftauchen‹?«

»Er hat dort gearbeitet.«

»Aber das ist doch bestimmt reiner Zufall.«

»Meinen Sie? Ich habe mich gefragt, ob es vielleicht doch keiner ist – ob sich ein Zusammenhang zwischen Ibrahims Arbeitsstelle und seinem Tod finden ließe.«

Owen verbiss sich einen Kommentar. Er war Mahmouds deduktiven Ansatz gewohnt. Die Anwälte des *Parquet* waren allesamt nach der französischen Tradition ausgebildet worden – das ägyptische Rechtswesen beruhte auf dem französischen – und der französische Einfluss erstreckte sich sogar bis in die Denkgewohnheiten hinein.

»Und welche Antworten haben Sie gefunden?«

Owen hoffte, Mahmoud würde sich nicht auf eine falsche Fährte locken lassen. Er selbst war und blieb davon überzeugt, dass die Antwort im Dorf lag, und wollte sie möglichst schnell finden, bevor das Gesetz des Dorfes den Fall übernahm.

»Etwas, das die Eisenbahnarbeiter gestern gesagt haben, hat mich darauf gebracht. Über Ibrahim. Sie meinten, es hätte den einen oder anderen Zwischenfall gegeben, als Ibrahim ihr Sprecher war.«

»Ja, und?«

»Ich würde gern mehr über diese Zwischenfälle erfahren.«

»Es hat nach einem Streit über die Arbeitsbedingungen geklungen.«

»Genau.«

»Ich fürchte, ich verstehe nicht, worauf Sie hinauswollen.«

»Ich habe mich eben gefragt, ob sich beides miteinander in Verbindung bringen ließe.«

»Der Streit und ...?«

»Die Tatsache, dass Ibrahim eine führende Rolle in dem Streit spielte, und sein Tod.«

Owen war schockiert. »Sie wollen doch gewiss nicht unterstellen ...«

»Ich unterstelle nichts. Ich sage lediglich, dass es an der Zeit ist, sich mit der Rolle des Syndikats bei all diesen Vorkommnissen zu befassen.«

»Aber es hat doch nichts damit zu tun! Höchstens insofern, als die Leiche auf der Bahnstrecke gefunden wurde, die es gerade baut.«

»Und insofern, als es die Leiche eines Mannes war, der sich in einem Streit mit dem Syndikat hervorgetan hatte.«

»Aber der Streit an sich war belanglos!«

»Das wissen wir nicht. In den Augen der Belgier war er vielleicht nicht belanglos. Alles, was das Fortschreiten des Gleisbaus zu verlangsamen droht, dürfte ihnen äußerst wichtig erscheinen, würde ich meinen.«

»Aber Sie wollen doch gewiss nicht unterstellen, dass sie so weit gehen würden und ...«

»Ich weiß nicht, wie weit sie gehen würden. Das wäre eins der Dinge, die ich gern herausfinden würde.«

»Aber wozu? Was hätten sie davon gehabt?«

»Eine Warnung vielleicht?«

»Sie glauben, dass das Ganze als Warnung gedacht war?«

»Ich glaube, dass diese Möglichkeit einer genaueren Untersuchung wert ist.«

Owen war zutiefst schockiert. Wie konnte Mahmoud einen solchen Verdacht überhaupt in Erwägung ziehen? Gut, das Syndikat mochte vielleicht hart mit seinen Arbeitern umspringen, aber der Gedanke, dass eine angesehene internationale Gesellschaft nicht vor einem Verbrechen zurückschreckte, war doch bizarr!

»Gesellschaften tun so etwas nicht«, erklärte er.

»Wirklich nicht?«

»Nein. Nicht einmal in Ägypten.«

Das hätte er nicht sagen dürfen. Mahmouds Miene verfinsterte sich. »Vielleicht tun sie es doch«, knurrte er. »Gerade in Ägypten, weil sie glauben, dass es hier ohnehin nichts ausmacht.«

Owen nahm sich eilig zurück. Gespräche mit Mahmoud waren bisweilen wie ein Gang durch ein Minenfeld. »Schon gut, schon gut«, beschwichtigte er ihn. »Es tut mir Leid. Ich habe nur sagen wollen, dass eine angesehene Firma so etwas meiner Meinung nach nicht tun würde, egal in welchem Land.«

Mahmoud neigte den Kopf zum Zeichen der Annahme der Entschuldigung – allerdings sehr steif. »Ehrenwerte Firmen verhalten sich nicht immer ehrenhaft, wenn sie in anderen Ländern tätig werden«, sagte er. »Vor allem dann nicht, wenn es sich um ärmere Länder handelt.«

Owen spürte, wie eine Welle von Frustration in ihm hoch schwappte. »Was Sie da unterstellen, ist vollkommen lächerlich«, entgegnete er kalt.

»Wenn Sie meinen.«

»Sie glauben das nur, weil es eine ausländische Gesellschaft ist.«

»Was wollen Sie damit sagen? Was wollen Sie damit sagen?«, schrie Mahmoud aufgebracht.

»Dass Sie sich in Ihre nationalistischen Vorurteile hineinsteigern!«, rief Owen nicht minder wütend.

Es war, wie so oft in Ägypten, ein Blitzschlag aus heiterem Himmel. Erst hatte man noch vernünftig miteinander geredet und plötzlich hatte es eine Explosion gegeben.

Nun gut, diesmal war es er, Owen, gewesen, der den Funken entfacht hatte. Aber wirklich! Wie konnte Mahmoud nur auf einen solchen Gedanken kommen? Wie konnte ein so intelligenter, ein so vernünftiger Mensch wie Mahmoud eine solche Möglichkeit auch nur in Erwägung ziehen? Owen hegte keine große Zuneigung zum Syndikat. Für seine Begriffe war es brutal und habgierig, und er hielt es für sehr wahrscheinlich, dass es gegen das Gesetz zwar nicht verstoßen, aber es zumindest so weit wie nur möglich dehnen würde.

Das war jedoch nicht ganz dasselbe, wie das Gesetz zu brechen. Und es war nicht dasselbe, wie einen Menschen zu töten oder töten zu lassen, nur weil er einem in die Quere gekommen war.

Oder wie eine Warnung. Warnung? An wen? An die Arbeiter, damit sie sich noch mehr anstrengten? Lächerlich! Wie konnte Mahmoud so etwas auch nur für möglich halten? Das war doch sonst nicht seine Art. Normalerweise war er die Vernunft in Person – bisweilen vielleicht ein wenig aufbrausend, gefühlsbetont wie so viele Araber. Aber dies war doch vollkommen verrückt! Keine Gesellschaft tat so etwas. Nicht einmal – mit Verlaub, Mahmoud – in Ägypten. Nicht einmal – trotz des Gegeifers einiger übergeschnappter Nationalisten – ausländische Firmen in Ägypten. Wie konnte Mahmoud nur einen solchen Gedanken verfolgen?

Das Telefon schrillte. Es war Mr. Rabbiki, der altgediente Politiker.

»Ah, Captain Owen! Wie schön, dass Sie da sind! Ich wollte Ihnen Bescheid geben, bevor ich meine Anfrage stelle.«

»Anfrage?«

»Ja. In der Versammlung. Sie steht am Dienstag auf der Tagesordnung. Ich wollte Sie vorher warnen. Schließlich sind wir alte Freunde. Und ich habe auch Verständnis angesichts der heiklen Lage, in der Sie sich befinden. Aber dass das so weitergeht, können wir unmöglich zulassen. Die Familie des armen Kerls …«

»Armer Kerl?«

»Der, der ermordet wurde. Ich habe gehört, dass Sie nicht Anklage erheben werden?«

»Es gehört nicht zu meinen Aufgaben, eine Anklage zu erheben. Das ist Sache des *Parquet*.«

»Ah ja, aber manchmal benötigt es Unterstützung.«

»Ich helfe, soweit ich kann.«

»Na gut … das ist aber nicht immer möglich, richtig?«

»Warum nicht?«

»Politische Gesichtspunkte? Spielen bisweilen nicht auch politische Erwägungen hinein?«

»Nicht in diesem Fall.«

»Nein? Das entspricht aber nicht dem Eindruck, den ich gewonnen habe.«

»Ich kann Ihnen nicht ganz folgen, Mr. Rabbiki.«

»Das Syndikat, Captain Owen … behindert es die Justiz denn nicht?«

»Nicht, soweit ich das beurteilen kann.«

»Wie ich gehört habe, möchte Mr. El Zaki bestimmte Fragen stellen …«

»Er wollte mit den Arbeitern reden. Er hat mich gebeten, in seinem Namen mit dem Syndikat zu sprechen, was ich gern getan habe. Die Erlaubnis wurde gegeben und er hat die Arbeiter vernommen. Ich war dabei.«

»Ja, aber seitdem …«

»Ich glaube nicht, dass dieses Thema seitdem aufgeworfen worden ist.«

Eine kleine Pause trat ein.

»Dann habe ich einen falschen Eindruck gewonnen, Captain Owen. So wie ich das verstanden hatte, wollte er bestimmte Fragen über einen Vorfall stellen, der sich vor mehreren Wochen an dieser Eisenbahnstrecke ereignete.«

»Ich weiß, worauf Sie anspielen. Mir war aber nicht bekannt, dass er das Syndikat wegen dieser Angelegenheit ansprechen wollte.«

»Wirklich nicht? Nun, vielleicht liegen in diesem Fall auf Ihrer Seite Schwierigkeiten vor, was die Verständigung betrifft. Oder vielleicht befand er es als Beamter des Justizministeriums nicht für nötig, seine Nachforschungen über einen Mittelsmann zu betreiben. Wie dem auch sei, sein Ersuchen wurde zurückgewiesen.«

»Das wusste ich nicht.«

»Es ist nicht akzeptabel, Captain Owen. Es wirft bestimmte grundsätzliche Fragen auf.«

»Gewiss ist es höchst bedauerlich. Und es wäre möglicherweise nicht dazu gekommen, wenn das Ersuchen von mir weitergeleitet worden wäre.«

»Aber auch das wirft grundsätzliche Fragen auf, Captain Owen. Sie werden also durchaus verstehen, warum wir eine offizielle Anfrage an Sie richten werden.«

Owen konnte durchaus verstehen, warum die Nationalistische Partei eine offizielle Anfrage an ihn richtete. Ihr ging es darum, die Obrigkeit in Verlegenheit zu stürzen, und eine ausländische Gesellschaft eignete sich vorzüglich als Knüppel, mit dem sich auf die Regierung einprügeln ließ.

Von Mahmoud war er allerdings ein wenig enttäuscht. Nach ihrer letzten Auseinandersetzung beim Brunnen war Mahmoud aufgebracht davon gestürmt. Das war bei ihm nicht ungewöhnlich; normalerweise kam er wieder zurück, nachdem eine angemessene Frist verstrichen war. Doch diesmal hatte er keinen Versuch unternommen, Owen anzusprechen. Stattdessen hatte er sich direkt an das Syndikat gewendet und prompt die Abfuhr erhalten, mit der er gerechnet haben musste.

Warum hatte er so gehandelt? Owen konnte verstehen, warum er es diesmal vorgezogen hatte, auf seine Hilfe zu verzichten. Abgesehen von einem durchaus nachvollziehbaren Groll hatte auch er seine Prinzipien. Aber warum war er blind drauflos gestürmt? Er war doch nicht dumm, ja, er kannte die Spielregeln in Kairo aus dem Effeff. Da musste er doch gewusst haben, dass er nichts erreichen würde.

Es sei denn natürlich, er hatte genau das gewollt. Es sei denn, er hatte eine ganz bestimmte Absicht verfolgt. Es sei denn, er hatte sich die Entscheidung der Nationalistischen Partei zu Eigen gemacht, diese Angelegenheit für politische Zwecke auszuschlachten, und seine Abfuhr als gottgesandte Gelegenheit betrachtet, das Syndikat an den Pranger zu stellen.

Mahmoud war – wie alle anderen Staatsanwälte beim *Parquet* – Nationalist. Im Gegensatz zu den meisten von ihnen ging er jedoch unbeirrbar seinen eigenen Weg. Für ihn war es eine Frage des Prinzips, kein Geld von Politikern anzunehmen. In seinen Augen war das Gesetz etwas vollkommen Reines, das über der Politik zu stehen hatte. Wer es zu seinem Beruf erhoben hatte, sollte ihm klar und unabhängig von irgendwelchen Interessen dienen. Freunde sagten über ihn – und zwar immer öfter –, er sei der geborene Richter, doch zu ehrlich, um Advokat zu sein. Vor allem in Kairo.

Umso mehr erstaunte es Owen, dass Mahmoud sich in diesem Fall offenbar untreu geworden war. Es erstaunte und enttäuschte ihn. Er und Mahmoud hatten bisher immer auf gleicher Ebene miteinander verkehrt – soweit es für einen Ausländer möglich war, mit einem Ägypter auf gleicher Ebene zu verkehren. Aber gerade das warf in diesem Fall die größte Schwierigkeit auf. Denn dass Mahmoud derart schwerwiegende Beschuldigungen gegen das Syndikat erhob, lag bestimmt nur an dem Umstand, dass es ein fremdländisches Unternehmen war.

Das passte einfach nicht zu Mahmoud. Gewiss, wie die meisten Nationalisten, ja, die meisten Ägypter, schimpfte er über die Unterwerfung seines Landes unter die Interessen fremder Staaten und lehnte insbesondere die Herrschaft der Briten ab. Andererseits war er bisher stets gemäßigt und pragmatisch gewesen, denn er glaubte, dass letztlich die Vernunft – Mahmoud war ein großer Anhänger der Vernunft – und eine allmähliche politische Entwicklung Ägypten vom Joch der Fremdherrschaft befreien würden. Die bluttriefende Rhetorik der Extremisten war nicht seine Sache.

Doch anscheinend traute er jetzt den Belgiern Dinge zu, die vielleicht sechzig Jahre zuvor am Hofe von Muhammed Ali gängige Praxis gewesen sein mochten. Muhammeds Tochter, die ganz nach ihrem Vater ging, hatte die Gewohnheit, Sklavenmädchen, die während des

Dienstes eingenickt waren, in ihrem Schlafgemach die Eingeweide herausschneiden zu lassen.

Nein, das passte wirklich nicht zu Mahmoud. Es passte so wenig, dass Owen zu zweifeln begann.

Salah-el-Din führte Owen zu einem kleinen Platz unweit vom Pont de Limoun. Um einen Springbrunnen in der Mitte des Platzes hatte sich eine kleine Menge versammelt, darunter, wie Owen erkannte, auch die Eisenbahnarbeiter. Sie standen eng beieinander wie eine Schafherde und warfen gelegentlich einen sehnsüchtigen Blick über die Schulter zu einem winzigen Café am Rande des Platzes, als wären sie lieber dort als hier, als wären sie versucht, einfach hinüberzuhasten, wenn sie nicht derart in der Menge eingekeilt wären.

Es war ein heißer Abend und bei den meisten Häuschen rund um den Platz standen die Vordertüren offen. Von den Hinterhöfen wehten die Gerüche von Holzkohle, brennendem Fett und gebratenen Zwiebeln herüber.

Ein, zwei Familien hatten bereits ihre Abendmahlzeit beendet und sich vor dem Haus auf die Stufen gesetzt, wo sie einen kühlenden Lufthauch zu erhaschen hofften. Man rief den Cafébesuchern etwas zu, die, soweit möglich, auf der *Mastaba* saßen, einer großen Steinbank vor dem Café, und ansonsten davor auf dem Boden hockten. Zum Geruch nach Holzkohle und Fett gesellte sich nun auch ein kräftiges Kaffeearoma.

Die Dunkelheit brach in dieser Jahreszeit schnell herein. Schon wurden in der Menge die ersten Fackeln angezündet. Gegenüber dem Café zeichnete sich auf der anderen Seite des Platzes nach und nach die Kuppel einer Moschee vor dem Himmel ab.

Aus einer der Seitenstraßen waren nun singende Stimmen zu hören und bald darauf zog eine kleine Prozession zu dem Platz. Ihre Teilnehmer trugen so etwas wie Laternen, lange Stäbe, an deren Ende brennende Holzscheite befestigt waren, und sangen Schlachtrufe.

Sie marschierten geradewegs auf den Springbrunnen zu und drängten sich durch die Menge. Schließlich hatten die Männer mit den Fackeln rund um das Brunnenbecken Stellung bezogen. Wie Owen bemerkte, hatte man das Wasser abgedreht. Ein Mann machte sich daran, auf die Umfassung zu klettern.

Der Platz war inzwischen dunkel. Nur im Café brannte Licht. Die Kuppel der Moschee hob sich jetzt deutlich von dem tiefblauen, samtigen Himmel ab. Vor dem Portal stand eine kleine Gruppe von Männern, wahrscheinlich der örtliche Imam und einige seiner Helfer.

Die Männer am Brunnen hielten ihre Laternen in die Höhe, um den Sprecher auf dem Beckenrand zu beleuchten. Dieser trug einen dunklen Anzug und einen Tarbusch. Bis auf ein, zwei Männer, die ihn hierher begleitet hatten, trug sonst niemand einen Tarbusch. Alle anderen waren in eine *Galabeah* gehüllt, den langen, einem Kleid ähnlichen Umhang des gewöhnlichen Kairoer Arbeiters, und trugen Käppchen.

Typisch, dachte Owen. Die Nationalistische Partei verdankte beinahe ihre gesamte Machtfülle den Büroangestellten und Akademikern. Die gewöhnlichen Arbeiter hatten dabei kaum etwas zu sagen. Damit war die Kluft zwischen ihr und den einfachen Schichten des Landes so tief wie die zwischen den herrschenden Paschas und den meisten gebildeten Ägyptern. Ägypten war ein in sich geteiltes Land.

Der Mann auf dem Beckenrand begann zu reden. Es war die übliche Rhetorik der Nationalisten. Die Reichen wurden verdammt, die Ausländer angegriffen. Aber es war ein Mann im Anzug, der da sprach, und die Menge hörte ihm größtenteils schweigend zu.

Diese Ansprache nahm jedoch auf einmal einen ganz anderen Verlauf. Der Redner sprach über die Eisenbahn. Eisenbahnen seien gut, erklärte er. Durch den Bau von Eisenbahnlinien würde ein modernes Ägypten entstehen. Aber warum müssten sie unbedingt von Ausländern gebaut werden? Gab es etwa keine Ägypter, die sie bauen könnten?

Aber, Verzeihung, da hätte er einen Fehler gemacht. Sie *wurden* ja von Ägyptern gebaut, von Menschen wie denen, die er in der Menge vor sich sehen konnte. Es waren ägyptische Hände, die die Gleise verlegten. Aber waren es auch ägyptische Hände, die das Geld bekamen? Waren es ägyptische Münder, die das Brot bekamen? Nein, es waren die Münder von Ausländern, die das Brot bekamen. Nur wollten sie nicht Brot, sondern Kuchen! Mit Glasur darauf! Die Ägypter leisteten die Arbeit, aber die Ausländer waren die Nutznießer.

Und es sei Schwerstarbeit! Seine Freunde hier könnten das bezeugen. Es war harte, in die Knochen gehende Arbeit. Und jetzt waren diese Kerle drauf und dran, noch mehr auf ihre müden Schultern zu laden! Hatten sie noch nie von dem Strohhalm gehört, der dem Kamel am Ende den Rücken brach? Aber das, was sie ihnen da aufbürdeten, war kein Stroh. Im Gegenteil.

Mit dem Herzen begleiteten er und seine Freunde die müden Brüder. Sie kämpften nicht allein. Das Land stand hinter ihnen. Es gab Maßnahmen, die sie nur zu ergreifen brauchten, und sobald sie handelten, würden sie merken, dass sie nicht ohne Freunde waren. Im Gegenteil.

Denn diesmal hätten die Ausländer den Bogen überspannt. Es genügte ihnen nicht, die eigenen Arbeiter auszubeuten, nein, jetzt schienen sie auch noch fest entschlossen zu sein, das ganze Volk zu treffen. Die Religion beleidigen hieß alle Ägypter beleidigen. Der Tag Gottes war heilig. Und die Ägypter, beteuerte er den auf den Stufen vor der Moschee Versammelten zuliebe mit erhobener Stimme, seien entschlossen, ihn als heiligen Tag zu bewahren!

Dann wartete er auf die Jubelschreie, die tatsächlich kamen, aber nicht wirklich begeistert klangen. Die kleine Gruppe vor der Moschee schloss sich nicht an. Wenn zwischen den Nationalisten und dem gewöhnlichen Kairoer ein Spalt klaffte, so tat sich zwischen den Nationalisten und der Kirche ein noch tieferer Abgrund auf. Die Nationalistische Partei war vorwiegend weltlich ausgerichtet. Sie hatte sich der Modernisierung verschrieben und Modernisierung bedeutete für viele ihrer Mitglieder die weitgehende Aufhebung des Einflusses der Kirche.

Das alles war der Kirche wohlbekannt. Der Imam dürfte diese Taktik längst durchschaut haben. Trotzdem, so sagte sich Owen, könnte es sich lohnen zu verfolgen, wie weit die Nationalisten damit kamen. Gewöhnliche Leute waren vielleicht nicht so scharfsinnig wie der Imam, und wenn es den Nationalisten gelang, die feindselige Haltung im Volk mit religiöser Inbrunst anzuheizen, dann mochten sie gewaltige Probleme schaffen.

Wie bei arabischen Rednern üblich, fuhr der Mann ein, zwei Stunden lang so fort, ehe er seinen Wortschwall doch noch zu einem Abschluss brachte und seine Freunde ihm beim Herunterklettern halfen. Die Gruppe schickte sich schon an zu gehen, als einer sich während des Gesprächs mit dem Redner umdrehte. Im Licht der Fackeln erkannte Owen sofort, dass es Wahid war. Nicht der Wahid von der Eisenbahnstrecke, mit Käppchen, Galabeah und schweißbedecktem schmutzigem Gesicht, sondern ein Wahid mit billigem Anzug und dem mit einer Kordel versehenen Tarbusch des jungen gebildeten und nationalistisch gesinnten Effendi.

»Zufrieden?«, fragte Salah-el-Din.

Wider Erwarten traf bei Owen ein Ersuchen Mahmouds ein, die drei Brüder noch ein paar Tage länger festzuhalten. Darüber war er sehr erleichtert. Die Brüder hatten ihm schon auf dem Gewissen gelegen. Es war ja schön und gut, sie in ihrem eigenen Interesse einzusperren – wenn sein Gefühl ihn nicht trog, würde Ibrahims Familie im Fall ihrer Entlassung auf bloßen Verdacht einen Schlag gegen sie führen –, aber mit dem Recht ließen sich solche Maßnahmen kaum vereinbaren. Wenn Mahmoud ihn nun dennoch darum bat, musste sich eine neue Entwicklung abzeichnen.

Zugleich bedeutete es, dass Mahmoud wohl immer noch eine Spur im Dorf verfolgte. Nach seinen Äußerungen bei ihrem letzten Treffen hatte Owen schon befürchtet, er würde sich ausschließlich auf das Syndikat konzentrieren – sofern das Syndikat tatsächlich einen Ansatz bot.

Beflügelt von der Aussicht, dass Bewegung in den Fall gekommen war, rief Owen bei Mahmoud an, um ihm zu versichern, dass er die Brüder weiter in Gewahrsam behalten würde, wenn er dies wünsche. Der Ägypter, der auf einen Rückruf überhaupt nicht vorbereitet war, versuchte sich distanziert zu geben, was ihm allerdings bei Owens so überaus versöhnlichem Ton schwer fiel.

»Sie kommen demnach voran?«

»Ja.« Mahmoud zögerte. »Das glaube ich zumindest. Benötigen Sie eine Begründung für die Haftverlängerung?«

»Dafür genügt mir Ihr Wort.«

Insofern, als er Distanz wahren wollte, kam dies Mahmoud äußerst ungelegen. Was seine Lage noch verschlimmerte, war, dass er selbst Zweifel an der Rechtmäßigkeit seiner Maßnahme hegte. Im Augenblick wurden die drei Männer aufgrund von Sonderrechten festgehalten, die allein der Mamur Zapt genoss. Grundsätzlich war Mahmoud nicht der Auffassung, dass dem Mamur Zapt eine solche Machtfülle zustehen sollte. Im Gesetzbuch war sie nicht vorgesehen. Und das Gesetzbuch war Mahmouds Bibel – oder genauer gesagt sein Koran.

Andererseits war er diesmal froh über Owens Sonderrechte, denn er war sich beileibe nicht sicher, ob sich die Inhaftierung der Brüder noch mit den Buchstaben des Gesetzes rechtfertigen ließe.

»Ich sollte Ihnen eine Begründung geben«, erklärte Mahmoud entschlossen.

»Schön!«

Mahmoud zögerte. »Leider ist das nicht ganz unproblematisch.«

»Möchten Sie mit mir darüber reden?«

»Das wäre vielleicht keine schlechte Idee«, seufzte Mahmoud erleichtert. Schließlich mussten nicht alle juristischen Erwägungen schriftlich festgehalten werden.

Sie trafen sich – wie meistens – auf neutralem Gelände

in einem in der Mitte zwischen dem Justizministerium und Owens Büro in der Bab-el-Khalk gelegenen Café. Es war eine arabische Gaststätte, vor deren Tür mehrere weiße Esel auf ihre Besitzer warteten. Innen blubberten Wasserpfeifen. Allerdings waren sowohl Owen als auch Mahmoud Nichtraucher, Owen mangels Lust und Mahmoud aus moslemischer Überzeugung. Heute erleichterte den Ägypter seine strenge Haltung ein wenig. Hätte er die Regeln noch mehr ausgedehnt, wäre ihm doch sehr unwohl zumute gewesen.

»Nun, was haben Sie herausgefunden?«, fragte Owen und nippte an seinem Kaffee.

»Ich brauche noch etwas Zeit«, antwortete Mahmoud. »Aber ich glaube, jetzt habe ich ihn.«

»Wen haben Sie?«

»Den Zusammenhang. Sie erinnern sich doch noch, dass ich einen Zusammenhang mit dem Syndikat gesucht habe. Nun, ich glaube, ihn entdeckt zu haben.«

Owen nahm es ernüchtert zur Kenntnis. Hatte Mahmoud nichts begriffen? »Ich hatte gehofft, Sie hätten etwas Brauchbares im Dorf gefunden«, murmelte er. »Ich meine, wenn wir rechtfertigen wollen, dass wir die drei länger …«

»Das ist genau das, was ich gefunden habe!« Mahmoud beugte sich weit vor und sah Owen eindringlich in die Augen. »Einen Zusammenhang zwischen den Brüdern und dem Syndikat. Einer von ihnen, Ali heißt er, treibt sich viel bei der Pferderennbahn von Helwan herum. Er gehört einer Bande an, die dort ihr Unwesen treibt.«

»Gut, das ist natürlich interessant, aber was hat es mit dem …?«

»Das Syndikat baut in Heliopolis eine Rennbahn.«

»Ja, und?«

»Diese Leute legen großen Wert aufs Glücksspiel.«

»Das weiß ich. Sie haben die Genehmigung zur Eröffnung eines Spielsalons in dem Hotel beantragt, das sie dort errichten.«

»Sie eröffnen die Rennbahn ziemlich bald. Sogar noch bevor sie mit der Stadt fertig sind.«

»Ich vermute, sie brauchen das Geld.«

Mahmoud nickte. »Das glaube ich auch. Sie brauchen es wohl dringend.«

Owen sah ihn misstrauisch an. »Sie wollen doch nicht sagen, sie würden es so dringend brauchen, dass sie deswegen einen Menschen ermorden würden?«

»Ich sage nur, dass es ihnen ziemlich wichtig ist, die Eisenbahn nach Heliopolis so schnell wie möglich fertig zu bauen.«

Owen begann zu begreifen, wie sich von Mahmouds Standpunkt aus eins zum anderen fügte. Trotzdem … »Springen Sie da nicht etwas zu schnell aus der Deckung? Ihnen ist es ja noch nicht mal gelungen, eine Beteiligung der Brüder an dem Mord nachzuweisen.«

»Daran arbeite ich noch.«

»Das sollten Sie auch unbedingt tun, bevor Sie sich den Kopf über andere Zusammenhänge zerbrechen.«

Mahmoud schürzte trotzig die Lippen. »Ich muss in beide Richtungen ermitteln. Nicht nur der Mord muss geklärt werden, sondern auch die Frage, warum die Leiche auf die Gleise gelegt wurde.«

»Sie verfolgen immer noch diese Spur?«

»Meiner Meinung nach liegt darin der Schlüssel.«

»Sie schließen aus, dass sich das Ganze einfach als Rachemord erklären ließe?«

Owen gelang es nicht, sich seine Verzweiflung nicht anmerken zu lassen. Mahmoud spürte das und reagierte entsprechend heftig.

»Ich denke, es wäre äußerst günstig, wenn es sich als Rachemord abtun ließe. Für bestimmte Leute.«

»Das bedeutet?«

»Das Syndikat zum Beispiel.«

»Menschenskind!« Owen kämpfte mit aller Macht gegen seine Gereiztheit an. »Da gibt es so viele Lücken! Zwischen den Brüdern und dem Mord, zwischen den Brüdern und dem Syndikat. Sie sagen, er treibe sich mit einer Bande herum; gut, dann gibt es auch eine zwischen der Bande und dem Syndikat. Lücken, Lücken! Überall!«

»Sie sehen Lücken, ich sehe Zusammenhänge. Warum wurde die Leiche auf die Gleise gelegt?«

»Woher, zum Kuckuck, soll ich das wissen?«

»Sie verhalten sich nicht gerade rational.«

»Ich? *Ich* bin nicht rational? Nun, zumindest bin ich nicht befangen.«

»Was soll das Gerede von Befangenheit?«, rief Mahmoud aufgebracht.

»Der einzige Grund, warum Sie das Syndikat ins Spiel bringen, ist, dass es Ausländern gehört!«

»Sie glauben, das liege nur daran, dass ich Nationalist bin, ist es das?«

»Ich glaube, dass das Interesse der Nationalisten an diesem Fall einiger Erklärungen bedarf.«

»Was genau meinen Sie damit?«

»Wahid – der Anführer der Eisenbahnarbeiter – ist ein nationalistischer Agitator. Warum wurde er dorthin geschickt?«

»›Dorthin geschickt‹?«

»Er ist eingeschleust worden. Um dafür zu sorgen, dass die Gelegenheit nicht ungenutzt verstreicht.«

»Was für eine ›Gelegenheit‹?«

»Der Regierung die Arbeit zu erschweren. Das hat nichts mit dem Syndikat zu tun, sondern mit der Regierung – und mit den Nationalisten!«

Mahmoud stand auf. »Klar, dass Sie auf so was kommen!«, zischte er.

8

Der Empfang beim Rennverein von Heliopolis und die Eröffnung der Saison fielen auf denselben Tag. Von oben konnte Owen hinter dem großen Fenster verfolgen, wie sich die Menge zwischen den Startboxen hin und her wälzte. Und man wälzte sich im wahrsten Sinne des Wortes. Das taten die Menschenmengen in Kairo immer. Unablässig drehten sie sich in gewaltigen Massen im Kreis herum, ohne je irgendwo anzukommen. Hier war der Begriff Menge freilich mit Vorsicht zu genießen. Am Ziel standen zwar ein paar hundert Leute, doch bei den Startboxen waren es nur wenige Dutzend und dazwischen befand sich so gut wie niemand.

»Ist trotzdem recht vielversprechend«, meinte der Belgier neben Owen. »Wenn wir erst mal die Eisenbahn haben, kommt der große Ansturm.«

Beim Empfang oben im Clubhaus hatte sich eher so etwas wie eine Menge eingefunden. Die internationale Gemeinschaft war in großen Scharen herbeigeströmt. Fast jedes Konsulat war vertreten. Nur der britische Generalkonsul war nicht gekommen, aber für ihn war Paul, sein Aide de Camp und Owens Tennispartner, eingesprungen. Anwesend war auch Garvin, der Polizeikommandant, der sich kein Pferderennen entgehen ließ. Daneben waren Prinzen und Paschas in Hülle und Fülle anzutreffen.

Sogar Zeinab hatte zu kommen geruht. Nicht etwa, weil sie auch nur das geringste Interesse an Pferden gehabt hätte – sie wusste, dass sie ihre Kutsche zogen, und das war auch schon alles –, sondern weil sie zu dem Schluss gelangt war, dass Owen nicht unbesorgt mit ›diesem Mädchen‹ allein gelassen werden konnte.

Und tatsächlich war Salah-el-Dins Tochter ebenfalls zugegen, wie immer – nach Owens Dafürhalten – völlig unpassend in ein Kleid gehüllt, welches das kleine Mädchen vorspiegeln sollte, doch irgendwie eine voll ausgebildete frauliche Figur offenbarte.

»Abstoßend!«, ereiferte sich Zeinab.

»Ein wenig bizarr«, gab Owen zu.

»Was soll das heißen?«, fuhr ihn Zeinab an.

Owen hatte nicht die geringste Ahnung von Mode, die, wie er zu verstehen glaubte, gerade der Gegenstand von Zeinabs Auslassungen war, und hielt es darum für das Klügste, den Mund zu halten.

Unter den Paschas befand sich Zeinabs Vater, Nuri, der jetzt mit besorgter Miene auf Owen zutrat.

»Glauben Sie, dass sie wirklich Ernst macht?«

»Womit Ernst macht?«

Nuri deutete mit dem Kinn in die Richtung des Fensters, wo Malik mit einigen seiner Kumpane stand.

»Dass sie ihn umbringt, meinen Sie?« Owen überlegte. »Eigentlich kann ich mir das nicht vorstellen.«

Salah-el-Din kam mit seiner Tochter im Schlepptau zu Owen. »Erinnern Sie sich an Amina?«

»Ich bin entzückt!«

»Nehmen Sie an Galopprennen teil, Captain Owen?«, wollte sie wissen.

»Ich reite ein bisschen.«

»Ah! Ich auch. Sie müssen mal am Morgen bei uns vorbeireiten.«

»In letzter Zeit hatte ich nicht allzu viel Gelegenheit …«, sagte er hastig.

»Sie müssen unbedingt wieder damit anfangen. Sind Sie in England viel geritten?«

»In Indien.«

»Sie waren in Indien? Oh! Ich würde gern einmal nach Indien reisen. Es muss sehr romantisch sein. Haben Sie das Taj Mahal gesehen, ja?«

»Äh, eigentlich nicht. Ich war oben im Norden stationiert.«

»An der Grenze?«

»Ja, richtig.«

»Sie waren Soldat? Haben Sie wirklich gegen Menschen gekämpft?«

»Nun ja …«

»Und Dörfer verbrannt? Und Frauen vergewaltigt?«

»O ja! Jeden Tag.«

Amina starrte ihn mit weit aufgerissenen Augen an.

Am anderen Ende des Raums unterhielt sich Zeinab mit Paul. Als sie Owens Blick bemerkte, kehrte sie ihm demonstrativ den Rücken zu.

Malik trat nun auf ihn und Amina zu, worauf sich das Mädchen entfernte.

»Ihre Freundin, was?«, fragte er, den Blick auf Zeinab gerichtet.

»Ja.«

»Sie kommt mir ein bisschen arabisch vor. Schon mal eine Tscherkessin probiert? Ich könnte Ihnen eine besorgen, wenn Sie Lust auf Abwechslung haben.«

»Nein, danke«, erwiderte Owen und ging zu Paul und Zeinab hinüber.

»Wer ist dieses sonderbare Mädchen, mit dem Sie gesprochen haben?«, erkundigte sich Paul.

»Salah-el-Dins Tochter. Er ist der hiesige Mamur.«

»Sie erscheint mir ein bisschen jung«, meinte Paul skeptisch.

Zeinab stapfte wütend davon.

Paul sah auf die dünne Besucherschar draußen hinunter. »Der Verein wird schon ein bisschen mehr auf die Beine stellen müssen als das. Natürlich wird es sich ändern, wenn die Eisenbahn erst mal fertig ist.«

»Ich hatte nicht geahnt, dass sie ihnen derart wichtig ist.«

»Ach, wichtig ist sie ganz bestimmt.«

»Wie wichtig?«, fragte Owen.

»Nun, sie würde einen enormen Unterschied in ihrer Ertragslage ausmachen, die im Augenblick etwas heikel ist, wie ich gehört habe.«

»Wichtig genug, um deswegen einen Mord zu begehen?«

Paul starrte Owen an. »Geht's Ihnen noch gut? Waren Sie etwa zu lange draußen in der Sonne?«

Ein wenig später führte Owen ein Gespräch mit einem der Untersekretäre, als Raoul, der Belgier, den er bei Salah-el-Din kennen gelernt hatte, ihm eine Hand auf den Arm legte.

»Sie sind immer noch bei Schampus? Keine Lust auf was Härteres? Ach, übrigens, el-Sayid Ahmad möchte mit Ihnen sprechen.«

El-Sayid Ahmad war der Verkehrsminister. Er streckte Owen die Hand entgegen. »Freut mich, Sie zu sehen. Beeindruckend, nicht wahr? Eine Stadt, die aus dem Nichts entsteht. Da lernen Sie das moderne Ägypten kennen!« Er zog Owen beiseite und beugte sich vertraulich vor. »Sie wissen, dass in der Nationalversammlung eine Anfrage an uns gerichtet worden ist?«

»Von Mr. Rabbiki, ja.«

»Macht seine üblichen Winkelzüge. Aber das braucht Sie nicht zu beunruhigen. Wir speisen ihn schon ab.«

»Er könnte eine Untersuchung verlangen.«

»Er wird keine kriegen. Wir haben eine sichere Mehrheit. Trotzdem …«

»Ja?«

»Er wird bekommen, was er eigentlich will. Nämlich die allgemeine Aufmerksamkeit.«

»Daran können wir kaum etwas ändern.«

»Wirklich nicht? Wie nahe stehen Sie vor einer Verhaftung?«

Owen zögerte.

»Sie schwanken noch?«

»Es liegt in den Händen des *Parquet*.«

»Und es verfolgt die Sache nicht so entschlossen, wie es das vielleicht könnte? Guter Mann, Sie brauchen nichts zu sagen.« Er ergriff Owen am Arm, wie Araber es immer taten, wenn sie vertraulich werden wollten, und zog ihn näher zu sich heran. »*Entre nous*, der Khedive ist darüber sehr unglücklich. Die lassen die Sache schleifen, hat er gesagt, nichts anderes machen sie! Und damit trifft er den Nagel auf den Kopf. Nationalisten, jeder Einzelne von ihnen.«

»Herr Minister, Sie wollen damit doch nicht etwa unterstellen, dass das *Parquet* sich in dieser Angelegenheit auf die Seite der Nationalistischen Fraktion im Parlament schlägt?«

»Ich unterstelle überhaupt nichts. Aber wir haben den einen oder anderen Verdacht. Es kursieren Gerüchte über einen großen Schlag der Nationalisten. Und der könnte auch die Eisenbahn treffen.«

»Warum würde er deswegen zu einer großen Sache werden?«

»Kapital, mein Lieber, alles steht und fällt mit dem Kapital. Kapital aus dem Ausland, das Erträge für Investitionen verlangt. Kapital für die Regierung, ein ausgeglichener Haushalt – mein Lieber, Sie ahnen nicht, wie wichtig das ist, zumindest für bestimmte Leute. Kapital für den Khedive, auch wenn das natürlich nur ein nebensächlicher Aspekt ist. All das ist gefährdet, wenn die Eisenbahn zu spät fertig wird. Groß? Mein Bester, ich kann gar nicht sagen, wie wichtig das ist!«

»Wichtig genug, um deswegen zu töten?«

»So weit brauchen Sie nicht zu gehen. Eine Verhaftung genügt schon. Hauptsache, Sie zeigen, dass etwas getan worden ist.«

»Nein, nein, daran dachte ich nicht – ich meinte die Nationalisten selbst. Ist es ihnen wichtig genug, um jemanden deswegen zu töten?«

»Töten? Guter Mann!«

»Ich habe mich nur gefragt …«

»Töten! Wie kommen Sie nur auf so was? Unsere Kollegen, die Nationalisten? Guter Mann! Wir sind keine Wilden, wissen Sie. Das Töten überlassen wir den Engländern.«

El-Sayid Ahmad zog seinen Arm zurück und ließ Owen stehen.

Raoul näherte sich mit einem Tablett, auf dem er mehrere Whiskygläser balancierte.

»Ich nehme eins davon«, sagte Garvin, der in der Nähe stand, und griff nach einem Glas. Dann wandte er sich Owen zu. »Was wollte er?«

»Es ging um die Eisenbahn. Ich soll dafür sorgen, dass schneller gebaut wird.«

»Halten Sie sich da raus. Das ist mein Rat. Mischen Sie

sich in so was bloß nicht ein. Nicht in Ägypten. Oder sonst wo. Prost!«

»Prost! Ich wünschte, ich könnte. Aber man kann das Geld nicht aus solchen Angelegenheiten heraushalten.«

Garvin spähte zum Fenster hinaus. »Na, so was!«, rief er unvermittelt. »Wenn das nicht ein paar von meinen alten Freunden sind …«

Sein Blick richtete sich auf eine Gruppe von äußerst verwegen aussehenden, zerlumpten und mit Narben übersäten Gestalten.

»Wo kommen die denn her?«, fragte Owen.

»Helwan. Ich habe sie dort auf der Rennbahn gesehen!«

Was die Kairoer Banden betraf, hatte Garvin ein beinahe unfehlbares Gedächtnis.

»Was machen die jetzt hier?«

»Keine Ahnung. Ich finde es wohl besser heraus.«

Sie redeten mit einem Mann in Anzug.

»Wer ist das?«

»Einer der Ordner, nehme ich an«, sagte Owen.

»Jetzt schon?«, rief Garvin. »Dann nehme ich mir gleich die Verantwortlichen hier vor.«

»Tun Sie das nicht«, bat Owen. »Wenigstens jetzt noch nicht.«

Garvin entfernte sich, um ein Gespräch mit einem der Minister anzuknüpfen.

Owen wurde unterdessen bewusst, dass er Zeinab sträflich vernachlässigt hatte.

»Sie ist dort drüben«, meinte Zeinab.

»Wer?«

In einer Ecke stand Salah-el-Dins Tochter, umringt von Paschas.

»Die sind ja noch älter als du«, stöhnte Zeinab.

Endlich begriff Owen, was sie bekümmerte. »Ich ziehe Erfahrung vor«, sagte er.

»Davon hat sie jede Menge.«

»Das bezweifle ich.«

»Du bist wirklich dumm!«, zischte Zeinab.

Malik schloss sich dem Kreis um das Mädchen an.

»Er hat mir nahe gelegt, dich gegen eine Tscherkessin einzutauschen«, bemerkte Owen.

»Hast du angenommen?«

Nuri, der ebenfalls dem Kreis aus Paschas angehört hatte, löste sich daraus und trat vor Vergnügen schnaufend auf sie zu. »Entzückendes Mädchen. Ich mag sie frisch.«

Zeinab rauschte beleidigt davon. Nuri sah ihr verdattert nach, doch als Owen Anstalten machte, ihr zu folgen, hielt er ihn am Arm fest. »Mein lieber Junge«, sagte er, »auf ein Wort.«

»Ja?« Owen zog es immer noch in Zeinabs Richtung.

»Tun Sie das nicht.«

Owen drehte sich überrascht zu ihm um.

»Nicht mal für sie! Glauben Sie mir, ich weiß, wovon ich rede. Es gab eine Zeit, da war ich genauso leidenschaftlich wie Sie. Und da kam so ein Mann dazwischen. Na ja, ich habe ihr gesagt – es war Zeinabs Mutter, wissen Sie –, du kannst ihn haben. Wenn du kaltes Fleisch magst! Das habe ich genau so gemeint, wissen Sie. Ich hätte ihn getötet. Oder habe ich ihn vielleicht wirklich umgebracht? Ich kann mich nicht mehr erinnern – es ist ja schon so lange her. Wie auch immer, das hat uns noch mal zusammengeführt. Leidenschaftliche Frauen lieben Leidenschaft. Ihr Engländer seid zu … Augenblick, wo war ich stehen geblieben …? Nein, nein, ich meinte das Gegenteil! Mein lieber Junge« –

Nuris Stimme nahm einen feierlichen Ton an –, »Sie dürfen ihn nicht töten!«

»Wen?« Owen begriff nun überhaupt nichts mehr.

»Malik.«

»Warum nicht?«, blaffte Zeinab, die zurückgekommen war.

»Weil er verlobt oder so gut wie verlobt ist, und zwar mit diesem entzückenden Mädchen. Abu Hanafi hat es mir erzählt. Sein Vater ist natürlich dagegen, aber ...«

»Ist das der Grund, warum du ihn umbringen wolltest?«, fragte Zeinab in drohendem Ton.

»Ich will überhaupt niemanden umbringen!«, protestierte Owen.

»Es ist ihm so rausgerutscht«, erklärte Nuri. »Im Gespräch mit el-Sayid Ahmad. El-Sayid Ahmad war entsetzt. ›Diese Engländer‹, hat er gesagt. ›Wie Raubtiere fallen die über einen her.‹ – ›Das ist nur der Instinkt‹, habe ich erwidert. ›Er ist jung und leidenschaftlich. Ich war genauso. Er lässt eben nicht zu, dass ein anderer sich dazwischen drängt.‹ – ›Sicher, aber gleich so weit gehen und ihn töten?‹, hat el-Sayid Ahmad zu bedenken gegeben. ›Das ist allerdings ein bisschen viel‹, habe ich eingeräumt. Und so habe ich ihm gesagt, dass ich Sie darauf ansprechen werde.«

»War das, als er anbot, mich gegen eine Tscherkessin einzutauschen?«, rief Zeinab, auf einmal die Liebe in Person.

»Whisky, Sir?«, fragte ein Kellner im Vorbeigehen.

»Einen doppelten bitte«, verlangte Owen.

»Es gibt ein Problem mit dem Baum«, erklärte McPhee besorgt.

»Baum?«

»Der Baum der Jungfrau. Die Franzosen beanspruchen ihn für sich.«

»Augenblick mal«, bat Owen. »Die Franzosen? Was, zum Teufel, geht sie der Baum an?«

»Die Kaiserin Eugénie bekam ihn vom Khedive als Geschenk, als sie zur Eröffnung des Suez-Kanals hierher kam.«

»Ja, ich weiß, aber ...«

»Zusammen mit dem Hotel Gesira Palast.«

»Sie wollen doch nicht wohl auch noch das Hotel, oder?«

»Darüber haben sie nichts verlauten lassen. Anscheinend wollen sie nur den Baum. Wegen des römisch-katholischen Hintergrunds.«

»Römisch-katholisch?«

»Es ist wegen des Balsams, verstehen Sie.«

»Hatten Sie mir nicht erzählt, es wäre eine Sykomore? Oder ein Feigenbaum?«

»Nein, nein, es geht um die Bäume daneben. Das sind Balsam ...«

»Die Stelle, wo der alte Ziegenhirte war?«

»Genau. Aus ihnen wurde der Balsam für fast alle Taufgottesdienste in Ägypten gewonnen. Jedes katholische Kind!«

»Lassen Sie uns das klarstellen«, bat Owen, der sich an diesem Vormittag ohnehin benommen fühlte und immer noch zu verdauen hatte, was ihm beim Empfang alles zugestoßen war. »Sie wollen den Baum wegen des Balsams in seiner Nähe, richtig?«

»Natürlich ist ihnen hauptsächlich an den Balsambäumen gelegen. Aber streng genommen wurde ihnen nur der Baum der Jungfrau geschenkt. Ich denke, Sie könnten auf diesem Punkt beharren.«

»Ich will auf überhaupt nichts beharren! Schon gar nicht auf einem Scheißbaum!«

»Ich glaube, Sie sollten unbedingt das Diplomatische Corps zu Rate ziehen, Owen. Das Ersuchen kommt nämlich vom Quai d'Orsay.«

»Paris? Wie, zum Kuckuck, haben die davon erfahren?«

»Ich glaube ...« McPhee senkte die Stimme, denn er wollte nicht – oder wenn, dann wenigstens nicht laut – schlecht über andere reden. »Ich glaube, sie haben möglicherweise über das Syndikat davon erfahren. Die Belgier – oder wenigstens einige von ihnen – sind nämlich auch römisch-katholisch, verstehen Sie.«

»Aber warum ...«

»Nun, wenn der Baum weg wäre, verstehen Sie, dann wäre er ... na ja ... endgültig weg. Aus der Welt geschafft. Haben Sie nicht gesagt, er sei der neuen Eisenbahn im Weg?«

»Ja, aber ... Sie wollen doch nicht sagen, dass sie ernsthaft vorhaben, ihn nach Frankreich zu schaffen?«

»Äh, warum nicht? Schließlich wurde auch *Cleopatra's Needle* nach London gebracht.«

»Ja, aber das ist ... ich meine, es ist ein Baum! Er ist sogar schon tot. Wissen sie, dass er tot ist? Er ist umgestürzt.«

»Das macht es umso leichter, ihn wegzuschaffen. Dann brauchen sie ihn nur noch auf einen Lastwagen zu heben. Wie auch immer, Owen, glaube, Sie sollten ihn nicht zu bereitwillig für tot befinden. Ich bin mir sicher, grüne Triebe gesehen zu haben. Und selbst wenn er tot sein sollte, Owen, dann wäre das nicht das Entscheidende.«

»Nein?«

»Nein. Es ist nun mal so: Er hat ein symbolisches Leben. Das ist den Katholiken sehr wichtig, Owen. Es heißt, die junge Mutter habe sich in seinem Schatten ausgeruht. Dann hat sie das Kind, das von der Reise erhitzt und müde war, zum Brunnen getragen und darin gebadet. Mit einem Schlag wurde das Wasser frisch und sauber. Ich muss sagen, das halte ich in der Tat für einen Punkt, den wir auf keinen Fall außer Acht lassen dürfen. Ich meine, das Wasser ist auffallend frisch und rein, während alle anderen Brunnen in der näheren Umgebung eher salzig sind. Wie lässt sich das erklären?«

»Nun …«

»Und noch etwas: Während das Kind herumtollte, oder vielleicht auch bloß dalag, wusch sie seine Kleider. Ich meine, das tun sie hier ja oft – man kann sie bis zum heutigen Tag dort Wäsche waschen sehen und ihre Kinder ziehen sich dann gleich wieder an. Aber sie, verstehen Sie, wrang die Kleider aus, und überall dort, wo Tropfen auf den Boden fielen, wuchsen Balsambäume aus der Erde! Sie sehen also: Es gibt tatsächlich einen Zusammenhang zwischen dem Baum der Jungfrau und dem Balsam …«

»Ich denke, über diesen Punkt kann man streiten.«

»Ich weiß, die Anwälte werden sicher genüsslich darüber herfallen, aber symbolisch …«

»Ja. Gut. Bestimmt. Und sie sagen« – Owen klammerte sich an den letzten Strohhalm –, »dass dieses Ersuchen formell vom französischen Konsulat gestellt wurde?«

»Direkt vom Ministerium in Paris, haben sie gesagt.«

»Ach, ja, dann …«, seufzte Owen. »Ich fürchte, ich werde das an unser eigenes Konsulat weiterreichen müssen.«

Die Antwort kam schneller, als er gewünscht hatte.

»Wir haben unsere Anwälte damit beauftragt«, erklärte Paul.

»Großartig!«

»Sie haben uns gewarnt, dass es einige Zeit dauern könnte.«

»Wunderbar!«

»Allerdings haben sie gemeint, Sie sollten eine Wache vor dem Baum aufstellen.«

»Für wie lange?«

»Bis der Fall erledigt ist.«

»Wie lange kann das dauern?«

»Zehn Jahre.«

»Nein, die Briten beschlagnahmen Ihr Eigentum keineswegs. Der Wachmann ist nur dazu da, um es zu beschützen.«

»Ihm geht es seit zweitausend Jahren gut«, klagte der Kopte. »Warum braucht er jetzt auf einmal Schutz?«

Owen deutete auf die in die Rinde geschnitzten Namen. »Er wird entstellt.«

»Gerade damit verdiene ich doch mein Geld!«, protestierte der Kopte empört.

»Ja, gut, aber das sollten Sie nicht. Nicht solange die Eigentumsfrage umstritten ist.«

»Sie ist nicht umstritten. Der Baum gehört mir.«

»Offenbar wurde er 1869 der Kaiserin Eugénie geschenkt.«

»Das ist ein moslemisches Komplott!«, ereiferte sich Daniel.

»Die Moslems haben nichts damit zu tun«, beschied Owen streng. Er war nicht gewillt zu dulden, dass noch mehr Öl ins Feuer gegossen wurde.

Das glaubte er zumindest.

»Eine Abordnung, die zu Ihnen möchte«, kündigte seine rechte Hand Nikos an.

»Eine Abordnung?«

»Vom Patriarchen.«

Der Vorraum war voller Kopten.

»Das ist ein Skandal!«, wetterte ihr Sprecher, einer von drei Bischöfen.

»Was genau ...?«

»Die Beschlagnahmung koptischen Eigentums.«

»Ach, der Baum? Ich habe ausdrücklich gesagt, dass der Wachposten nur zu seinem Schutz da ist.«

»Er benötigt mit Sicherheit Schutz. Aber vor wem?«

»Nun ...«

»Erst dulden Sie, dass die Moslems ihn schänden, und dann lassen Sie ihn von den Katholiken wegschaffen!«

»So weit sind wir wirklich noch nicht.«

»Ah! Dann ist es also wahr? Die Katholiken werden ihn sich irgendwann einfach nehmen.«

»Der Baum war allem Anschein nach ein Geschenk an die Kaiserin Eugénie ...«

»Gut und schön, aber wer hat ihn ihr geschenkt?«

»Der Khedive Ismail ...«

»Aber gehörte er ihm überhaupt?« Der Bischof witterte seinen Vorteil und setzte gleich nach. »Hatte er das Recht, ihn herzuschenken?«

»Nun, ich ...«

»Er gehört seit über tausend Jahren den Kopten.«

»Hören Sie, damit befasst sich jetzt die Justiz.«

»Das war anzunehmen. Aber das Urteil ist allem Anschein nach bereits gefällt worden.«

»Keineswegs.«

»Warum ist dann der Baum unter Bewachung gestellt worden?«

»Um ihn zu schützen, solange eine Klärung aussteht. Bis dahin gilt die bisherige Regelung der Eigentümerfrage.«

»Wir fordern, dass die Rechte der koptischen Bürger geschützt werden!«

»Diese Versicherung gebe ich Ihnen.«

»Aber was ist sie wert?«, fragte einer der anderen Bischöfe. »Wird sich Großbritannien in gleicher Weise für die Kopten einsetzen wie Frankreich für die Römisch-Katholischen?«

»Es ist die erklärte Absicht der Regierung Seiner Majestät, sich nicht in Religionsangelegenheiten einzumischen. Im Falle Ägyptens bedeutet das, dass sie den Khedive regelmäßig und mit Nachdruck bittet, keine bestimmten Gruppen innerhalb seines Volkes zu unterdrücken.«

»Er hat *unseren* Baum weggegeben!«

Als Owen dem Baum seinen nächsten Besuch abstattete, traf er dort nicht nur den von ihm postierten Polizisten an, sondern sechs weitere Männer.

»Wer ist das?«

»Freunde«, sagte Daniel grinsend.

Es waren alles Kopten. Kopten waren gewöhnlich eher klein. Diese aber nicht.

»Was machen sie hier?«

»Sie helfen, den Baum zu beschützen. Sie haben selbst gesagt, dass er Schutz braucht.«

Es war Owen gelungen, Scheich Isa knapp zuvorzukommen. Nun traf auch der Geistliche ein. Er stieg von seinem Esel ab und starrte die Versammelten an. »Wer sind diese Männer?«, fauchte er.

»Meine Gehilfen«, sagte Daniel.

»Wozu brauchst du Gehilfen?«

»Um die Messer zu halten. Schauen Sie.«

Die Männer zogen Degen unter ihren Umhängen hervor und schwangen sie herausfordernd.

»Wir werden keinen Ärger dulden!«, warnte Owen.

»Ärger? Sie tragen sie nur für den Fall, dass jemand seinen Namen in die Rinde ritzen will. Ein Messer ist gegen Gebühr erhältlich. Und nur in Ausnahmefällen ohne.«

»Das ist ein moslemischer Baum«, knurrte Scheich Isa.

»Glauben Sie?«, entgegnete einer der Kopten.

»Die Eigentumsfrage ist umstritten«, erklärte Owen, »und wird von den Gerichten geregelt.«

»Er gehört dir also gar nicht?«, rief Scheich Isa.

»Und ob er mir gehört«, erwiderte Daniel. »Und kein Franzose wird ihn mir wegnehmen!«

»Franzose?«, fragte der Scheich verdattert.

»Der Baum wurde der Kaiserin Eugénie geschenkt«, schaltete sich Owen ein. »Zumindest behaupten das die Franzosen.«

»Katholiken!«, spuckte Daniel. »Alles Katholiken!«

»Christen?«, stöhnte Scheich Isa. »Nicht noch mehr Christen!«

»Die nehmen mir meinen Baum nicht weg!«, schrie Daniel.

»Sie wollen ihn wegnehmen?«

»Niemand nimmt ihn weg«, beschwichtigte Owen hastig. »Die Franzosen erheben Anspruch auf ihn, das ist alles. Die Frage wird vor Gericht geklärt.«

»Sie wird auf dem Schlachtfeld geklärt!«, donnerte Scheich Isa. »Wegnehmen wollen sie ihn uns? Vorher wird die Wüste mit Blut getränkt!«

Am nächsten Tag standen zusätzlich zu dem Wachmann und den sechs Kopten sechs weitere Männer vor dem Baum.

»Wer seid ihr?«, fragte Owen.

»Wir sind Männer von Scheich Isa. Die Söhne des Islam.«

»Was macht ihr hier?«

»Wir passen auf den Baum auf. Die Katholiken wollen ihn wegschaffen. Und diese Hurensöhne von Kopten wollen ihn ihnen geben.«

Daniel sprang erbost auf. »Euch werd ich's geben«, schrie er.

»Schluss damit!«, bellte Owen. »Wenn einer von euch Dummheiten macht, landet ihr alle im *Caracol*! Sie« – er wandte sich an den Polizisten – »sorgen dafür, dass es keinen Ärger mehr gibt.«

»Was? Ich?«, rief der Mann. »Ganz allein?«

Am nächsten Tag waren neben den sechs Kopten und den sechs Söhnen des Islam drei weitere Wachmänner vor dem Baum postiert.

»Vier Männer?«, ächzte Garvin, der Kommandant der Kairoer Polizei, zu dessen Leuten sie gehörten. »Wie lange, haben Sie gesagt, dauert es, bis der Fall geklärt ist?«

Das Dorf war wie für ein Fest hergerichtet. Über die Straßen waren Banner gespannt worden, bunte Wimpel schmückten alle Häuser und aus den Fenstern hingen heilige Sprüche.

»Was bedeutet das alles?«, fragte Owen seinen Freund, den Barbier.

»Es ist wegen der Pilger«, antwortete dieser. »Sie können jetzt jeden Tag eintreffen.«

»Auf dem Weg zur Birket-el-Hadj?«

»Richtig. Dort versammeln sie sich immer.«

Owen runzelte die Stirn. Die Karawane nach Mekka hatte er ganz vergessen.

»Sie kommen hier durch?«

»Und durch die anderen Dörfer. Sie reisen aus allen Richtungen hierher.«

Owens Miene wurde immer besorgter. Das Letzte, was er jetzt gebrauchen konnte, war eine Invasion einer Horde von Frommen. »Wann bricht die Karawane auf?«

»Ach, erst in ein paar Wochen. Es dauert eine Weile, bis alle eingetroffen sind.«

Scheich Isa pflanzte sich vor seiner Tür auf. »Ist in Ihrem Herzen etwa keine Freude, Engländer?« Er deutete auf all den Festschmuck.

Nicht viel, dachte Owen. Laut sagte er: »Es ist mir immer ein Vergnügen, die Anzeichen von Freude zu sehen.«

»In unseren Herzen ist Freude. Denn jetzt ist die Zeit, in der die Gläubigen zusammenkommen, um die Große Reise anzutreten.«

»Das ist wirklich großes Glück.« Owen neigte höflich den Kopf.

»Wir freuen uns mit ihnen.«

»Ganz recht!«

»Aber still.«

»Still?«, fragte Owen.

»Aus drei Gründen.«

Owen versuchte zurückzuweichen.

»Erstens«, hob der Scheich entschlossen an, »weil sie noch auf dem Hinweg sind. Ihre Herzen haben die Berührung durch das Heilige noch nicht gespürt. Erst wenn sie zurückreisen, wird ihre – und auch unsere – Freude kein Ende kennen.«

»Wahrlich eine große Freude!«

»Zweitens«, fuhr Scheich Isa fort, »ist unsere Freude jedoch gedämpft, weil wir an diejenigen denken, die nicht mitreisen.«

»Ach, die Trauer«, murmelte Owen voller Anteilnahme.

»Drückeberger!«, schimpfte Scheich Isa. »Drückeberger alle zusammen! Die Verzagten in den Dörfern! Die Gottlosen in den verruchten Städten! Schlangen, Gewürm, schlimmer als Gewürm: Christen! Schlimmer als Christen: Kopten!«

»Ja, gut ...«

»Und der dritte Grund«, schloss Scheich Isa unerbittlich, »warum unsere Freude gedämpft ist, ist folgender: Die Karawane ist nicht mehr das, was sie früher war. Jahr für Jahr wird die Zahl der Pilger kleiner.« Er starrte Owen mit anklagendem Blick an.

»Vielleicht fahren sie mit der Eisenbahn«, meinte er begütigend.

Das erwies sich als Fehler. Scheich Isa blitzte ihn aufgebracht an. »Dies«, donnerte er, »ist der Anfang des Irrtums!«

Owen wich langsam weiter zurück. »Die Welt verändert sich«, sagte er. »Und wir müssen uns mit ihr ändern.«

»Eben nicht!«, bellte Scheich Isa. »Wenn wir versucht werden, müssen wir dann fallen? Die Eisenbahn wird dort gebaut, um uns in Versuchung zu führen; müssen wir ihr nachgeben? Der Teufel baut eine Stadt; müssen wir hingehen?«

»Ich würde es nicht tun, wenn ich Sie wäre«, meinte Owen.

Scheich Isa starrte in die Ferne. »Aber was« – er flüsterte nun fast –, »wenn sie zu mir kommt? Was, wenn die Eisenbahn über die Wüste auf mich zukriecht? Was, wenn sie dieses Dorf erreicht und die Herzen der törichten Menschen mit Gold lockt? Was, wenn die Häuser des Teufels nach meinem eigenen greifen? Was tue ich dann?«

9

Sein Angebot, Ja'affar die Behandlung zu bezahlen, hatte Owen neue Freundschaften eingebracht, vielleicht nicht mit jedem Einzelnen im Dorf, so doch jedenfalls mit dem Barbier. Als er vorbeikam, begrüßte ihn der Barbier überschwänglich und lud ihn zum Tee ein. Der Behandlungsstuhl war im Augenblick leer – kein Kinn, das eine Rasur benötigte, keine Wunde, die der Pflege bedurfte, kein Penis, den es zu beschneiden galt. So hatte der Barbier Zeit, herumzuhantieren und Tee für seine Kumpanen zu kochen.

Owen setzte sich zu den im Kreis auf dem Boden kauernden Männern. Unter ihnen befand sich auch Ja'affar.

»Wie geht's, Ja'affar?«

»Schrecklich. Ich muss bald wieder arbeiten.«

»Der alte Zaghlul wollte ihn heute Morgen schon wieder zur Farm scheuchen«, erzählte einer der anderen.

»Dieser elende Hurensohn!«, schimpfte Ja'affar aufgebracht. »Der ist schlimmer als die Belgier!«

»Er wird jetzt jeden Tag im Dorf vorbeischauen. Er will dich im Auge behalten!«

Owen machte es sich bequem und ließ das Gespräch an sich vorbeiplätschern.

»Ich habe Zaghlul soeben gesehen«, sagte einer.

»Ja, er spricht mit Scheich Isa.«

»Worüber redet er denn?«

»Es wird wohl um die Pilger gehen.«

»Erzähl mir nicht, dass er ihnen Strauße verkaufen will!«

»Nein, nein. Kamele. Einige werde neue Kamele für die Reise benötigen. Er kann ihnen welche bei seinen Freunden in der Wüste besorgen.«

»Diese Diebe von Beduinen! Wetten, dass dabei der eine oder andere Piaster für ihn abfällt!«

»Soll ich euch was sagen? Ich habe gehört, dass sie den Pilgern hier Kamele verkaufen und sie später wieder stehlen.«

»Es würde mich nicht wundern, wenn der alte Zaghlul bei beidem die Hände im Spiel hätte, dieser mörderische Gierhals!«

»Wie geschieht das?«, erkundigte sich Owen. »Geht Scheich Isa zur Birket-el-Hadj und nimmt die Bestellungen entgegen?«

»Mehr oder weniger. Um diese Zeit ist er fast jeden Tag drüben und sperrt ohne Zweifel die Ohren auf. Und wenn er hört, dass jemand ein Kamel braucht, lässt er es Zaghlul wissen.«

»Der alte Zaghlul ist zur Zeit praktisch jeden Morgen in der Moschee. Es ist schon erstaunlich, wie fromm er wird, wenn Pilger in der Gegend sind.«

»Tja, auf diese Weise hat er eben sein Vermögen erworben. Er hat die Pilger mit allem versorgt.«

»Das war früher so. Heute handelt er mit Straußen. Hat gerade noch rechtzeitig umgesattelt, würde ich sagen. Wenn die neue Stadt erst mal gebaut ist, werden die Ladeninhaber nach der Birket-el-Hadj schielen.«

»Sie werden wohl eher nach den reichen Leuten schielen, wenn das, was ich so höre, stimmt.«

»Was hören Sie denn?«, fragte Owen.

»Dass Heliopolis für die Reichen da sein soll.«

»Die Armen werden rausgedrängt«, bestätigte der Barbier. »Das ist seit jeher der Lauf der Dinge.«

»Den alten Zaghlul werden sie nach allem, was ich höre, auch rausdrängen. Strauße und Pferde passen nicht zusammen.«

»Das wird ihm nicht gefallen«, brummte Ja'affar.

»So was hat er ja schon mal erlebt. Aber er wird sich davon nicht unterkriegen lassen.«

»Er ist am falschen Ort, das ist das Schlimme. Die Reichen haben ein Auge auf seine Farm geworfen, und die Reichen kriegen immer, was sie wollen.«

»Wir sind auch am falschen Ort. Und wisst ihr, warum? Weil sie nicht auf unserer Seite bauen. Sonst könnten wir eine Menge verdienen. Sie würden uns nämlich Geld für unser Land bieten, wie sie das jetzt in Tel-el-Hasan tun.«

»Tel-el-Hasan? Das ist das Dorf, aus dem dieser Kopte kommt. Wetten, dass es *ihm* gut geht!«

»Dem geht es sowieso gut. Kein Wunder, er hat ja den Baum.«

»Ja, aber lange wird er ihn nicht mehr haben. Sie wollen ihn wegschaffen.«

»Ihn wegschaffen? Die müssen verrückt sein!«

»Na ja, sie *sind* auch verrückt. Es sind Ausländer.« Der Mann wandte sich an Owen. »Das stimmt doch, oder?«

»Manche Ausländer wollen ihn wegschaffen. Aber das wird nicht geschehen.«

»Den Baum wegschaffen! Was noch alles?«

»Es wird nicht geschehen«, wiederholte Owen. »Zumindest nicht in den nächsten Jahren.«

»Eines Tages aber doch«, meinte der Barbier. »So ist das nun mal, versteht ihr. Alles ändert sich. Man glaubt, es würde so bleiben, wie es ist, und dann fangen sie eines Tages an, eine Stadt zu bauen, und ehe man sich umsieht, hat man eine riesige Stadt vor der eigenen Haustür stehen; und sie wächst und wächst und – lasst es euch gesagt sein – eines Tages steht auf dem ganzen Weg von hier bis nach Kairo ein Haus neben dem anderen!«

»Ach, jetzt übertreib mal nicht!«

»Lächerlich!«

»Du steigerst dich da nur hinein, Suleiman!«

»Häuser auf dem ganzen Weg von hier bis nach Kairo«, wiederholte der Barbier hoch befriedigt über die Wirkung der von ihm heraufbeschworenen Apokalypse.

»Sie glauben das aber nicht, oder?«, wandten sich die anderen an Owen.

»Häuser von hier bis nach Kairo? Nein!«

»Ich glaube es auch nicht«, bekräftigte einer. »Und soll ich euch sagen, warum? Bevor sie Kairo erreichen, müssen die Häuser bis zur Birket-el-Hadj kommen. Und dort ist dann Schluss.«

»Wieso?«, fragte der Barbier.

»Sei nicht dumm, Suleiman. Weil dort die Pilger sind. Es ist der Ort, wo die Karawane anfängt.«

»Ja, und?«

»*Das* werden sie doch bestimmt nicht verändern, oder?«

»Na ja«, begann der Barbier, doch seine Worte gingen in einem Sturm von ungläubigen und missbilligenden Rufen unter.

Owen, der mit den Männern im Sand hockte, den bitteren, doch eigenartig belebenden schwarzen Tee trank, vom Brunnen her das Knarzen der *Sagiya* und von den Palmen oben das Gurren der Tauben hörte, die Laute, Geschmäcker und Empfindungen des seit Urzeiten bestehenden Ägypten in sich aufnahm, erschien das ebenso unfassbar.

Und doch erstreckte sich die Eisenbahn über die Wüste bis hierher und die Häuser wurden gebaut. Die Welt änderte sich in der Tat, wie er Scheich Isa gegenüber so leichthin bemerkt hatte. Zum vielleicht ersten Mal trat ihm in vollem Ausmaß vor Augen, wie sich die Dorfbewohner dabei fühlen mussten, wie sich Scheich Isa dabei fühlen musste, und er spürte einen Hauch von Mitleid.

»Scheich Isa gefällt das nicht«, sagte er.

»Bestimmt nicht.«

»Er war von Anfang dagegen«, ergänzte ein anderer. »Schon an dem Tag, an dem Ibrahim ankündigte, dass er für sie arbeiten würde. Da hat er uns alle zu sich befohlen und uns vorgehalten, dass es das Werk des Teufels sei, das wir da verrichteten. Aber Ibrahim hat geantwortet, es sei eine Arbeit wie jede andere auch und er brauche das Geld.. Eine Reihe von Männern sah es genauso. Da wurde Scheich Isa furchtbar wütend und prophezeite, dass wir die Strafe geradezu herausforderten.«

»Deswegen also bist du nicht hingegangen, Mohammed?«

»Sie haben mich nicht genommen. Jetzt bin ich allerdings froh darum. Oder hatte er etwa nicht Recht? Seht euch doch nur an, was Ibrahim geschehen ist!«

»Das hat doch damit nichts zu tun«, brummte der Barbier. »Das mit Ibrahim konnte nur geschehen, weil er sich mit anderen Frauen rumgetrieben und sich mit den verrückten Brüdern seiner Frau angelegt hat. Ich habe ja immer gesagt, er hätte nicht außerhalb des Dorfes heiraten sollen!«

»Jedenfalls keine aus Tel-el-Hasan«, meinte Ja'affar. »Es gibt seit jeher Ärger, wenn man sich mit dieser Sippe einlässt.«

»Sicher, aber es wäre nicht geschehen, wenn Gott es

nicht gewollt hätte«, wandte Mohammed ein, der nicht bereit war, seinen Standpunkt aufzugeben.

Davon wollte der freidenkerische Barbier jedoch nichts wissen. »Gott hat Besseres zu tun, als Ibrahim das Genick zu brechen«, verkündete er im Brustton der Überzeugung.

Während Owen – von der Sonne etwas schläfrig – zuhörte und immer tiefer in die Welt der Dorfbewohner glitt, verfestigte sich seine Gewissheit, dass die Antwort auf das Rätsel um Ibrahims Tod hier im Dorf und nicht in der Stadt lag. Sollte Mahmoud sie dort suchen, wenn er unbedingt wollte.

Ein dröhnendes Hupen weckte die Dösenden in den Häusern.

Owen schreckte hoch. »Was war das?«

»Das wird der Sohn des Paschas sein«, meinte jemand.

»Will Jalila besuchen«, sagte der Barbier.

Ein Motorwagen – *der* Motorwagen – tastete sich, begleitet von einer Horde nebenher rennender kleiner Jungen, in die Straße hinein. Vor dem Haus des Barbiers blieb er stehen.

»Hallo, Owen!«, rief Malik.

Der Brite rappelte sich auf.

»Durstig? Dieses Zeug da würde ich nie trinken. Es liegt am Wasser, verstehen Sie. Am besten nicht anrühren. Ich habe was Besseres. Ein Tropfen gefällig?«

»Nein, danke. Nicht im Dienst.«

»Dienst? Hier? Weswegen?«

»Es geht um diesen Burschen, der auf den Gleisen gefunden worden ist.«

»Der Dörfler? Aber mein lieber Mann, man kümmert sich doch nicht um Dörfler! Die bringen sich doch ständig gegenseitig um. Sollen sie doch, lautet mein Motto.«

»Ah ja, sicher … aber verstehen Sie, es hat den Gleisbau beeinträchtigt.«

»Ach, *der* Bursche! Verdammter Quälgeist. Ich kann nicht verstehen, warum sie ihn nicht einfach zur Seite geschoben und weitergemacht haben. Trotzdem sollten Sie sich nicht weiter mit so was abgeben, mein Bester. Überlassen Sie es dem *Parquet*. Und sorgen Sie lieber dafür, dass die Nationalisten es nicht für ihre Belange ausnutzen.«

»Äh, danke.«

»Die warten nur darauf, verstehen Sie.«

»Ja, mit Sicherheit.«

»Kümmern Sie sich um das Wesentliche, kann ich Ihnen nur raten.«

»Danke. Und Sie: Kümmern Sie sich auch um das Wesentliche?«

Malik lachte. »Ich bin hier, um eine Frau zu besuchen, wenn Sie darauf hinaus wollten. Aber als wesentlich würde ich sie nicht bezeichnen. Das heißt, nicht diese eine. Nur die Frauen im Allgemeinen.«

»Keine, die schneller zu haben wäre? Aber Malik, wie traurig!«

»Ich kann jede Menge haben«, entgegnete Malik verletzt. »Es ist nur so, dass ich gerade zufällig in der Gegend bin, das ist alles.«

»Trotzdem erstaunt es mich, dass Sie sie Ihrer Aufmerksamkeit wert erachten.«

»Eine einfache Dörflerin, meinen Sie? Na ja, wissen Sie, sie hat auch ihre Vorzüge.«

»Dennoch muss ich Ihnen gestehen, Malik: Ich *bin* ein

wenig erstaunt. Einer wie Sie! Und Sie teilen sie mit Dörflern!«

Malik starrte ihn verdattert an. »Darüber wissen Sie Bescheid?«, murmelte er, etwas aus der Fassung gebracht. »Na gut« – er hatte sich wieder gefangen –, »man darf es in solchen Dingen nicht zu eng sehen. Schließlich ist sie trotz allem nur eine Dörflerin.«

Owen vermochte ihm nicht ganz zu folgen.

»Schließlich«, erklärte Malik ernsthaft, »gehören sie mir ohnehin alle, im Prinzip. Das ganze Dorf gehört mir.«

»Ich gehöre dir nicht, du Hurensohn«, murmelte der Barbier in sich hinein.

»Sie meinen, die Frauen ...«

»Natürlich bestehe ich nicht auf der Ausübung meines Rechts. Heutzutage nicht mehr. Aber das Recht habe ich trotzdem. Es ist traditionell begründet. Und die Tradition ist diesen Leuten sehr wichtig, wissen Sie, Owen. Sie als Engländer, als jemand, der von außerhalb hierher kommt, werden das nicht verstehen. Ich dagegen weiß, wie wichtig es ihnen ist. Sie wollen in der Tat, dass ich mit ihren Frauen schlafe. Sie *erwarten* es von mir. Und ich, na ja, ich enttäusche sie eben nur ungern. Das geht mir gegen den Strich, Owen. Auf der anderen Seite bin ich eben auch ein Mann der modernen Welt. Tatsache ist, dass ich hin und her gerissen bin. Hin und her gerissen – wie alle Ägypter – zwischen dem Alten und dem Neuen.«

»O weh, wie schwer für Sie! Und darum müssen Sie also Kompromisse schließen? Statt mit allen Frauen hier zu schlafen, begnügen Sie sich mit der einen, die keinen Mann hat?«

»So ist es! Genau! Natürlich ist mir bewusst, dass viele enttäuscht sein werden, aber ...«

»Ich verstehe. Doch mein lieber Malik, ich will nicht schuld daran sein, wenn zu den vielen Enttäuschungen noch eine hinzukommt, indem ich sie von Ihren dringenden Pflichten an anderer Stelle abhalte …«

Der Wagen verschwand um die Ecke. Die im Kreis sitzenden Männer sahen ihm nach.

»Er meint, wir wären sein Eigentum«, stieß einer bitter hervor.

»Es wird eine Zeit kommen, in der sämtliche Paschas weggefegt werden«, erklärte der Barbier.

»Nicht die hier. Irgendwie werden sie sich halten. Erst verkaufen sie sich selbst an die Ausländer. Danach verkaufen sie uns.«

Owen grübelte unterdessen über Maliks säuberliche Trennung zwischen Stadt und Land.

Auf dem Rückweg zum Bahnhof sah Owen eine Frau auf einem Feld arbeiten. Als er vorbeikam, richtete sie sich auf.

»Es hat keinen Zweck, Effendi«, sagte sie. »Was immer Sie tun, es bringt ihn nicht zurück.«

Er blieb stehen. Obwohl er wusste, dass die Frauen in den Dörfern viel mehr Freiheiten genossen als die Städterinnen, überraschte es ihn, dass er angesprochen wurde. Er ahnte auch schon, wen er vor sich hatte.

»Sie müssen Leila sein, Ibrahims Frau.«

Sie nickte. »Ich habe Sie gesehen, als Sie mit meinem Schwiegervater redeten. Und dann sind Sie noch mal gekommen. Sie kommen jetzt andauernd, nicht wahr?«

»Ich komme jetzt andauernd«, bestätigte Owen, »aber eigentlich ist mein Kollege zuständig, nicht ich.«

»Trotzdem kommen Sie. Ich werde es meinen Kindern

erzählen und sie werden es Ihnen nicht vergessen. Es sind zwar nur Töchter, aber sie werden es ihren Söhnen erzählen.«

»Danke.« Owen sah sich um. »Sie sind nicht bei Ihnen?«

»Dafür sind sie noch zu klein. Später – bald – werden sie mitkommen. Wenn der Mann stirbt, muss eben die Frau arbeiten.«

»Es ist schwer, wenn der Mann nicht mehr da ist.«

»Und wenn er keine Söhne hinterlässt. Wir hatten auf Söhne gehofft, aber nach Mariams Geburt … na ja, damals ging es mir sehr schlecht und danach war es nicht mehr ganz dasselbe. In meinem Inneren stimmte etwas nicht mehr. Ibrahim gab mir Geld, damit ich zum *Hakim* gehen konnte, aber der konnte nichts für mich tun. Darum« – sie sah Owen unverwandt ins Gesicht – »ist er zu Jalila gegangen.«

Owen murmelte ein paar Worte.

»Es stört mich nicht. Außer, dass meine Brüder böse wurden. Sie haben meine Brüder ins *Caracol* gesteckt«, fügte sie hinzu, und es klang nicht wie ein Vorwurf, sondern wie eine nüchterne Feststellung.

»Ja. Damit Ibrahims Verwandte sie nicht aus Zorn töten.«

»Ich glaube nicht, dass sie sie töten würden. Meine Brüder sind starke Männer, stärker als sie.«

»Darum geht es nicht. Es ist einfach so, dass das Töten aufhören muss. Ein Mord führt zum nächsten. Die Kette muss durchtrennt werden.«

»Vielleicht«, meinte Leila.

»Der erste Schritt ist derjenige, der falsch ist.«

»Ja, aber welches ist der erste Schritt? Der Mord oder das, was dazu geführt hat?«

»Beides ist falsch. Aber wenn Unrecht geschehen ist, gibt es bessere Abhilfe als Mord.«

»Na ja, vielleicht.«

»Haben Ihre Brüder Rache geschworen?«

»Sie haben geschworen.«

»Aber haben sie sie auch geübt?«

Sie gab mit keinem Zeichen zu verstehen, dass sie seine Frage gehört hatte. Stattdessen sagte sie beinahe wehmütig: »Er war kein schlechter Mensch. Töricht, ja, aber nicht schlecht. Sein Kopf war zu hitzig und seine Zunge zu schnell.«

»War sie zu schnell für Ihre Brüder?«

»Für sie?« Owens Frage schien sie zu erschrecken. »Nein, das glaube ich nicht.« Sie hielt kurz inne. »Ibrahim und Ali waren Freunde.«

»Freunde?«, fragte Owen verblüfft.

»Ja. So ist unsere Ehe zustande gekommen. Sie haben sich auf der Straußenfarm kennen gelernt.«

»Als Ibrahim dort arbeitete?«

»Ali arbeitete auch dort. Aber nur kurz. Er hatte schon vorher für Zaghlul gearbeitet, als Zaghlul noch Geschäfte mit den Pilgern machte. Er kümmerte sich um die Esel. Aber als Zaghlul aufhörte, war das vorbei. Zaghlul bot ihm zwar Arbeit auf der Straußenfarm an, aber dazu hatte Ali keine Lust. Er sagte: ›So eine Arbeit ist nichts für einen Mann wie mich.‹ – ›Auch gut‹, meinte Zaghlul, ›dann findest du eben selbst was.‹ Danach hat Ali auf den Feldern gearbeitet, aber das hat ihm auch nicht gefallen. Und dann ist er immer in die Stadt gegangen. Wir hätten ihn deswegen zur Rede gestellt, aber meist brachte er Geld mit. Gutes Geld«, ergänzte sie nachdenklich.

»Er arbeitet also nicht mehr auf den Feldern?«

»Oh, manchmal schon. Natürlich während der Ernte. Aber auch zu anderen Zeiten. Und er bringt immer Geld nach Hause.«

»War er in der Zeit mit Ibrahim befreundet, bevor er in die Stadt gegangen ist?«

»Nein, sie blieben Freunde, auch nachdem er die Straußenfarm verließ. Ibrahim begleitete ihn manchmal in die Stadt.«

»Zu den Pferderennen?«

Sie sah Owen verblüfft an.

»Dorthin geht Ali doch, oder?«

»Ja, aber die waren damals nicht ihr Ziel. Sie sind immer zu Versammlungen gegangen.«

»Zu Versammlungen?«

»Ja, große«, erklärte sie voller Stolz. »Sie sind hingegangen, um Mustapha Kamil reden zu hören.«

In gewisser Hinsicht überraschte das Owen nicht. Tausende waren zu den Reden Mustapha Kamils, des schillernden jungen Führers der Nationalistischen Partei, geströmt, ehe er unvermutet einen tragischen vorzeitigen Tod gefunden hatte. Dennoch hatte Owen nicht mit dieser Wende gerechnet. Ali, der Raufbold, ein Bursche, der sich, wenn Mahmoud sich nicht täuschte, mit Rennbahnbanden eingelassen hatte, und Ibrahim, der einfache Dörfler, nahmen an politischen Veranstaltungen teil?

An nationalistischen obendrein? Nun, zu anderen wären sie sicher nicht gegangen, das stand fest. Doch Politik war nichts für Leute wie Ali und Ibrahim. Die Nationalisten hatten ihre Bastionen unter den Büroangestellten und Akademikern. Das erkannten sie durchaus selbst. Um diesen Sachverhalt war es, indirekt zumindest, auch bei dem Treffen am Pont de Limoun gegangen, dem Owen neulich beigewohnt hatte. Sie hatten versucht, bei den Eisenbahnarbeitern Unterstützung zu gewinnen, allerdings ohne großen Erfolg.

Aber hier waren auf einmal zwei gewöhnliche Fellachen aus dem Hinterland losgezogen, um Mustapha Kamil zuzuhören! Höchst unübliche Anhänger, nicht unbedingt die Sorte, die man sich als begierige Leser der nationalistischen Zeitungen vorstellte, ja, nicht einmal die Sorte, die überhaupt lesen konnte. Was war da los?

»Mustapha Kamil«, sagte Owen. »Das war ein Mann!«

»Das war wirklich ein Mann!«, stimmte ihm Leila stolz zu.

»Und Ali hat mit Ihnen über solche Dinge gesprochen?«

»O ja.«

Er hatte eindeutig auch Ali unterschätzt. Bisher hatte er ihn nur als ungehobelten, wilden Dörfler gesehen. Was hatte sie gesagt? Der Kopf zu hitzig, die Zunge zu schnell?

Aber damit hatte sie Ibrahim gemeint, nicht Ali.

»Und Ibrahim, hat er auch mit Ihnen über solche Dinge geredet?«

»Am Anfang ja, aber dann hat es ihm sein Vater verboten. Er hat gemeint, dieses Gerede sei schlecht, und wenn das dem Pascha zu Ohren käme, würde er uns bestrafen. Ich glaube, dass Fazal sich verplappert hätte.«

»Fazal?«

»Ibrahims Bruder.«

Der schwierige Bursche. Derjenige, dem Owen zugetraut hatte, dass er Rache für die Ermordung seines Bruders üben würde.

Dennoch glaubte er nicht, dass er sich getäuscht hatte. Nur hatte er den Fall bisher zu einfach gesehen.

Er hatte sein Augenmerk bloß auf die Feindschaft gerichtet, auf die jeweiligen Sippen, die auf Rache sinnen mochten. Die Beziehungen zwischen den Familien hatte er nicht gesehen. Aber es waren Beziehungen vorhanden und die Ehe zwischen Leila und Ibrahim war ein Teil davon.

»Und die beiden sind trotz allem weiter zu den Versammlungen gegangen?«

Leila schwieg. Schließlich sagte sie: »Mustapha Kamil ist tot.«

»Aber es gibt andere. An seiner Stelle sprechen jetzt neue Leute.«

»Mit den Versammlungen war es vorbei«, erklärte Leila, »und zwar seit dem Tag, an dem Ibrahim anfing, für die Belgier zu arbeiten.«

»Sie haben sich nicht mehr getroffen?«

»Nur gelegentlich. Manchmal sind sie gemeinsam ins Dorf zurückgekehrt.«

Mit einem Schlag schien Leila weit entfernt zu sein. Vielleicht erinnerte sie sich an die Vergangenheit. Vielleicht gestattete sie sich das zum ersten Mal seit Ibrahims Tod.

»Er war ein guter Mann«, half ihr Owen sanft nach.

»Ja.«

»Aber auch ein Hitzkopf, haben Sie gesagt ...«

»Ja.« Sie musste bei der Erinnerung unwillkürlich lachen.

»Und zu schnell mit der Zunge. Inwiefern war er mit der Zunge zu schnell?«

»Das war damals, als er für die Eisenbahnarbeiter das Wort ergriff. Sie waren alle wütend, aber keiner wollte etwas sagen. Ibrahim war auch wütend. Und er kündigte an, dass er reden würde. Sein Vater drohte ihm

Schläge an, als er davon hörte. Ali auch«, fügte sie zu Owens Überraschung hinzu.

»Ali wollte ihn schlagen?«

»Das nicht. Aber er meinte, es sei töricht. ›Überlass so was anderen‹, sagte er zu ihm.«

»Warum sagte er das?«

»Er glaubte, es würde Ibrahim schaden, wenn er sich auf diese Weise hervortun würde. Die Arbeit bei der Eisenbahn sei schließlich nicht für immer. ›Finde dich damit ab‹, hat er ihm geraten, ›und nimm das Geld. Danach kannst du immer noch den Mund aufmachen, wenn du unbedingt musst.‹«

Erstaunt rieb Owen sich die Augen. Ali ein Gemäßigter? Der Mann, der neulich sein Gewehr geholt hatte? »Aber Ibrahim nahm seinen Rat nicht an«, brummte er.

»Nein.«

»War Ali wütend?«

»Nein. Er sagte, es sei schließlich sein Kopf. Aber danach ist er noch mal zu ihm gegangen und hat ihm vorgehalten: ›Es gibt Männer, die das besser können als du.‹ – ›Dann sollen sie doch vortreten‹, hat Ibrahim entgegnet. Ali kannte einen, der beim Gleisbau mitarbeiten wollte und der auch ein guter Redner war. Und dem haben sie den Vortritt gelassen.«

»War sein Name Wahid?«, fragte Owen.

Als Owen sich dem Bahnhof näherte, stand dort bereits ein Zug. Allerdings kam er aus Kairo und würde in die entgegengesetzte Richtung weiterfahren, sodass es keinen Sinn hatte, ihn zu nehmen. Zu seiner Überraschung sah Owen dann jedoch Mahmoud aussteigen.

Auch dem Ägypter verschlug es die Sprache. Er zögerte, begrüßte Owen mit einem knappen Nicken und eilte an ihm vorbei.

Owen ärgerte das. Sie waren doch gewiss zu lange Freunde, um sich derart zu zerstreiten. Einem Impuls folgend, eilte er Mahmoud nach. Mahmoud hörte die Schritte und drehte sich zaghaft um.

»Gehen Sie ins Dorf? Ich komme gerade von dort. Ich habe ein, zwei Dinge erfahren. Vielleicht könnte ich sie mit Ihnen erörtern – was meinen Sie?«

Mahmoud war sofort Feuer und Flamme. So schnell er auch gekränkt war – vor allem wenn der Anlass von Briten kam –, so bereitwillig ging er auf versöhnliche Gesten ein. Ja, er neigte sogar zum Überschwang, wenn sie von Owen kamen.

»Dann verschiebe ich alles andere. Was ich vorhatte, ist nicht so wichtig. Nein, es ist überhaupt nicht wichtig. Sind Sie auf dem Rückweg nach Kairo? Ich fahre mit Ihnen.«

»Nein, nein!«, protestierte Owen. »Ich begleite Sie einfach ein Stück. Sie wollten ins Dorf?«

»Zum Baum. Aber ich kann Sie unmöglich von …«

Nach einigem Hin und Her einigten sie sich darauf, dass es leichter wäre, wenn Owen Mahmoud begleitete und nicht umgekehrt. Als sie schließlich über die Felder liefen, hielt Owen nach Leila Ausschau, doch sie war nicht mehr da.

Nachdem es schon so ausgesehen hatte, als wolle Mahmoud sein ganzes Augenmerk der Eisenbahn widmen, was Owen wenig Erfolg versprechend erschienen wäre, stellte der Brite nun erleichtert fest, dass Mahmoud die Spur im Dorf weiterhin ernsthaft verfolgte.

Er berichtete Mahmoud, was er in seinem Gespräch

mit Leila erfahren hatte. Kurz schwankte er, ob er ihm auch von den Versammlungen der Nationalisten erzählen sollte, doch dann vertraute er ihm auch diese Neuigkeit an.

»Sie sehen also«, schloss er, »dass Ibrahim und Ali eine enge Beziehung hatten.«

»Und die Tatsache, dass sie Freunde waren«, meinte Mahmoud nachdenklich, »muss die Brüder nicht zwangsläufig daran hindern, Rache zu üben. Die Rache ist im arabischen Ehrenkodex das alles beherrschende Prinzip.«

»Trotzdem ...«

»Ja«, sagte Mahmoud, »ich bin froh, dass Sie es mir erzählt haben.«

»Und dann wäre noch dieser Streit. Sie wissen schon, der über den Eisenbahnbau, für den Sie sich so interessieren, weil Ibrahim als Sprecher der Arbeiter auftrat. Ich habe mich gefragt, warum Ibrahim diese Rolle übernommen hatte und nicht Wahid.«

»Ich habe das überschätzt«, murmelte Mahmoud.

»Na ja, und ich habe wahrscheinlich das mit Wahid überschätzt.«

»Aber wie wichtig ist es überhaupt? Wahid ist also ein Nationalist. Das sind ungefähr eine Million Ägypter.«

Die gegenseitigen Zugeständnisse stellten ihre alte Freundschaft schnell wieder her, und als sie das Dorf erreichten, plauderten sie fröhlich wie eh und je.

»Aber wollten Sie nicht zum Baum gehen?«

»Äh, ja, ich wollte mir die Stelle mal ansehen, wenn es dort nicht so von Menschen wimmelt.«

»Ich fürchte ...«, begann Owen schuldbewusst.

Doch da erblickte Mahmoud bereits die Legionen von Wächtern um den Baum.

»Was …?«

Owen erklärte es ihm.

»Und sie schützen den Baum vor den Franzosen?«, fragte Mahmoud verdattert.

»Und voreinander, ja.«

Die Kohorten von Wächtern schienen jedoch bis auf weiteres eine Allianz aus Freunden zu bilden. Sie hatten irgendwo einen Wasserkocher gefunden und aus getrocknetem Dung, der um den Brunnen herumlag, ein Feuer gemacht. Die bitteren Gerüche schlugen Owen und Mahmoud entgegen.

Aus dem Schatten der Balsambäume trat nun Daniel, der Kopte. Er führte einen Esel. »Tja, ich breche auf«, erklärte er, an die koptischen Wächter gewandt, und schwang sich auf den Rücken des Tieres. »Sonst komme ich vor Einbruch der Dunkelheit nicht heim. Es sind womöglich schlechte Menschen unterwegs. Haltet die Augen offen! Morgen früh komme ich wieder.«

»Mach dir keine Sorgen«, sagte einer seiner Männer. »Er wird dann immer noch da sein.«

Sie sahen ihm nach. »Geiziger Hurensohn«, schimpften sie. »Wenigstens ein, zwei Hühner hätte er uns mitbringen können!«

»Isa ist auch ein geiziger Hurensohn«, brummte einer der Söhne des Islam. »Ich glaube, er hat uns ganz vergessen.«

»Die ganze Regierung ist eine geizige Hure«, sagte der Polizist und sah Owen fest an.

»Schon gut«, räumte Owen ein. »Ich werde dafür sorgen, dass euch was aus dem Dorf gebracht wird.«

Die Männer machten es sich um den Wasserkocher bequem.

Mahmoud zuckte stumm die Schulter. Dann entfernte

er sich ein kurzes Stück und begann sich umzusehen. Owen wusste, dass er versuchte, sich in die Tatzeit hineinzuversetzen.

Aber es war in der Nacht geschehen, dachte Owen. Man hatte nichts sehen können. Nur Geräusche waren in der Finsternis zu hören gewesen.

Unter den Balsambäumen gab es auf einmal ein Geraschel und zwei Ziegen jagten ins Freie. Owen ging hinüber und traf den alten Ziegenhirten unter einem Baum liegend an.

»Sie sind also noch hier?«

»Wir waren zwei Tage lang in Tel-el-Hasan drüben«, antwortete der Alte. »Dort wären wir auch länger geblieben, aber jemand war uns zuvorgekommen.«

»Das ganze Futter war schon weggefressen, wie?«

»Alle unten wachsenden Triebe waren weg. Da haben wir es hier besser.«

Owen setzte sich neben ihn. Die Sonne hatte ihre Kraft verloren und die Schatten krochen allmählich über den Sand heran.

»Tel-el-Hasan? Auf dem Weg von dort hierher trifft man kaum Menschen an, oder?«

»Nur den Kopten.«

»Erinnern Sie sich an die Nacht, als der Mann auf der Eisenbahnstrecke gefunden wurde?«

Der Ziegenhirte nickte.

»Sie haben hier beim Baum Stimmen gehört …«

»Ja.«

»Haben Sie etwas früher am Abend, vielleicht als es dunkel wurde, jemanden aus Tel-el-Hasan hierher kommen sehen?«

Der Alte schüttelte den Kopf.

»Einen Mann vielleicht, oder zwei Männer?«

»Ich habe niemanden gesehen.«

»Auch nicht«, drängte Owen, »einen Mann und eine Frau? Sie haben gesagt, Sie hätten einen Mann und eine Frau beim Baum drüben reden hören.«

»Ich habe es gehört, nicht gesehen.«

»Aber davor?«

Der alte Mann überlegte. »Ich kann mich nicht erinnern, jemanden gesehen zu haben«, erklärte er schließlich.

Owen nickte. Vor ihm hatte Mahmoud vermutlich schon dieselben Fragen gestellt.

»Die Ziegen waren unruhig«, fuhr der Alte fort. »Es war eine schlimme Nacht.«

Owen schnalzte mitfühlend mit der Zunge. Drüben beim Baum hatte sich Mahmoud inzwischen ein kurzes Stück von der Stelle entfernt, wo sich der Überfall laut den Fährtenlesern ereignet hatte. Owen nahm an, dass er zu rekonstruieren versuchte, wie sich die zwei, der Mann und die Frau, der Stelle genähert hatten. Sie mussten unter dem Baum gewartet haben. Aber warum war Ibrahim dorthin gegangen?

»Es war eine schlimme Nacht«, wiederholte der Alte. »Die Ziegen waren aufgeregt. Und sie ließen sich durch nichts beruhigen. Erst die Leute. Dann der Vogel.«

»Vogel?«, fragte Owen.

»Es lief auch ein Vogel herum. Ein Strauß.«

»Haben Sie ihn gesehen?«

»Nein. Aber die Ziegen haben es gespürt. Darum waren sie ja so unruhig.«

»Wann war das? Zu der gleichen Zeit, in der Sie auch die Leute reden hörten?«

»Nein. Danach.«

Grübelnd kehrte Owen zu Mahmoud zurück.

Es wurde jetzt schnell dunkel, und wenn sie nicht bald aufbrachen, bestand die Gefahr, dass sie auf dem Weg über die Felder nicht zum Bahnhof zurückfanden.

Als sie das Dorf hinter sich ließen, sahen sie vor sich eine lange Prozession aus der Wüste auf sich zukommen. Die Männer führten Esel und schwer mit Gepäck beladene Kamele. Einige trugen Banner.

Owen und Mahmoud hielten an und sahen zu, wie sie an ihnen vorbeizogen.

»Haben Sie bedacht«, fragte Mahmoud, »dass die Zahl der Pilger gerade dann am höchsten sein wird, wenn die neue Eisenbahn Heliopolis erreicht?«

10

Owen hatte es nicht bedacht. Andere Leute, wie sich bald herausstellte, dagegen sehr wohl.

Es gehörte zu den Aufgaben des Mamur Zapt, die Presse auf Veröffentlichungen hin zu lesen, die politischen Zündstoff in sich bargen. In großer Aufmachung posaunte am nächsten Morgen eines der populärsten nationalistischen Blätter gleich auf der Frontseite genau dieses Versäumnis entrüstet hinaus und ritt insbesondere auf der Gefühllosigkeit der Verwaltung und der ausländischen Geschäftsleute herum, die es ermöglicht hätten. »Es hätte sich doch gewiss jemand finden lassen«, schloss der Artikel, »der vorausgesehen hätte, wie tief gerade in einem so wichtigen Moment der geistigen Sammlung traditionelle religiöse Gefühle durch eine derart pietätlose Störung verletzt würden.«

Owen hatte die Zeitung gerade sinken lassen, als das Telefon schrillte. Es war das Syndikat.

»Haben Sie gelesen, was …?«

»Ja, ja«, antwortete Owen müde.

»Gerade jetzt können wir keine Pannen brauchen. Nicht, wenn der Abschluss so nahe bevorsteht.«

»*Steht* der Abschluss denn so nahe bevor?«

»Nur noch zwei Wochen. Dank der Freitagsarbeit.«

Die Eisenbahnarbeiter hatten sich am Ende doch gegen den Streik entschieden. So kurz vor dem Auslaufen ihrer Verträge wollten sie kein Geld verlieren.

Die Eisenbahn wäre also pünktlich fertig, und zwar zu einem Zeitpunkt, an dem die Pilger noch an der Birket-el-Hadj versammelt wären. Es dauerte immer mehrere Wochen, bis alle eintrafen; das war zwar kein Vergleich zu früher, als sich die ersten schon Monate vor dem Aufbruch eingefunden hatten, doch sie blieben immer noch lange genug, um sich in der Gegend nachhaltig bemerkbar zu machen.

»Aber wie nah lag die Endhaltestelle der Eisenbahnlinie denn nun bei der Birket-el-Hadj?«

»Nicht wirklich nah«, sagte der Mann vom Syndikat. »Sie endet in Heliopolis. Zufällig ziemlich in der Nähe der Rennbahn.«

Doch die Entfernungen wurden wie so vieles andere von der fieberhaften Prosa der Zeitung verwischt. Am nächsten Tag prangte ein weiterer Artikel auf der ersten Seite, der voller Genugtuung nicht nur die Vielzahl der Proteste gegen das rücksichtslose Vorpreschen der Ausländer meldete, die die Zeitung erreicht hätten, sondern auch zu einer Großdemonstration am Pont de Limoun am nächsten Abend aufrief.

Rein zufällig war der Termin für die Demonstration so angesetzt worden, dass genau in dem Augenblick, in dem sie begann, auch Mr. Rabbiki, der Veteran unter den Nationalisten, mit seiner Anfrage den Anstoß zu einer Parlamentsdebatte geben wollte. Seine Anfrage bezog sich natürlich auf Ibrahim und nicht auf die Eisenbahn in Heliopolis, aber Owen hatte keinen Zweifel, dass der alte Haudegen zu einem Rundumschlag ausholen würde.

»Irgendwelche Probleme?«, fragte er Paul.

»Nichts, was wir nicht in den Griff bekommen würden«, erklärte Paul zuversichtlich. »Vorausgesetzt, Sie haben die Sache auf Ihrer Seite im Griff.«

Owens Seite war die Demonstration. Und die stellte

sich als weit größer heraus als die letzte. Die Nationalistische Partei hatte alle Register gezogen: Transparente, so weit das Auge reichte, eine fachmännisch gezimmerte Plattform für die Sprecher, imposante Redner, ein Leibwächter von noch imposanterer Statur, der sie schützte, und Kohorten von Anhängern, die aufmarschierten.

Auch Owen hatte sämtliche Register gezogen. An allen Straßenecken hatte er Polizisten aufgestellt und noch viel mehr standen diskret verborgen für einen Ernstfall bereit.

Er selbst hatte sich auf dem Dach eines nahe gelegenen Hauses postiert, von wo aus er auf den ersten Blick erkannte, dass die Zahl der Teilnehmer größer war, als er angenommen hatte, und auf den zweiten, dass die von ihm an den Straßenecken aufgestellten Polizisten das ebenfalls bemerkt und sich in weiser Voraussicht mit ihren Kollegen in die Cafés zurückgezogen hatten.

Auf dem Platz unten standen die Leute dicht an dicht; ihre Gesichter waren vom Lichtschein der Fackeln, die viele in die Höhe hielten, gerötet. Sie lauschten dem Redner ruhig und aufmerksam. Diese Haltung hatte Owen schon immer beeindruckt, mehr jedenfalls als das, was ihnen in der Regel aufgetischt wurde. Eine Art Hunger zeichnete sie aus, der gleiche Hunger, den Ali und Ibrahim gezeigt hatten.

Und auch Geduld, die Engelsgeduld der ägyptischen Fellachen, die sogar den Langmut aufbrachten, sich stundenlang die aufgeblasene Rhetorik anzuhören, die aufgesetzten Emotionen, die sich um Dinge drehten, die letztlich jeder Wirklichkeit entbehrten. Was berührte es sie schon, wann denn nun die neue Eisenbahn Heliopolis erreichte? Was berührte es eigentlich die Nationalisten? Das Ganze wurde im Grunde doch nur inszeniert, um die Regierung in Verlegenheit zu stürzen.

Aber vielleicht, dachte Owen, der mit einem Ohr hinhörte, während die Reden in die dritte Stunde gingen, kam gerade hierin ihre eigentliche Absicht zum Tragen. Denn in all den politischen Spiegelfechtereien ging es letztlich allein darum, wer Ägypten regieren würde. Wer würde die Fäden in der Hand halten: Mr. Rabbiki mit seinen sinnlosen parlamentarischen Anfragen oder Paul, der hinter den Kulissen dem Khedive und dessen Ministern ein Skript vorgab, das in London geschrieben wurde?

Aber, Augenblick mal, was war denn das? Etwas stimmte da nicht mehr mit dem Skript – oder zumindest mit seiner eigenen Rolle darin! Drüben, am hinteren Rand der Menge, tat sich doch etwas in einer Ecke. Die Leute wirbelten durcheinander, eine Bresche entstand. Eine Schlägerei? War das eine Schlägerei? Owen richtete seinen Feldstecher in diese Richtung.

Ja, eine Schlägerei. Er sah Stöcke und Keulen. Aber es war kein Streit unter den Zuhörern. Jemand drängte von außen herein. Es sah so aus, als wäre plötzlich ein großer Keil in die Menge getrieben worden. Waren seine Männer etwa ohne Befehl losgestürmt?

Das würden sie ihm büßen! Er wandte sich um und jagte zu der Außentreppe, die zur Straße hinab führte.

Aber Halt! Das waren gar nicht sie. Sie trugen keine Uniformen. Wer, zum Teufel, waren diese Kerle? Was, zum Teufel, war da los?

Am Fuß der Treppe hatte Owen seine Läufer aufgestellt. Wenigstens sie hatten sich nicht verdrückt, sondern warteten auf seine Anweisungen. Jeder von ihnen kannte das Café, in das er geschickt wurde, und rannte sogleich los. Binnen Minuten strömten Polizisten aus den Cafés.

Die Kairoer Polizei bestand zum größten Teil aus Burschen vom Land, die man aufgrund ihrer Größe, Kraft und – wie manche behaupteten – geistigen Schlichtheit genommen hatte. Gab man ihnen den Auftrag, einen Platz zu räumen, dann taten sie das auch.

Darüber hinaus hatten sie den Überraschungsmoment auf ihrer Seite. Die Menge, die ohnehin schon von dem Krawall am hinteren Ende des Platzes verunsichert war, gab dem Druck der heranstürmenden Polizisten nach und ließ sich großenteils in die Seitengassen abdrängen. Weil viele Fackeln zu Boden fielen und gelöscht wurden, ließ sich in der Dunkelheit kaum noch etwas erkennen. Es gab nichts als den Druck von Körpern, der einen unweigerlich an den Rand des Platzes schob, verwirrte Rufe und panische Schreie sowie das unaufhörliche Schrillen der Polizeipfeifen.

Widerstand wurde so gut wie keiner geleistet. Die Menge war zum größten Teil unbewaffnet. Einige wenige waren zwar wie üblich mit Messern oder Keulen gekommen, aber bei dem Gedränge konnten sie sie nicht einsetzen.

Nur dort, wo die rätselhafte Formation einen Keil in die Menge getrieben hatte, wurde ernsthaft gekämpft. Bewaffnete Männer hinderten die Polizisten am Eingreifen.

Owen beorderte ein paar Mann Verstärkung zu sich und stürmte darauf zu. Zwar brannten hier keine Fackeln, aber im matten Lichtschein, der aus einem nahe gelegenen Café fiel, konnte er einen Haufen sich raufender Männer ausmachen.

»Polizei!«, donnerte er. »Zurück!«

Für einen Augenblick hielten die Streitenden verunsichert inne. Dann lösten sich mehrere Männer aus dem Knäuel und kehrten zu ihm zurück.

»Kette: Zu mir!«, rief er.

Seine Männer schwärmten nach zwei Seiten aus und formierten sich. Zunächst standen sie nur keuchend da und starrten die dunkle Masse vor sich an.

»Kette: Vorwärts!«

Die Kette rückte vor. Das war der Moment, in dem sich Ausbildung und Disziplin auszahlen würden. Zumindest hoffte Owen das.

Jemand drängte sich zu ihm vor. »Das werden Sie vielleicht brauchen.«

Er kannte die Stimme. Sie gehörte einem seiner Zivilbeamten, einem Griechen.

Er spürte, wie ihm ein Gewehr in die Hand gedrückt wurde.

Plötzlich sah alles ganz anders aus.

»Kette: Halt!«, bellte er. Und einer plötzlichen Eingebung folgend: »Gewehre anlegen!«

Die Polizisten blieben gehorsam, aber verwirrt stehen. Sie hatten doch nichts außer Knüppeln.

»Hier spricht der Mamur Zapt!«, rief Owen der dunklen Masse vor sich zu. »Löst euch sofort auf! Das ist ein Befehl! Wenn ihr nicht gehorcht, eröffne ich das Feuer! Ich schieße jetzt einmal in die Luft, um euch zu zeigen, dass ich bewaffnet bin.«

Fast gleichzeitig gab es einen scharfen Knall.

Auf dem Platz herrschte jäh Stille.

»Geht sofort auseinander! Oder ich eröffne das Feuer!«

Er hatte es wirklich vor.

Doch es erübrigte sich. Die dunkle Front vor ihm bewegte sich und brach auseinander. Im nächsten Augenblick rannten die Ersten davon.

Die Polizisten rückten nach. Ein Mann kam, sich benommen einen Arm haltend, auf ihn zugetorkelt. Owen packte ihn an der Galabeah und gleich darauf, weil er wusste, dass der Stoff reißen würde, am Haar.

Der Platz leerte sich nun sehr schnell. Die Menge floh in panischer Angst.

»Trotzdem nicht gut«, brummte Owen am nächsten Tag beim Mittagessen im Sporting Club.

»Überhaupt nicht gut«, stimmte ihm Paul zu. »Damit ist Mr. Rabbiki sein Propagandatriumph auf einem silbernen Tablett gereicht worden.«

Der altgediente Haudegen hatte nicht lange damit gewartet, die Katastrophe auszuschlachten. Früh am nächsten Morgen hatte er mit ernster Miene, doch voll unverhüllter Schadenfreude seine Aufwartung in Owens Büro gemacht.

»Ein Skandal!«, wetterte er. »Wir fordern eine öffentliche Entschuldigung.«

»Sie können eine von mir haben«, meinte Owen. »Ich bin selbst stinkwütend über die ganze Entwicklung.«

»Ach, von Ihnen wollen wir keine«, entgegnete Mr. Rabbiki. »Wir verlangen eine Entschuldigung von der Regierung.«

»Sie wird Ihnen den Gefallen tun!«

»Na ja, darauf kommt es uns im Grunde gar nicht an«, sagte Mr. Rabbiki, dem in diesem Moment der Geruch von Kaffee in die Nase stieg – Zusammenkünfte, ob zu Verhandlungen oder zu geselligen Runden, erforderten in Kairo grundsätzlich Kaffee –, und lehnte sich entspannt zurück. »Schließlich haben wir bereits bekommen, was wir wollten.«

»Alles ist nach Plan verlaufen, hm?«, bemerkte Owen säuerlich.

Rabbiki sah ihn überrascht an. »Nein«, sagte er. »Wir hatten es als bloße Demonstration geplant. Groß, aber friedlich. Was ist passiert? Wer waren diese Männer?«

»Das weiß ich nicht«, knurrte Owen. »Aber die Kerle kriege ich schon noch!«

»Polizisten waren es nicht, das weiß ich.«

»Nein, ich habe die Polizei erst danach reingeschickt. Nachdem die Schlägerei ausgebrochen war. Ich wollte jede Unruhe im Keim ersticken, bevor sie sich ausbreitete.«

»Sie haben viel riskiert«, hielt ihm Rabbiki vor. »Bei diesem Gedränge hätte es leicht Tote geben können.«

»Das weiß ich. Darum bin ich ja so verärgert.«

»Ich kann Ihnen verraten, wer diese Männer waren«, sagte Rabbiki. »Sie waren vom Syndikat.«

»Das bezweifle ich. Was hätte es davon gehabt?«

»Es weiß, dass wir verhindern wollen, dass die Eisenbahn nach Heliopolis pünktlich fertig wird. Dieser Zwischenfall war als Warnung gedacht.«

»Wenn das stimmt«, entgegnete Owen, »dann war das eine sehr dumme Warnung.«

»Wir haben es schließlich mit einigen sehr dummen Leuten zu tun.«

»Wirklich? Ich bin mir dessen nicht so sicher.«

»Ich eigentlich auch nicht, wenn ich es recht bedenke«, räumte Rabbiki ein. »Dumm – möglicherweise. Skrupellos – unbedingt.«

»Nun …«

»Wie sie im Fall dieses armen Mannes bewiesen haben, dessen Leiche auf den Gleisen gefunden worden ist. Hoffentlich verlieren Sie nicht aus dem Auge, was diesem armen Kerl angetan worden ist, während Sie sich mit den großen politischen Zusammenhängen abmühen, Captain Owen.«

»Wenn das geschähe, Mr. Rabbiki«, erwiderte Owen lächelnd, »würden Sie gewiss eine parlamentarische Anfrage einreichen. Kaffee?«

»Aber war das klug?«, fragte der Mann vom Syndikat ungefähr eine halbe Stunde, nachdem Rabbiki gegangen war.

»Klug?«

»Die Demonstration so rigoros aufzulösen. Ich weiß, wir hatten Sie gebeten, Härte zu zeigen, aber wir zögen, offen gesagt, etwas mehr Fingerspitzengefühl vor, zumal zu einem Zeitpunkt, in dem sich die Eisenbahnstrecke ihrer Fertigstellung nähert. Nur noch zwei Wochen sind es bis dahin! Meinen Sie nicht auch, dass Sie sich in dieser Zeit bedeckt halten könnten? Wir sind Ihnen für Ihre Bemühungen in unserem Interesse wirklich dankbar, bitte glauben Sie mir das; wir wissen, dass Sie Ihr Bestes tun, aber könnten Sie nicht ein bisschen behutsamer vorgehen?«

»Behutsam vorgehen!«, beklagte sich Owen empört bei Paul. »Diese Scheißkerle! Ich soll behutsam sein!«

»Sie haben sich bloß einen Scherz erlaubt«, meinte Paul zuversichtlich. »Sie wollten nur mal sehen, ob Sie sich provozieren lassen.«

»Nein. Sie haben es so gemeint.«

»Wirklich?«

»Wirklich. Ihre Botschaft lautete: Halten Sie sich zurück. Zeigen Sie mehr Einfühlungsvermögen. Bitte etwas mehr Geschick! Diese brutalen Schweine ...«

»Na ja«, brummte Paul nachdenklich, »wahrscheinlich sehen sie sich wirklich schon fast im Ziel. Brutalität braucht man, wenn man unterwegs ist, und sobald man angekommen ist, nennt man das dann Fingerspitzengefühl und Geschick.« Er forderte den Kellner mit einer Geste auf, einen weiteren Drink zu bringen. »Aber warum«, fuhr er fort, »haben sie auf einmal eine weiche Linie gefordert, wenn sie bis dahin immer eine harte vertreten haben?«

»Um das zu vertuschen«, meinte Owen.

»Glauben Sie, das war nur ein Versuch, Ihnen Sand in die Augen zu streuen?«

»Ich weiß es nicht«, knurrte Owen. »Aber ich finde es heraus. Und wenn ich es weiß, dann kriegen sie mein Fingerspitzengefühl zu spüren!«

Am Nachmittag waren in Kairo die meisten Geschäfte geschlossen. Die meisten Polizeiwachen ebenfalls, denn wenn es zu heiß fürs Arbeiten war, so argumentierten deren Insassen durchaus zu Recht, dann war es auch zu heiß für Verbrechen. Nicht jedoch das Polizeihauptquartier in der Bab-el-Khalk, wo Owen sein Büro hatte. In der Nacht zuvor waren mehrere Männer bei der Demonstration verhaftet und im örtlichen Revier untergebracht worden. Heute Morgen hatte man sie weiter ins Hauptquartier verlegt, und Owen beabsichtigte, sie persönlich zu vernehmen.

Bei den ersten dreien handelte es sich allerdings um gewöhnliche Teilnehmer an der Protestaktion. Nun, vielleicht waren sie nicht völlig unbescholtene Bürger, weil sie alle bewaffnet gewesen waren und versucht hatten, ihre Waffen gegen die Polizisten einzusetzen, was ihnen zum einen ihr übel zugerichtetes Äußeres und zum anderen die Verhaftung eingebracht hatte. An ihnen hatte Owen freilich kein besonderes Interesse. Wen er sich vorknöpfen wollte, das waren die Mitglieder des Trupps, der in die Menge vorgestoßen war. Er erinnerte sich, dass er selbst eine Verhaftung vorgenommen hatte, und so ging er in den Zellentrakt hinunter, um den Mann zu suchen.

Auf dem Rückweg zu seinem Büro kam er an Garvin, dem Kommandanten, vorbei, der den Häftling mit geübtem Blick musterte.

»Ach, Abbas«, sagte Garvin, »du wieder?«

»Diesmal hab ich überhaupt nichts getan, Effendi!«, protestierte der Mann entrüstet.

»Bist wohl rein zufällig verhaftet worden? Verkauf mich nicht für dumm!«

»Was hast du in der Nähe des Pont de Limoun gemacht?«, fragte Owen, als er den Mann bei sich im Büro hatte.

»Nichts!«

Owen deutete auf seinen Arm, der in einer behelfsmäßigen Schlinge hing. »Wie kommt es dann, dass du am Arm verletzt wurdest?«

»Die Sache ist die, Effendi, ich hab nicht geschaut. Zumindest nicht auf diese Seite. Ich hatte mir nämlich den großen, dicken Polizisten geschnappt und dachte mir, ha, mein Hübscher, dich mach ich fertig! Aber dann kommt einer von der Seite und haut mir auf den Arm, dass ich schon dachte, er wäre gebrochen. Und bevor ich noch irgendwas machen kann, dreht sich der andere um und haut mir die Faust gegen den Kopf! Ich sag Ihnen, in Zukunft gehe ich nur noch los, wenn ich einen Kumpel dabei habe; das ist besser so, weil dann einer immer Wache steht, während der andere prügelt. Und später kann man wechseln. Hosayn ist der Richtige dafür, glaub ich – der ist ziemlich schnell und nicht dumm …«

Weil seine Einstellung zum Kämpfen rein technischer Natur war, ordnete Owen den Mann sehr bald als professionellen Schläger ein – höchstwahrscheinlich das Mitglied einer Bande –, den man für besondere Anlässe holte.

War er zu diesem Anlass geholt worden?

Natürlich, antwortete er stolz. Die Nachricht hatte sich verbreitet, dass mehrere gute Männer benötigt würden, worauf er und einige andere sich gemeldet hatten. Sie hatten schon vorher für Figi gearbeitet und …

Figi?

»Er ist unser Boss. Wir arbeiten nicht ständig für ihn, aber in letzter Zeit hatte er ein paar gute Geschäfte für uns …«

»Was zum Beispiel?«

»Na ja, dieses hier. Hingehen und sie kräftig vermöbeln, hieß es. Ganz einfache Aufgabe. Wahrscheinlich würden sie nicht mal Waffen tragen! Na ja, ich meine …«

»Und das war alles?«

Hm, das war doch genug, oder? Schließlich richtete sich die Bezahlung immer nach dem Risiko. In diesem Fall hatte die Sache nicht übermäßig gefährlich ausgesehen, sodass die Männer sich mit einer recht niedrigen Summe zufrieden gegeben hatten. Aber dann war auf einmal der Mamur Zapt aufgetaucht und hatte losgeschossen!

»Man weiß eben nie«, resümierte der Mann stoisch.

Er wusste tatsächlich nichts. Jedenfalls nicht viel mehr, als er gesagt hatte. Weitaus mehr erfuhr Owen von Garvin, den er anschließend in seinem Büro aufsuchte, nachdem man den Mann wieder abgeführt hatte.

»O ja!«, rief Garvin. »Den kenne ich. Er hat sein Revier bei den Pferderennbahnen. Gehört einer Bande an und treibt sich meistens mit denselben Leuten rum.«

»Übernehmen die auch anderswo Aufträge?«

»Gelegentlich.«

»Politische?«

Garvin zog eine skeptische Miene. »Das glaube ich eher nicht. Rennen sind ihr Schwerpunkt ...« Und als Owen schon zur Tür strebte, fügte er hinzu: »Neulich waren sie in Heliopolis.«

Owen blieb stehen. »Diejenigen, die wir gesehen haben?«

»Richtig. Sie redeten mit einem der Ordner, wenn Sie sich erinnern. Das bereitet mir Sorgen, Owen. Wir wollen doch nicht, dass die Rennbahn von Anfang an in Verruf gerät. Sie hatten mich gebeten, etwas zu unternehmen, aber ...«

»Hallo!«, rief Salah-el-Din und ging mit ausgestreckter Hand auf Owen zu. »Was führt Sie hierher?«

»Ich war Matariya drüben«, antwortete Owen. »Da habe ich mir gedacht, ich könnte mal bei Ihnen vorbeischauen.«

»Schön, Sie zu sehen. Ein Drink gefällig?«

Wenn er in Kairo war, ließ sich Owen gewöhnlich von Untergebenen nichts spendieren. Andererseits saß er jetzt in der Bar des Rennvereins von Neu-Heliopolis, wo die Gepflogenheiten doch gewiss ein wenig anders waren. So nahm er dankend an.

Sie setzten sich in zwei Plüschsessel beim Fenster, von wo aus sie auf die Rennbahn hinuntersehen konnten.

Heute fanden keine Rennen statt und die Bahn war leer. Bis auf – richtig, das war sie – Salah-el-Dins Tochter, in Begleitung eines Dieners, auf ihrer üblichen Promenade.

Salah-el-Dins Augen folgten Owens Blick. »Ja, das ist Amina. Wir kommen fast jeden Tag hierher. Aber sie geht lieber spazieren, während ich in der Bar sitze.« Er lachte. »Falls Sie sich etwas dabei denken sollten, es bleibt bei einem Drink. Und ich rechtfertige mein Erscheinen auf dem Gelände mit der Begründung, dass ich hier jedermann antreffe, solange in Heliopolis noch nicht mehr steht.«

Die Bar füllte sich in der Tat. Eine Hand voll Mitarbeiter des Syndikats war unter den Gästen, in der Regel Belgier, aber auch eine Reihe von – nun ja, nicht unbedingt Effendis, denn dafür waren sie zu reich – Vertretern der jungen Wohlhabenden in Ägypten, allesamt Männer natürlich, die aus den Paschafamilien in der Gegend stammten. Owen hielt nach Malik Ausschau. Von ihm war jedoch nichts zu sehen. Aber wenn Amina gekommen war, konnte Malik da weit weg sein?

Sie unterhielten sich eine Weile über die noch im Bau befindliche, neue Polizeiwache von Heliopolis und ihre personelle Ausstattung. Eigentlich war Garvin dafür zuständig, aber Salah lag sehr an einer gewissen Einbindung des Mamur Zapt, weil die internationale Gemeinschaft, Bankiers und dergleichen, in großen Zahlen in Neu-Heliopolis vertreten sein würde. Deren Schutz sei durch internationale Abkommen gewährleistet und obliege darum der Polizei.

Owen bot an, sich mit einem Drink zu revanchieren, doch Salah lehnte dankend ab.

»Nachdem ich Ihnen meine Prinzipien dargelegt habe, möchte ich mich auch daran halten«, erklärte er.

»Aber Sie können gern Amina etwas spendieren, wenn Sie möchten. Ich wollte sie nämlich gerade abholen.«

»Dann begleite ich Sie, wenn ich darf«, erwiderte Owen. »Ich möchte mir gern den Turf ansehen.«

Mehrere Männer waren dabei, Grassoden einzupflanzen.

»Viel Personal?«

»Es wird noch mehr«, sagte Salah. »Die Leute ahnen gar nicht, wie viele Menschen der Club einstellen wird. Für die Bewohner der Dörfer rundum wird das ein Segen sein.«

»Und für die Banden.«

»Ich habe hier schon welche gesehen. Das ist eins von den Dingen, die ich im Auge behalten werde.«

»Haben sie es auf Angestellte abgesehen? Versuchen sie, sie zu beeinflussen?«

»Es würde nichts nützen. Gegen so etwas muss man Vorkehrungen treffen.«

Owen hielt nach dem Mann Ausschau, den er hier neulich gesehen hatte. »Was ist eigentlich mit den Ordnern? Sind sie ständig auf dem Gelände?«

»Nur bei den Rennen.«

Am nächsten Samstag würde es wieder Rennen geben, erklärte Salah. Der Club hatte großes Interesse daran, sie zweimal pro Woche abzuhalten, aber die Zuschauerzahl rechtfertigte dergleichen noch nicht. »Das wird sich mit Gewissheit ändern, wenn die neue Eisenbahn kommt«, meinte er.

Aminas Augen, die ihr Schleier nicht verdeckte, leuchteten auf, als sie Owen bemerkte.

»Sie haben mich immer noch nicht besucht«, beschwerte sie sich in vorwurfsvollem Ton. »Dabei reite ich jeden Morgen aus, meistens in Richtung Matariya.«

»Ich hatte in letzter Zeit ziemlich viel zu tun. Aber irgendwann in den nächsten Tagen werden Sie mich bestimmt sehen.«

Das würde einen wilden Ritt geben, wenn er wirklich auf einem Pferd nach Matariya kam, dachte er bei sich.

»Gegen sieben Uhr«, sagte sie.

»Sind um diese Zeit viele Leute unterwegs?«, fragte er und dachte dabei an Malik.

Sie sah ihm fest in die Augen. »Zum Glück nicht.«

In der Bar kaufte er ihr einen Drink. Sie wählte ein Tonic.

Amina war das einzige weibliche Wesen im Raum. Owen fiel jedoch auf, dass sich hier niemand an ihr störte. Wahrscheinlich hatte man sich an ihre Anwesenheit gewöhnt. Trotzdem wäre es wohl nicht richtig, sich die ganze Zeit nur mit ihr zu unterhalten. Oder doch? Die Welt hier war eine ganz andere als die, die er bisher in Ägypten kennen gelernt hatte, nicht wirklich emanzipierter, aber doch freier, und zwar in einer Weise, auf die es dem Geld stets irgendwie gelang, sich mehr Ellbogenfreiheit zu verschaffen.

Salah führte jemanden zu Owen. »Darf ich vorstellen? George Zenakis. Unser Sekretär.«

Unser Sekretär?

»Sie müssen im Augenblick sehr viel zu tun haben«, meinte Owen. »Wo doch jetzt alles neu entsteht.«

»Nun ja, richtig. Aber all das ist nichts im Vergleich zu dem, was noch auf uns zukommt.« Der Mann lächelte Owen an. »So wird es mir zumindest gesagt.«

»Und Sie kümmern sich um alles? Oder gibt es so etwas wie einen Generalbevollmächtigten?«

»Ich kümmere mich im Auftrag des Vorstands um alles. Um die Mitgliedschaft zum Beispiel.«

»Wie viele Mitglieder haben Sie denn?«

»Etwa zweihundert. Aber die Zahl nimmt schnell zu. Möchten Sie nicht auch …?«

»Ich fürchte, ich habe nicht genug Zeit, regelmäßig hierher zu kommen. Meine anderweitigen Verpflichtungen …«

Der Höflichkeit halber erkundigte er sich nach den Aufnahmebedingungen. Ihm drehte sich schnell der Kopf. »Ich glaube nicht, dass ich das aufbringen könnte«, erklärte er.

»Ach, darum brauchen Sie sich nicht zu sorgen«, lächelte George. »Wir würden mit Freuden auf Beiträge verzichten, wo doch der Mamur Zapt …«

Am Samstag war Owen bei den Rennen zugegen. Nicht oben in der Bar, sondern unten an der Galopprennbahn. Aber nicht lange. Nur lange genug, um seine Agenten auf den Ordner anzusetzen, den er und Garvin am Tag des Empfangs mit dem Bandenmitglied hatten sprechen sehen.

»Sein Name ist Roukoz«, meldete Georgiades am darauf folgenden Montag in Owens Büro. Georgiades war der Zivilbeamte, der Owen bei der Demonstration das Gewehr in die Hand gedrückt hatte. »Er hat schon mehrere Anstellungen auf Rennbahnen hinter sich. Kurze Zeit war er in Gezira, aber dort hatte man was gegen ihn, und so zog er weiter nach Helwan.«

»Was hatte man gegen ihn?«, wollte Owen wissen.

»Er verstand sich zu gut mit den falschen Leuten.«

»Die Bande?«

»Banden. Nichts, was man ihm beweisen konnte, aber man mochte ihn eben nicht.«

»Und in Helwan?«

Georgiades zögerte. »Auch dort nichts, was man beweisen konnte. Aber wieder war er sehr unbeliebt. Nur hatte er diesmal einen Freund hoch oben und blieb.«

»Kennen Sie diesen Freund?«

»Ja. Er ist inzwischen auch nicht mehr in Helwan.«

»Wo arbeitet er jetzt?«

»In Heliopolis.«

»Wer ist als Erster dorthin gegangen?«

»Der Freund. Und als die Rennbahn eröffnet wurde, ist ihm Roukoz gefolgt.«

»Wie heißt der Freund?«

»Zenakis.«

Owen suchte den Vertreter des Syndikats auf, der ihn angerufen hatte.

»Es geht um diese Demonstration neulich«, begann er. »Ich habe sie nicht gestört.«

»Nein? Aber ... wer dann?«

»Sie.«

»Jetzt hören Sie mal, Owen ...«

»Sie haben eine Bande darauf angesetzt, die bei der Rennbahn ihr Unwesen treibt. Das weiß ich. Ich habe nämlich einen davon eingesperrt.«

»Wenn Sie sagen, dass es eine Rennbahnbande war, na gut, dann war es eben eine Rennbahnbande. Aber mit uns hat das nicht das Geringste zu tun.«

»Nun, ich gehe davon aus, dass es diese Bande war. Ich kenne sie, verstehen Sie, und ich habe die Kerle hier in Heliopolis gesehen.«

»Von mir aus, aber das heißt doch noch lange nicht, dass ...«

»Sie haben mit einem Ihrer Ordner gesprochen.«

»Das ist schlimm. Dieser Sache muss sofort nachgegangen werden. Aber das heißt doch nicht notwendigerweise …«

»Er ist ein Freund des Vereinssekretärs. Ein enger Freund.«

»Zenakis?«

»Richtig.«

»Ich kenne Zenakis.«

»Genau das meine ich ja.«

Langes Schweigen trat ein.

»Hören Sie, Owen …«

»Wenn Sie mich bitten wollen, diese Sache mit Fingerspitzengefühl zu behandeln, dann müssen Sie sich viel Mühe geben.«

»Ich hatte nicht vor … Hören Sie, Sie sehen das völlig falsch.«

»Sie auch. Sie«, wiederholte Owen mit Nachdruck, »auch.«

»Mir ist klar, dass Sie verärgert sind. Ich hätte das, was ich neulich gesagt habe, nicht sagen dürfen. Nun gut, ich habe mich getäuscht. Aber Sie haben sich auch getäuscht.«

»Ach ja?«

»Ja. Es waren nicht Ihre Leute, die die Demonstration gestört haben, das glaube ich Ihnen gern. Aber« – er holte tief Luft – »unsere waren es genauso wenig. Ich schwöre Ihnen, dass wir von all dem keine Ahnung hatten.«

»Nein?«

»Allein schon aus dem Grund, weil es nicht in unserem Interesse wäre. Wir haben es beinahe geschafft, wie ich Ihnen gestern Morgen gesagt habe. Jetzt müssen wir nur noch die Häuser hinstellen, dann sind wir hier weg. Außerdem …«

»Sprechen Sie weiter.«

»Zenakis arbeitet nicht für das Syndikat. Er ist keiner von uns. Der Rennverein ist etwas ganz anderes. Alles, was damit zu tun hat, geht uns nichts an. Auch die Wettbüros. Sie sind Kunden von uns, Auftraggeber. Das ist ein eigenes Unternehmen, es hat nichts mit uns zu tun. Wirklich!«

11

Am nächsten Tag gab es in Heliopolis Pferderennen und die Bande kam mit großer Streitmacht angerückt. Das taten, mit noch größerer Streitmacht, auch Owens Männer und sie verhafteten den ganzen Haufen.

»Was soll das?«, klagten sie im Ton der verletzten Unschuld. »Wir haben doch noch überhaupt nichts getan!«

»Und wie war das mit dem Überfall auf die Demonstranten am Mittwochabend?«

»Das zählt doch nicht!«, protestierten sie. »Das war kein wirkliches Verbrechen. So was ist doch ständig an der Tagesordnung. Außerdem war es bloß ein kleines Zubrot und hatte nichts mit unserem eigentlichen Geschäft zu tun.«

»Wir arbeiten an den Rennbahnen«, erläuterte ein anderer.

»Ja, ich weiß«, brummte Owen.

»Wer, zum Teufel, sind Sie überhaupt?«, griff ihn jemand an. »Von der Polizei sind Sie nicht. Die kennen wir nämlich.«

»Ich bin der Mamur Zapt.«

»Und was geht das alles Sie an?«

»Abdul, meinst du nicht, dass du mal das Maul halten solltest?«, riet ein älteres Bandenmitglied dem Zwischenrufer besorgt. »Wenn er der Mamur Zapt ist, hat er vielleicht andere Methoden als die Polizei.«

Das stimmte. Einer von Owens Vorgängern, Zeini Barakat, hatte aus Wut über eine solche Bande den Männern die Hoden abschneiden und den über der Zitadelle kreisenden Falken zum Fraß vorwerfen lassen. Das war zugegebenermaßen vierhundert Jahre her, aber bei Mamur Zapts konnte man nie wissen und die Bande war beeindruckt.

»Sie werden sich doch sicher nicht mit uns abgeben wollen«, meinten sie in einlenkendem Ton. »Wir sind ja nichts als eine harmlose, kleine Bande.«

Owen nickte. »Es ist richtig, dass ich mich nicht mit euch abgeben will. Ich habe Wichtigeres zu tun. Und darum lasse ich euch frei – sobald ihr mir etwas gesagt habt, was ich wissen will.«

»Was wollen Sie wissen, Effendi?«

»Wer hat euch gebeten, die Demonstration zu stören?«

Die Bandenmitglieder beratschlagten untereinander.

»Unser Boss hat es an uns weitergegeben.«

»Figi?«

»Äh ...«

»Ist Figi hier?«

Wie es bei Bandenbossen immer der Fall ist, sobald Ärger droht, war Figi nicht da.

»Na gut. Lasst Figi wissen, was ich will. Und bis dahin bleibt ihr hier.«

Es war nicht nötig, sich darüber Gedanken zu machen, wie sie mit Figi Verbindung aufnehmen würden. Wahrscheinlich würden sie einen Gefängniswärter bestechen. Die Nachricht würde ankommen.

»Hier bleiben? Aber, Effendi, wenn wir hier bleiben, können wir heute keine Arbeit erledigen!«

»Genau das schwebte mir auch vor«, sagte Owen.

Dieser Umstand musste auch Figi aufgegangen sein, denn schon am Nachmittag drang aus den Zellen die Nachricht zu Owen, dass die Bande ihn sprechen wollte.

»Nun?«

»Effendi, das ist nicht gerecht. Solange wir im *Caracol* sitzen, können wir nicht arbeiten und Figi bekommt kein Geld.«

»Richtig«, bestätigte Owen.

»Er möchte dagegen protestieren.«

»Sagt ihm, das er mir nur den Namen zu sagen braucht.«

»Er hat den Namen übersandt. Trotzdem möchte er protestieren.«

»Ich nehme den Protest zur Kenntnis. Wie lautet der Name?«

»Roukoz. Er arbeitet in Heliopolis und ...«

»Ich kenne den Mann«, sagte Owen.

»Roukoz«, begann Owen, »mir ist da etwas Schlimmes zu Ohren gekommen: Freunde berichten mir, dass du derjenige warst, der am Mittwoch den Überfall auf die Demonstranten anordnete.«

»Effendi, Ihre Freunde lügen! Wieso sollte ich so etwas tun? Ich als braver, schwer arbeitender, friedliebender Vater von sechs Kindern? Diejenigen, die das behaupten, sind Verbrecher!«

»Möchtest du ihnen das persönlich sagen?«

»Effendi, angesichts solch empörender Verunglimpfung und Erniedrigung ... jawohl!«

»Sie warten im *Caracol* auf dich.«

»Wenn ich es recht bedenke, Effendi ...«

»Wer hat dir gesagt, dass du mit der Bande reden sollst?«

»Effendi, ich kenne keine Bande.«

»Du hast nie mit diesen Leuten gesprochen?«

»Nie!«

»Auch nicht neulich in Heliopolis? Am Tag des großen Empfangs?«

»Ganz bestimmt nicht!«

»Nun, das ist aber merkwürdig. Denn ich selbst habe dich mit ihnen sprechen sehen. Und mit mir auch der Chef der gesamten Polizei.«

Roukoz schluckte. »Es ist leicht, einen Fehler zu begehen, Effendi …«

»Das stimmt«, bestätigte Owen. »Und genau das hast du getan. Jetzt sag mir: Wer hat dich aufgefordert, die Bande zu einem Überfall auf die Demonstranten anzustacheln?«

Zenakis durchquerte den Raum mit ausgestreckter Hand. »Wieder der Mamur Zapt? Welch ein Vergnügen!«

»Allerdings!«, stimmte ihm Owen zu. »Wollen wir in Ihr Büro gehen?«

Als Zenakis das Ausmaß der Situation erfasst hatte, machte er keine ernsthaften Anstalten, seine Verantwortung zu leugnen. »Das ist schließlich Kairo«, meinte er achselzuckend. »Die Fertigstellung der Eisenbahn ist uns sehr wichtig. Und die Kampagne der Nationalisten hatte immer mehr Zulauf zu verbuchen.«

»Die Nationalisten überlassen Sie mir!«

»Unter gewöhnlichen Umständen würden wir das auch tun. Aber Ihnen waren ja die Hände gebunden.«

»Wir?«

Zenakis zögerte. »›Ich‹, hätte ich sagen müssen.«

»Haben Sie auf eigene Verantwortung gehandelt?«

»Innerhalb des breiten Ermessensspielraums, welchen mir der Vorstand gewährt hat. Aber ich übernehme die volle Verantwortung für das, was geschehen ist, und wenn eine Entschuldigung verlangt wird, dann leiste ich sie.«

»Wie genau war der Vorstand über Ihre Tätigkeiten informiert?«

»Er hat mir, wie gesagt, einen breiten Spielraum gewährt.«

»Wer gehört dem Vorstand an?«

Zenakis nannte ihm eine Reihe von Namen.

»Eine hochvermögende Gesellschaft«, kommentierte Owen.

Die Liste enthielt mehrere Paschas und Verwandte von Paschas – Malik war ebenfalls dabei – und zwei Familienmitglieder des Khedive. Damit wurde Owen klar, warum Zenakis so zuversichtlich wirkte.

»Ich übernehme die volle Verantwortung«, wiederholte Zenakis. »Wenn ein Irrtum vorliegt, dann war es meiner. Doch es geschah mit den allerbesten Absichten. Wir glaubten, dass Sie Hilfe benötigten. Bisweilen«, fügte er augenzwinkernd hinzu, »wäre man um Hilfe dankbar, ist aber nicht in der Lage, darum zu bitten.«

»Wenn ich Hilfe brauche«, knurrte Owen, »dann bitte ich darum!«

Innerlich schäumte er vor Wut. Und er war vollkommen machtlos. Zenakis hatte seine Verantwortung zugegeben, und doch wäre es schwierig, gegen ihn vorzugehen. In Kairo eine Demonstration zu stören war wohl kaum ein Verbrechen. Selbst Mahmoud würde damit zögern, rechtliche Schritte einzuleiten. Und was würde ihm das auch bringen? Im ohnehin unwahrscheinlichen Fall eines Schuldspruchs gegen Zenakis würde umgehend die Begnadigung durch den Khedive erfolgen. Und war Zenakis überhaupt der wahre Verantwortliche? Deckte er nicht vielmehr den Vorstand?

Zenakis ergriff ihn jovial am Arm. »Nun, da das geregelt ist, hätten Sie Lust auf einen Drink? Und haben Sie sich das mit der Mitgliedschaft noch mal überlegt?«

Am Baum gab es Ärger. Das war Salah-el-Dins rätselhafter Nachricht zu entnehmen. Außerdem hieß es darin, dass er bis zu Owens Eintreffen die Stellung halten würde. Doch er gemahnte zu Eile.

Am Baum traf Owen die gegnerischen Lager wild zum Äußersten entschlossen an. Die Kopten hatten sich grimmig auf einer Seite aufgereiht und untersuchten demonstrativ ihre Messer; die Söhne des Islam standen noch grimmiger auf der anderen Seite, reckten ihre Säbel der untergehenden Sonne entgegen und ließen sich lautstark über die rote Färbung der Klingen in ihrem Licht aus. Dazwischen standen Owens ganz und gar nicht grimmige, sondern eindeutig ängstliche Wachposten, kommissarisch angeführt vom tapferen Salah-el-Din. Und am Rande dieser Versammlung thronte aus für Owen nicht ersichtlichen Gründen Salah-el-Dins Tochter Amina auf ihrem Pferd.

»Was soll das Ganze?«, fragte Owen.

»Er will den Baum verkaufen«, sagte einer der Söhne des Islam und richtete anklagend den Finger auf Daniel, den Kopten, der sich hinter seine Glaubensgenossen verkrochen hatte.

»Er ist mein Eigentum!«, schrie Daniel, wagte sich aber nicht hervor. »Ich kann damit machen, was ich will!«

»Und dein Geburtsrecht verkaufen!«, höhnten die Söhne des Islam.

»Er ist nicht dein Eigentum!«, zeterte eine Stimme in Owens Rücken. Es war Scheich Isa, der auf seinem Esel herbeigetrabt kam.

»Und ob er mein Eigentum ist!«, brüllte Daniel entrüstet und tauchte nun hinter den Kopten auf. Dass er in Deckung bleiben wollte, hatte er ganz vergessen.

»Räuber!«, schimpfte Scheich Isa. Er schwang ein knochiges Bein über den Esel und glitt zu Boden.

»Schurke!«, schrie Daniel und stürzte sich auf ihn.

Die Reihen der Kopten und der Moslems rückten vor.

Owen bekam Isa und Daniel zu fassen und zerrte sie auseinander. »Was soll dieser Unsinn?«, bellte er. »Niemand verkauft den Baum!«

»Na ja ...«, murmelte Daniel kleinlaut.

»Ha!«, brüllte Scheich Isa.

»Eigentlich ...«, begann Salah-el-Din.

Owen fuhr zu ihm herum. »Was wissen Sie darüber?«

»Das Syndikat hat ihm ein Angebot gemacht.«

»Das ich mir durch den Kopf gehen lasse«, ergänzte Daniel in unschuldigem Ton.

»Der Hurensohn hat es angenommen!«, schrie einer der Moslems.

»Es steht ihm nicht zu, es anzunehmen!«, rief Scheich Isa.

»Die Eigentumsfrage wird vom Gericht untersucht«, ging Owen dazwischen. »Das ist der Grund, warum ihr hier seid: Ihr beschützt den Baum, bis die Frage geklärt ist. Das wird aber noch Jahre dauern.«

»Warum haben sie ihm dann ein Angebot gemacht?«, wollte Scheich Isa wissen.

Owen wandte sich erneut zu Salah um.

»Das Angebot bezieht sich streng genommen nicht auf den Baum, sondern auf etwaige Ansprüche, die er darauf erheben könnte. Dasselbe Angebot ist auch den Nachkommen der Kaiserin Eugénie unterbreitet worden und allen weiteren Personen, die Ansprüche auf den Baum geltend machen könnten ...«

»Mir ist keins gemacht worden!«, schrie Scheich Isa.

»Gesetzlich haben Sie keinen ...«, begann Salah-el-Din.

»Genau!«, fiel ihm Daniel triumphierend ins Wort. »Sie haben keinen erkennbaren Anspruch.«

»Wir sind sehr wohl erkennbar!«, meldeten sich die Söhne des Islam zu Wort.

»Der Baum ist ein Geschenk des Khedive an ...«, versuchte sich Salah-el-Din noch einmal einzuschalten.

»Geschenk?«, rief Scheich Isa ungläubig. »Der Heilige Baum ein Geschenk? Etwas, das Eigentum des Islam ist? Es stand ihm nicht zu, ihn herzuschenken. Wer ist dieser Khedive überhaupt. Ich erkenne den Kerl nicht an!«

»Tod dem Khedive!«, brüllten die Söhne des Islam.

»Genau!«, riefen die Kopten begeistert. »Tod dem Khedive!«

Die Söhne funkelten sie an.

»Und den Christen!«

»Denen, die den Baum hergeben wollen!«, unterbrach sie Scheich Isa.

»Verkaufen«, verbesserte Daniel. »Nicht hergeben.«

»Nie!«, donnerte Scheich Isa. »Nur über meine Leiche!«

»So sei es!«, rief Daniel und winkte die Kopten nach vorn.

»Um Himmels Willen!«, stöhnte Owen. »Zurück. Alle zurück! Wache!«

»Nehmt euch in Acht!«, warnten die Söhne. »Er hat neulich die Gläubigen niedergeschossen!«

»Er hat die Gläubigen niedergeschossen?«, fragte Scheich Isa.

»Bravo!«, schrien die Kopten im Chor.

Daniel und Isa stürzten sich erneut aufeinander.

Owen trennte sie mit Gewalt. »Bringen Sie ihn weg!«, rief er Salah über seine Schulter zu.

Während Salah Daniel fortzerrte, packte Owen Scheich Isa an der Galabeah und drängte ihn außer Hörweite der verfeindeten Wächter. »Jetzt hören Sie mir gut zu ...«

»Jetzt hört mir gut zu«, befahl er zehn Minuten später der gesamten Versammlung. »Ich bin mit Scheich Isa darin übereingekommen, dass der Baum nicht verkauft werden kann, solange die Gerichte nicht gesprochen haben.«

Daniel öffnete den Mund.

»Und habe ihm versichert, dass ich ihn, falls die Kopten eigenmächtig handeln, im Namen des Khedive konfiszieren werde.«

Salah sah ihn bestürzt an. »Ich kann mir eigentlich nicht vorstellen, dass Sie dazu berechtigt ...«

Owen brachte ihn mit einem vernichtenden Blick zum Schweigen.

»Und ich werde persönlich mit denjenigen sprechen, die den Baum kaufen möchten. Es kann sein, dass sie es sich danach anders überlegen. Eins steht jedoch fest: Wenn mir einer von euch noch mal Ärger macht ...«

Kopten wie Söhne hörten sich die Tirade voller Bewunderung an. Owen dehnte sie lange aus, damit die Gemüter sich nach und nach beruhigen konnten; und am Ende machte er sogar Scherze, um wieder für gute Laune zu sorgen. Als er geendet hatte, bleiben sie noch einen Augenblick lang unentschlossen stehen, dann setzten sie sich.

Daniel näherte sich Owen und zupfte ihn am Ärmel. »Effendi …«

»Und du« – Owen fuhr herum – »gehst heim.«

»Heim?«, fragte Daniel verdattert.

»Richtig. Steig auf deinen Esel und zieh ab.«

Daniel zögerte, dann drehte er sich achselzuckend um und ging zu seinem unter den Balsambäumen wartenden Esel. Die anderen sahen zu, wie er ihn bestieg und in Richtung Tel-el-Hasan davon ritt.

»*Der* hat es gut«, meinte einer der Söhne an einen Kopten gewandt. »Ihr dagegen müsst zurückbleiben.«

»Weißt du«, antwortete der Kopte, »das denke ich mir jeden Abend, wenn er auf seinen Esel steigt und heim reitet, um die Nacht in seinem behaglichen Bett zu verbringen.«

»Mit einer behaglichen Frau, kann ich mir vorstellen«, bestätigte der Sohn des Islam. Er warf einen Blick auf Scheich Isa. »Der hat es auch ganz gut. Klettert einfach auf seinen Esel und weg ist er. Aber wir müssen bleiben. Dabei haben wir auch Frauen!«

Solcherart versöhnt, setzten sich die zwei friedlich auf den Boden, um sich gemeinsam zu beklagen.

»Ich werde euch für heute Nacht Hühner schicken«, erklärte Owen. »Oder vielmehr: Heliopolis wird sich darum kümmern.«

Er sah Salah von der Seite an.

»Ganz bestimmt!«, versprach dieser eilig.

Auch an Salahs Adresse hatte Owen etwas zu sagen.

»Wenn mir das Syndikat noch einmal in den Rücken fällt …«

»Ich wollte es Ihnen heute noch sagen«, versicherte ihm Salah hastig.

»Worauf sind sie überhaupt aus? Wollen sie den Baum

wirklich kaufen? Er steht doch gar nicht in der Nähe der Eisenbahn.«

»Malik möchte das Land als Übungsgelände für Rennpferde nutzen«, ließ sich eine Stimme hinter ihm vernehmen.

Amina hatte er ganz vergessen.

»Sie waren großartig!«, schwärmte sie.

»Danke. Aber was geht ihn das an?«

»Der Vorstand spekuliert mit einem Stall und einer großen Fläche für das Training. Das müsste auf dieser Seite der Gleise sein, weil auf der anderen ja die Häuser gebaut werden. Und Malik hat ein persönliches Interesse daran. Er hat hier nämlich ein Stück Land und glaubt, es ließe sich dafür verwenden.«

»Augenblick mal, es ist doch das Syndikat, welches das Land kauft, oder? Nicht der Vorstand.«

»Das Syndikat kauft das Land *für* den Vorstand.«

Salah schaltete sich eilig ein. Amina wütend fixierend, rief er: »Das Syndikat entwickelt das Gelände. Es baut sämtliche Einrichtungen und vermietet sie dann an Kunden wie zum Beispiel den Vorstand des Rennvereins.«

»Der in seiner Gier immer mehr verlangt.«

»Amina!«, fauchte Salah ärgerlich. »Du störst! Reite weiter.«

Bevor sie sich entfernte, lächelte Amina Owen noch einmal an. »Vergessen Sie nicht: Ich reite jeden Morgen hierher.«

»Verschwinde jetzt, Mädchen!«, schrie Salah wütend. »Manchmal frage ich mich«, sagte er an Owen gewandt, »ob ich bei ihrer Erziehung wirklich alles richtig gemacht habe.«

»Der Gipfel der Schamlosigkeit!«, ereiferte sich Scheich

Isa, der Amina erst jetzt bemerkt hatte. »Schande über Schande! Eine Frau! Auf einem Pferd!«

»Mein Glück ist gemacht!«, rief der Barbier, als Owen vorbeikam. »Kommen Sie rein und feiern Sie mit mir meinen Reichtum!«

Owen schloss sich dem Kreis der um den Behandlungsstuhl Sitzenden an. »Wie kommen Sie zu Ihrem Glück?«

»Die Belgier wollen mein Land kaufen.«

»Du hast doch gar kein Land«, warf einer seiner Freunde ein.

»Aber mein Vetter.«

»Das ist doch bloß ein kleines Grundstück. Und er teilt es mit Musa.«

»Land ist Land. Und es liegt genau auf dem Weg zu dem Gelände, das Malik für seine Galopper will. Ich werde nicht nachgeben. Was immer er mir bietet, ich werde es verschmähen. ›Was, so wenig willst du mir geben?‹, werde ich sagen. ›Dein armseliges Angebot weise ich zurück. Du wirst mir schon richtiges Geld bieten müssen, wenn du mit mir ins Geschäft kommen willst!‹«

»Aber es ist doch gar nicht dein Land!«

»Es ist das Land meines Vetters. Und mein Vetter ist ein Dummkopf, ein einfacher Mann. Für so etwas reicht sein Verstand nicht. Ich werde die Verhandlungen für ihn führen.«

»Gegen den Pascha? Der wird dir die Eier abschneiden!«

»Wie auch immer«, meinte ein anderer, »hast du nicht gesagt, du wärst dagegen, dass der Baum an Ausländer verkauft wird?«

»Der Baum? Was ist der Baum denn schon? Das ist

bloßer Aberglaube. Schleunigst verkaufen, sage ich. Und das Geld einstecken. Das Geld ist was Echtes. Der Baum ist nur ein Hirngespinst.«

»Gestern hast du noch ein ganz anderes Lied gesungen.«

»Ich singe eben die Lieder, die mit der Zeit gehen«, erklärte der Barbier würdevoll, »die Lieder des Fortschritts.«

»Jetzt mag das ja so sein, aber …«

»Du wirst nie Gewinne daraus schlagen!«

»Wenn jemand Gewinne daraus schlägt, dann Malik.«

»Ach, dessen bin ich mir nicht so sicher«, wandte ein anderer ein. »Zaghlul gehört auch ein Teil des Landes und er wird bestimmt nicht verkaufen. Er kann Malik nicht ausstehen.«

»Er wird schon verkaufen, wenn das Geld stimmt.«

»Wird er nicht. Allein schon, um Malik eins auszuwischen.«

»Hört mal«, meldete sich einer zu Wort, der bisher geschwiegen hatten, »was will Malik überhaupt noch mit Galoppern? Er galoppiert doch wirklich genug mit Jalila rum!«

Die Runde brach in Gelächter aus.

»Nicht mehr«, widersprach ihm der Barbier, als sich alle wieder beruhigt hatten. »Sie will nichts mehr mit ihm zu tun haben. Seit Ibrahims Tod ist es damit vorbei.«

»Warum?«, fragte Owen.

»Sie mochte Ibrahim gern. Aber natürlich musste sie Malik gehorchen, wenn er sie dazu aufforderte, denn er war der Pascha. Trotzdem war Ibrahim ihr lieber. Na, und als Malik eines Tages vorbeikam, war Ibrahim schon bei ihr. ›Verschwinde!‹, hat er ihm befohlen. Aber ihr kennt ja Ibrahim. Kopf zu hitzig, Zunge zu schnell. ›Nicht ich muss hier verschwinden‹, hat er ihm entgegnet. ›Die Zeiten haben sich geändert. Ich gehöre dir nicht mehr. Und es wird nicht mehr lange dauern, bis du mitsamt deiner ganzen Sippe weggefegt wirst!‹ – ›Ach, ist das so?‹, hat Malik darauf gesagt. ›Wir werden es ja sehen!‹ Und dann, wisst ihr, musste sich diese dumme Frau unbedingt einmischen. ›Hau bloß ab!‹, hat sie Malik angefahren. ›Er hat Recht. Er ist nicht mehr dein Eigentum und ich bin es genauso wenig.‹ Tja, da blieb Malik nichts anderes übrig, als mit eingekniffenem Schwanz abzuziehen.«

»Das hätte sie nicht sagen dürfen!«, tadelte einer. »Nicht zum Pascha!«

»Na ja, sie bleibt aber eisern. Er wollte seitdem schon öfter zu ihr, doch jedes Mal sagt sie: ›Du nicht, Malik.‹«

»Sie war schon immer zu unverblümt«, meinte einer mit betretener Miene.

Owen suchte Jalila auf.

»Oh«, rief sie, »was für eine Überraschung!«

Ihr Bruder war offenbar nicht da, denn sie lud ihn nicht ins Haus ein.

»Ich suche immer noch den Mann, der Ibrahim ermordet hat.«

»Ja«, erwiderte sie, »das weiß ich.« Eine kleine Pause trat ein. »Dabei haben Sie ihn doch, oder?«, fügte sie dann hinzu.

»Wirklich?«

Sie gab ihm keine Antwort.

»Weswegen kommen Sie zu mir?«

»Ibrahim und Malik haben sich gestritten. Seitdem weigern Sie sich, Malik zu empfangen. Warum?«

»Was bedeutet mir schon der Sohn des Paschas?«, meinte sie. »Ibrahim hatte Recht. Deren Zeit ist vorbei.«

»Ist das alles?«

»Was sollte sonst noch dahinter stecken?«

»Wollte Malik in der Nacht, in der Ibrahim ermordet wurde, zu Ihnen?«

Sie sah ihn überrascht an. »Nein.«

»Sind Sie sicher?«

Mit einem Mal begriff sie. »Wenn Malik auch nur in der Nähe gewesen wäre«, antwortete sie bitter, »hätte ich es Ihnen gesagt.«

Owen hatte das Gefühl, diese Spur verfolgen zu müssen. Doch es wollte ihm beim besten Willen nicht einleuchten. Ein Streit um eine Frau, verletzter Stolz, Rache – schön und gut. Aber Malik? Irgendwie konnte Owen sich ihn einfach nicht in einer solchen Rolle vorstellen. Ali dagegen, Leilas heißblütiger Bruder, war ein ganz anderes Kaliber. Derlei Dinge war er aufgrund seiner Verbindung mit der Rennbahnbande wahrscheinlich sogar gewöhnt, und in einem Streit war er, wie Owen mit eigenen Augen gesehen hatte, schnell mit dem Gewehr zur Hand, mehr als bereit, Beleidigungen zu vergelten. Ihm traute Owen eine solche Tat ganz gewiss zu.

Und so wie er sah das eindeutig auch das Dorf. Wahrscheinlich sogar Jalila. Malik? Der passte nicht ins Bild – außer dass er anscheinend eine viel größere Rolle im Dorf spielte, als Owen angenommen hatte.

Abgesehen davon – man kam eben immer darauf zurück: Gesetzt den Fall, Malik war darin verwickelt, wieso war dann der Tote auf die Gleise gelegt worden? Das stand doch in krassem Gegensatz zu Maliks Interessen. Ihm konnte nur an einem gelegen sein: dass die

Eisenbahnstrecke so schnell wie möglich fertiggestellt wurde. Vergeltung mochte bei Ibrahims Tod eine gewisse Rolle gespielt haben, aber ganz gewiss nicht in Maliks Fall, wenn er denn überhaupt je nach Rache getrachtet hatte … Eher war freilich anzunehmen, dass er das Ganze als schlichtweg unter seiner Würde betrachtet hatte. Für eine Vergeltungstat kamen folglich andere in Frage. Nun, im Dorf schien es vor Gründen für Rachedurst nur so zu wimmeln, nicht zuletzt was Ali betraf. Und das war nach Owens Überzeugung weitaus wahrscheinlicher.

Owen stand vor Scheich Isas Haus, als Zaghlul herauskam. Unvermittelt überquerte der alte Mann die Straße und trat auf ihn zu.

»Das ist eine üble Sache«, murmelte Zaghlul.

»Es gibt viele üble Angelegenheiten, vor allem gerade jetzt. Welche bedrückt Sie?«

Statt einer direkten Antwort nickte Zaghlul nur. »Ja«, murmelte er, »gerade jetzt gibt es viele üble Angelegenheiten. Aber sie alle haben ein und dieselbe Wurzel. Vor zwei Jahren sah hier alles so aus.« Er deutete über die in der Sonne schimmernden Felder hinweg auf ein anderes Schimmern in der Ferne: die Wüste. »Jetzt ist es eher so.« Seine Hand wanderte zu den Häusern hinüber. »Überall bauen sie. Die Stadt kriecht in die Wüste hinaus. Die Eisenbahn …«

Er spuckte in den Staub.

»Sie drängen uns hinaus«, fuhr er fort. »Am Anfang haben wir noch gedacht: ›Die Wüste ist groß genug für euch und uns‹ und haben sie reingelassen. Aber die Wüste ist eben nicht groß genug für alle. Sie wollen immer mehr und noch mehr. Sie drängen uns hinaus.

Am Anfang habe ich gesagt: ›Die Zeiten ändern sich und ich muss mich mit ihnen ändern.‹ Ich habe die Eisenbahn nach Heliopolis kommen sehen und habe sie große Geschäfte bauen sehen. Da habe ich mir gesagt: ›Zaghlul, du musst neue Kniffe lernen.‹ Darum habe ich in der Wüste draußen, ein gutes Stück von Heliopolis entfernt, Land gekauft und dort Strauße gezüchtet. Und ich habe mir gedacht: ›Hier wird mir nichts passieren, denn es ist weit von Heliopolis entfernt und liegt in der Nähe der Paläste des Khedive und der Paschas; die werden sie bestimmt nicht auch noch hier draußen bauen lassen.‹ Aber sie wollen immer nur mehr. Und jetzt bauen sie dieses Gelände für die Galopper.«

»Noch nicht«, wiegelte Owen ab. »Und macht das wirklich etwas aus? Der Gelände für die Galopper wird freies Land sein, keine Stadt mit Häusern. Außerdem ist es immer noch zwei Meilen von Ihrer Farm entfernt.«

»Aber was ist, wenn sie noch mehr wollen?« Zaghlul schüttelte den Kopf. »Strauße und Pferde vertragen sich nicht. Sie riechen einander und bekommen Angst.«

»Zaghlul«, fragte Owen, dem plötzlich etwas anderes eingefallen war, »haben außer Pferden auch noch andere Tiere Angst vor Straußen? Ziegen zum Beispiel?«

»Ziegen?«, fragte Zaghlul verblüfft zurück. »Das weiß ich nicht. Ich habe es mir noch nie überlegt.«

»Mir hat das jemand so gesagt. Aber wenn dem so wäre, dann müsste der Vogel dicht an ihnen vorbeilaufen, nicht wahr?«

»Es ist der Geruch. Sie müssten ihn riechen können.«

»Aber wenn nun der Vogel dicht an ihnen vorbeiliefe, in der Nacht vielleicht, dann würden sie doch erschrecken und unruhig werden, oder?«

»Das würde ich annehmen.«

»Ja«, sagte Owen, »das würde ich auch annehmen. Sagen Sie, Zaghlul, entlaufen Ihre Vögel oft?«

»Das behaupten sie immer!«, rief Zaghlul. »Aber es ist eine Lüge!«

»Einer ist aber entlaufen. Ich habe ihn gesehen.«

»Es hätte überhaupt kein Problem gegeben, wenn ihn dieser Dummkopf von Malik nicht gejagt und verängstigt hätte. Ich hätte ihn schon eingefangen und ins Gehege zurückgebracht, bevor auch nur ein Mensch was bemerkt hätte!«

»Sie entlaufen also doch?«

»Gelegentlich. Aber ...«

»Und Sie verfolgen sie. Sagen Sie, Zaghlul, ist einer in der Nacht entlaufen, in der Ibrahim ermordet wurde? Und haben Sie ihn zufällig verfolgt?«

Zaghluls Gesicht verfinsterte sich. »Sie stellen sich auf die Seite der Stadt!«, warf er ihm aufgebracht vor. »Für Sie brechen meine Strauße nur immer aus. Nein, in der Nacht, in der Ibrahim ermordet wurde, ist keiner ausgebrochen. Und nein, ich habe ihn auch nicht verfolgt.«

Er stapfte wütend davon. Gleich darauf sah ihn Owen über die Felder zur Farm zurückreiten.

Für eine Weile blieb die Dorfstraße leer. Dann näherte sich eine Gruppe von Frauen. Miteinander schwatzend gingen sie zum Brunnen, um Wasser für das Abendessen zu holen. Im Vorbeigehen begrüßten sie Owen fröhlich. Das ganze Dorf kannte ihn inzwischen, wie ihm mit einem Schlag bewusst wurde. In den letzten zwei Wochen war er so oft hier gewesen, dass man seine Anwesenheit fast schon als selbstverständlich hinnahm.

Die ersten Küchengerüche wehten die Straße hinunter. Eine besonders stechende Ausdünstung löste bei ihm einen Hustenreiz aus. Jemand musste einen erst kürzlich getrockneten Fladen Viehmist ins Feuer geworfen haben.

Männer kehrten mit Hacken und Körben beladen von den Feldern zurück. Ein mit einer gewaltigen Ladung *Berseem* bepackter Esel trottete vorbei. Die Tauben auf den Palmen um den Brunnen herum stimmten ihr Abendkonzert an, ein tiefes, weit tragendes Gurren, das erst aufhören würde, wenn die Sonne endlich am Horizont versunken war.

Dafür vermisste Owen auf einmal ein anderes Geräusch. Erst wusste er nicht, was es war, bis er sah, wie ein Mann den kleinen Jungen vom Rücken des Ochsen hob, der die ganze Zeit über das Wasserrad betätigt hatte.

Im Dorf neigte sich die Arbeit des Tages dem Ende zu. Überall dürften sich jetzt Männer, die an den Bewässerungskanälen, auf der Straußenfarm, bei der Eisenbahn oder wo auch immer arbeiteten, auf dem Heimweg befinden. Daniel, der Kopte, müsste – wenn es ein normaler Tag war – seinen Esel im Balsamhain losbinden und den Rückweg nach Tel-el-Hasan antraten.

Owen hielt inne.

An einem normalen Tag müsste Daniel, der Kopte, genau jetzt den Rückweg nach Tel-el-Hasan antreten.

12

Am nächsten Morgen fand sich Owen wieder beim Baum ein; nicht so früh wie Daniel, der Kopte, der es nie eilig genug damit haben konnte, sich zu vergewissern, dass sein Eigentum in der Nacht nicht gestohlen worden war, aber immer noch früh genug, um die erste Tasse Tee des Tages mit den unwilligen Hütern des Baumes zu teilen.

»Wie lange müssen wir denn noch bleiben?«, fragte einer seiner Polizisten.

»Nicht mehr allzu lange, denke ich«, meinte Owen.

Mit seiner Teetasse in der Hand gesellte er sich zu Daniel, der die in den Baum geritzten Namen inspizierte und damit haderte, dass die Anzahl der neuen Inschriften von Tag zu Tag geringer wurde.

»Wenn das so weitergeht«, sagte der Kopte düster, »lohnt es sich nicht mehr, den Baum zu behalten.«

»Haben Ihnen die Belgier kein Angebot gemacht?«

»Ihr Geld steht noch aus, aber vorher muss ich diese Horde hier bezahlen.« Daniel deutete sorgenvoll mit dem Kinn auf seine koptischen Henkersknechte.

»Es könnte noch zehn Jahre so weitergehen«, sagte Owen und setzte sich.

Daniel zuckte zusammen.

»Sagen Sie mir eins, Daniel: Jeden Morgen reiten Sie von Tel-el-Hasan über die Wüste hierher und jeden Abend reiten Sie wieder heim. Das muss ein einsamer Ritt sein, denn es kann nicht viele geben, die denselben Weg zurücklegen. Da werden Sie sich doch jeden merken, den Sie unterwegs gesehen haben. In dieser Nacht nun, in der Ibrahim starb …«

»Wäre er nur nie gestorben!«, stöhnte Daniel. »Seitdem treibt sich die ganze Welt in Matariya rum. Wenn sie doch nur wieder verschwinden würden!«

»Sie erinnern sich an diese Nacht? Nun, dann sagen Sie mir: Als Sie damals heim nach Tel-el-Hasan ritten, sind Sie da jemandem begegnet?«

»Ich erinnere mich nicht …«

»Denken Sie nach. Er müsste aus Tel-el-Hasan gekommen sein. Hätten Sie sich da nicht gefragt, warum er zu dieser späten Stunde noch unterwegs war?«

»Das war nicht das Rätsel. Er muss sie mitgenommen haben, um sie der Familie ihres zukünftigen Ehemanns vorzustellen. Er hätte dann mit den Männern und sie mit den Frauen gegessen. Danach wären sie wieder heimgegangen. Nein, das war nicht das Rätsel.«

»Was war dann das Rätsel?«

»Dass sie so lange geblieben sind. Am nächsten Morgen habe ich sie nämlich wieder gesehen. Da waren sie auf dem Heimweg.«

»Ah! Und ihre Namen?«

»Es waren Ali und seine Schwester. Sie wissen schon, Leilas verrückter Bruder. Aber zu wem er das Mädchen gebracht haben könnte, ist mir schleierhaft. Welcher Mensch, der weiß, was dem Ehemann der einen zugestoßen ist, würde denn die andere Schwester dieser verrückten Brüder nehmen wollen?«

»Danke, Daniel.«

Owen erhob sich. Sie würden Erkundigungen einziehen müssen, aber er war sich ziemlich sicher, dass sie auf keine Familie mit einem Ehekandidaten stoßen würden. Deswegen waren Ali und seine Schwester nicht hierher gekommen. Als der alte Ziegenhirte bei seinen Tieren unter den Balsambäumen am Brunnen gesessen hatte, hatte er drüben beim Baum der Jungfrau Leute reden hören, einen Mann und eine Frau. Die Schwester war als Köder dort gewesen. Sie mussten eine Verabredung getroffen haben, und Ibrahim, der offenbar keiner Frau widerstehen konnte und ohnehin hinter der Schwester her war, hatte sie eingehalten.

Aber warum hatten sie so lange gebraucht? Gut, man musste die Zeit einrechnen, die es gedauert hatte, den Toten zu den Gleisen zu schaffen und zurückzukehren. Trotzdem blieb die Frage: Was hatten sie die restliche Nacht über gemacht? Und wieso hatten sie die Leiche überhaupt zu den Gleisen gebracht?

Alle Überlegungen blieben an diesem einen Punkt stecken. Und genau genommen war das der einzige Grund, warum Owen ins Spiel kam. Denn juristisch gesehen oblag Ibrahims Ermordung nicht dem Mamur Zapt, sondern dem *Parquet*. Owen war nur insofern betroffen, als die Tat Probleme in einem weiter gefassten Sinne berührte, das Fortschreiten der neuen Eisenbahn zum Beispiel und ihre politischen wie wirtschaftlichen Auswirkungen.

Wie er es drehte und wendete, Owen wurde einfach nicht schlau daraus. Bestand ein Zusammenhang zwischen Ibrahims Ermordung und der Eisenbahn? Oder waren das zwei grundverschiedene Sachverhalte, die nur aus reinem Zufall diese eine Gemeinsamkeit hatten, womit Ibrahims Tod ein bloßer Rachemord wäre, einer von so vielen, die Ägyptens Verbrechenslisten aufblähten?

Eins stand freilich fest. Er hatte etwas in Erfahrung gebracht, das Mahmoud wissen musste.

»Das genügt nicht«, brummte Mahmoud jedoch, nachdem Daniel seine Geschichte um seinetwillen noch einmal wiederholt hatte und die zwei Beamten sich etwas vom Baum entfernt hatten.

»Es genügt nicht? Es wird keine Familie geben, die …«

»Ich weiß. Aber was hat uns der Kopte denn schon gesagt? Doch nur, dass Ali in dieser Nacht in der Gegend war.«

»Und seine Schwester.«

»Sie könnten sonst wohin gegangen sein.«

»Der Ziegenhirte hat sie gehört. Beim Baum.«

»Trotzdem bräuchten wir einen zusätzlichen Zeugen.«

»Das haben wir doch schon versucht, aber …« Owen verstummte. »Augenblick mal«, sagte er dann, »mir ist jemand eingefallen, der in dieser Nacht dort in der Nähe gewesen sein muss. Oder vielmehr: etwas.«

»Etwas?«, fragte Mahmoud.

»Hallo Ja'affar«, sagte Owen. »Mich wundert, dass Sie nicht bei Ihrem Freund, dem Barbier, sind.«

»Ich bin gerade auf dem Weg zu ihm«, antwortete Ja'affar.

»Mein Freund und ich begleiten Sie, wenn wir dürfen. Was macht die Schulter?«

»Wird langsam besser. Leider.«

»Der alte Zaghlul wird Sie bald wieder bedrängen, die Arbeit wieder aufzunehmen, nicht wahr?«

»Das hat er schon. Ja, er bedrängt mich fast jeden Tag.«

»Da sehen Sie's. Sie sind ein so guter Mann, dass er nicht auf Sie verzichten kann.«

»Langsam frage ich mich, ob ich nicht auf ihn verzichten kann. Es ist wegen dieser Vögel. Sind sie mal auf einen losgegangen, dann ist einem in ihrer Nähe irgendwie anders zumute.«

»Einer der Strauße hat Ja'affar die Schulter ausgekugelt«, klärte Owen Mahmoud auf.

»Sie sind wie ein Dampfzug!«, rief Ja'affar. »Sie wiegen eine Tonne, und wenn sie dich überrennen – wumm! Dann liegst du flach und kannst noch von Glück reden, wenn du dir nicht das Rückgrat brichst. Um dieser Vögel Herr zu werden, muss man schon kerngesund sein. So versuche ich es zumindest dem alten Zaghlul zu erklären.«

»Und was sagt er dazu?«

»Er meint, dass man nicht unbedingt kräftig sein muss, um ihnen das Futter zu bringen. Das stimmt sogar, aber was ist, wenn einer ausbricht? Da braucht man jeden Mann, den man zur Verfügung hat. Und man muss auch den einen oder anderen Sturz verkraften können. Dazu habe ich aber wirklich keine Lust. Nicht mit dieser Schulter.«

»Sie brechen wohl ständig aus, hm?«

»Es ist nur einer. Wenn sie es einmal geschafft haben, wissen sie, wie es geht, und tun es wieder. Er wird ihn in einen eigenen Käfig stecken oder erschießen müssen. Schade, dass Malik ihn neulich nicht getroffen hat.«

»Das war wieder dieser eine, richtig?«

»Es ist immer derselbe.«

»Und er bricht ständig aus? Sagen Sie, Ja'affar, Sie erinnern sich nicht zufällig, ob er auch in der Nacht entkommen war, in der Ibrahim ermordet wurde?«

»In der Nacht, in der Ibrahim ermordet wurde? Doch, da sind die von der Farm zu mir gekommen und haben es mir erzählt. So einen Tag vergisst man bestimmt nicht! Am Morgen herrschte dort noch ein heilloses Durcheinander. Es war eine Heidenarbeit, ihn zurückzubringen, verstehen Sie. Sie waren nämlich nur zu zweit, Zaghlul selbst – keine Ahnung, wie er rausgefunden hat, dass der Vogel weg war; wahrscheinlich schläft er bei diesen verdammten Viechern – und Sayid, der immer in der Nacht Dienst hat. Nur die zwei. Na ja, das reicht hinten und vorne nicht. Man braucht schon mal zwei, die das Netz bereithalten, und dann muss ihn jemand darauf zutreiben. Und das auch noch in der Nacht! Keine Ahnung, wie sie das geschafft haben.«

Mit Ja'affars Worten im Ohr näherten sie sich der Straußenfarm äußerst zaghaft. Sie lag gegenüber dem Bahnhof von Matariya auf der anderen Seite der Gleise. Das Loch im Zaun, das an dem Tag aufgerissen worden war, an dem Ja'affar seine Verletzung erlitten hatte, war inzwischen geflickt worden. Dahinter waren Strauße zu sehen, aber sie hielten sich alle am entfernten Ende des Geheges auf. Offenbar waren sie von der ganzen Aufregung in der Nacht des Mordes immer noch verschreckt.

Owen und Mahmoud mussten ein gutes Stück laufen, bis sie den Eingang zur Farm fanden. Sie war kein Ort, den man zu Fuß aufsuchte, obgleich die dort beschäftigten Männer natürlich nichts anderes kannten. Für Owen und Mahmoud, die es nicht gewöhnt waren, durch die Wüste zu gehen, noch dazu bei dieser Hitze, war es ein äußerst mühseliges Unterfangen.

Die Farm, die jenseits des bebauten Landes um das Dorf herum lag, war Wüste, kein Ackerland. An Wüstensand waren die Strauße vermutlich gewöhnt, auch wenn sie möglicherweise das südlich der Farm wachsende Gras bevorzugten. Andererseits war dieses Land natürlich weitaus billiger. Die größten Unkosten hatten hier wohl die Gehege bereitet. Die kleineren davon waren mit Holz umzäunt, obwohl Holz so nahe bei der Stadt nicht gerade billig war. An vielen Stellen ersetzten darum am äußeren Rand der Farm Dornenbüsche das Holz. Diese waren das traditionelle Schutzmittel der Wüstenbewohner, womit sich vielleicht auch erklärte, warum ein Strauß mit enormem Freiheitsdrang so regelmäßig entfliehen konnte.

Wie sie erfuhren, arbeitete Zaghlul in den Gehegen weiter draußen, was wiederum einen Fußmarsch bedeutete, teilweise mitten durch die Gehege. Owen atmete erleichtert auf, als er sah, dass die Strauße sich von ihnen fern hielten. Auf dem Weg vorbei an einigen kleineren Pferchen hatte er Gelegenheit, die Tiere aus der Nähe zu betrachten. Bisher hatte er in seinem ganzen Leben noch nie einen Gedanken an Strauße verschwendet. Hätte man ihn danach gefragt, so hätte er geantwortet, es seien dumme Vögel. Sie würden nicht fliegen, sondern nur unbeholfen herumstehen; ihr einziger Nutzen bestünde, soweit er das beurteilen könne, darin, dass sie Federn für Frauenhüte lieferten, die zwar recht nett aussahen, aber wohl kaum eine entscheidende Rolle in der modernen Wirtschaft spielten; und er hätte gesagt, dass sie mit ihren langen Hälsen und ihrem unablässigen Herumgerenne irgendwie verrückt wirkten.

Aus der Nähe betrachtet und im Lichte von Ja'affars Worten und Erfahrungen, kamen sie Owen jetzt allerdings eher Furcht erregend vor. Das fing schon mit ihrer erstaunlichen Größe von über zweieinhalb Metern an. Dazu kam, dass der kleine Kopf einen spitzen Schnabel aufwies, und der lange Hals sah aus, als könne das Tier dem Schnabel damit Schwung verleihen und ihn mit äußerster Kraft und Geschicklichkeit einsetzen. Die prächtigen Federn bedeckten einen muskulösen Körper. Und die Füße … was hatte er über die Füße gehört? Teilten Strauße auch Tritte aus? Wenn ja, dann wuchs dort, wo sie zutraten, kein Gras mehr. Diese Füße also: riesenhaft! Und die Klauen? Genauso lang wie der Schnabel; hieß das auch so scharf? Alles in allem hielt Owen es für das Klügste, nicht zu genau hinzuschauen.

Er war in Gedanken noch ganz bei der Frage, wovor er sich mehr in Acht nehmen müsse, den Füßen oder dem Schnabel, und neigte dem Schluss zu, dass die Hauptsorge wohl der Gefahr, umgerissen zu werden, zu gelten habe, als sie ihr Ziel erreichten. Hinter einer weiteren Umzäunung stand Zaghlul über einen kranken oder verletzten Strauß gebeugt da, während drei weitere Männer das Tier zu Boden drückten.

Zaghlul sah sie kommen, achtete aber nicht auf sie. So warteten sie höflich, bis er seine Tätigkeit, worin sie auch bestehen mochte, vollendet hatte und der Vogel losgelassen wurde. Einer der Arbeiter half dem Strauß hoch. Einen Augenblick lang stand er wie unter Schock da, dann jagte er jäh davon. Mehrere Minuten lang rannte er im Gehege panisch hin und her, als wäre er vollends durchgedreht. Zaghlul beobachtete ihn eine Weile. Schließlich stieß er ein Grunzen aus, offenbar hoch zufrieden.

Erst jetzt wandte er sich zu Owen um. »Wer ist der da?«, fragte er und deutete mit dem Kinn auf Mahmoud.

»Das *Parquet*«, antwortete Mahmoud.

»Ah, das *Parquet*!« Es war Zaghlul offensichtlich ein

Begriff. »*Und* der Mamur Zapt«, fügte er nach einem Moment hinzu.

»Richtig. Wir möchten Ihnen ein paar Fragen stellen.«

»Die Regierung täte gut daran zuzuhören, statt Fragen zu stellen«, brummte der alte Mann.

»Wir sind auch bereit zuzuhören. Und das Erste, was wir hören wollen, ist der Grund, warum Sie mir gesagt haben, dass in der Nacht von Ibrahims Ermordung kein Strauß entwichen sei, obwohl das nicht stimmt.«

»Muss ich der Regierung alles sagen?«

»Wenn Sie das nicht tun, fragt sie sich, was Sie daran hindert.«

»Nichts hindert mich. Ich habe nur keine Lust, das ist alles. Ich will nichts mit der Regierung zu tun haben, und ich will nicht, dass die Regierung mit mir zu tun hat.«

»Letzteres«, erwiderte Owen, »können Sie nicht bestimmen.«

»Haben Sie denn etwas zu befürchten?«, fragte Mahmoud.

Zaghlul runzelte die Stirn. »Befürchten? Was habe ich schon zu befürchten?«

»In der Nacht, in der Ibrahim ermordet wurde, waren Sie dort.«

»In der Nacht, in der Ibrahim ermordet wurde, war ich bestimmt irgendwo.«

»Sie waren beim Baum der Jungfrau.«

Zaghlul blieb einen Moment lang stumm. »Na gut«, knurrte er schließlich, »und wenn ich dort war? Ich bin dem Vogel nachgelaufen. Das ist kein Verbrechen.«

»Ein Mann wurde ermordet.«

»Ich habe ihn nicht ermordet.«

»Nein?«

»Nein.«

»Wer war bei Ihnen?«

»Niemand war bei mir.«

»Sayid war bei Ihnen. Achten Sie auf Ihre Worte. Ich werde mit Sayid sprechen.«

»Sayid wird das Gleiche sagen wie ich. Dass ich Ibrahim nicht ermordet habe.«

»Wen haben Sie in dieser Nacht sonst noch gesehen?«

»Ich habe niemanden gesehen.«

»Wird Sayid dasselbe antworten, wenn ich ihn frage?«

Zaghlul blieb für einen langen Moment stumm. »Ich habe Ali gesehen«, antwortete er am Ende mürrisch.

»Natürlich haben Sie ihn gesehen. Und seine Schwester auch?«

»Seine Schwester auch.«

»Verraten Sie mir, was Sie gesehen haben.«

»Ich verrate Ihnen überhaupt nichts«, fauchte Zaghlul, »außer Ali gibt mir sein Einverständnis.«

»Habe ich da gerade Zaghlul gesehen?«, fragte Ali, als sie in dem Raum Platz genommen hatten, der für die Verhöre von Gefängnisinsassen benutzt wurde.

»Das war er.«

»Was macht er hier?«

»Er ist aus demselben Grund hier wie Sie.«

»Das kann nicht sein.«

»Wenn es nicht sein kann, dann müssen Sie mir erklären, warum es nicht sein kann.«

»Kann Zaghlul es Ihnen nicht selbst sagen?«

»Er sagt, dass er nicht reden wird, es sei denn, Sie geben Ihr Einverständnis.«

Danach ließen sie Ali eine Weile allein, damit er darüber nachdenken konnte. Schließlich kam Owen zurück.

»Er war in der betreffenden Nacht dort, nicht wahr?«, begann Owen.

»Wenn er es sagt.«

»Er sagt es. Er sagt außerdem, dass er Sie gesehen hat. Sie und Ihre Schwester.«

»Na, denn ...«

»Geben Sie es zu?«

Ali zuckte die Schultern.

»Es gibt noch jemanden, der bestätigen wird, dass er Sie in der Gegend gesehen hat.«

»Na, denn ...«

Diesmal verriet Alis Schulterzucken Resignation. Ein, zwei Atemzüge danach sprach er weiter, allerdings nicht über sich.

»Zaghlul ist auch hier?« Er schüttelte den Kopf. »Es wird ihm nicht gefallen. Er ist ein Mann, der das offene Land braucht.«

Es schien ihm schwer zu fallen, diese Nachricht zu verdauen. »Der gute alte Zaghlul!«

Nach einer Weile half ihm Mahmoud auf die Sprünge. »Diese Nacht damals: Erzählen Sie uns, was geschehen ist.«

Ali fuhr hoch. »Diese Nacht? Oh, ich habe ihm geholfen.«

Mahmoud und Owen starrten ihn verdattert an. »Ihm geholfen?«, fragten sie wie aus einem Mund.

»Ja. Sie waren nämlich nur zu zweit, verstehen Sie. Aber das genügt eben nicht. Man braucht mindestens drei – einen Treiber und zwei, die das Netz halten. Und das ist keiner zuviel. Sie laufen nie geradeaus, verstehen Sie. Ständig schlagen sie einen Haken in die eine oder andere Richtung. Da muss man zusehen, dass man dicht dahinter bleibt, was in der Dunkelheit nicht einfach ist.«

»Sie haben ihm geholfen, den Strauß einzufangen?«

»Ja. Ich kannte mich schließlich mit Straußen aus. Eine Zeit lang hatte ich ja auf dieser Farm für ihn gearbeitet. Nur kurz. Lange bin ich nicht geblieben. ›So was ist nichts für mich‹, habe ich ihm gesagt. ›Irgendwann hackt mir eins von diesen verdammten Ungetümen noch ein Auge aus.‹ Er hat zwar versucht, mich umzustimmen, aber ich wollte einfach nicht. Nicht einmal für Zaghlul. Er war immer gut zu mir, wissen Sie. Die Leute behaupten zwar, er sei ein geiziger alter Hurensohn, aber mich hat er immer anständig behandelt. Ich habe lange für ihn gearbeitet. Das war, bevor er diese Straußenfarm aufbaute.«

»War das der Handel mit den Pilgern?«

»Ja. Erst waren es bloß Reittiere, dann haben wir die Geschäfte ausgeweitet. Für meine Begriffe waren die Aussichten glänzend, aber Zaghlul glaubte das nicht. Er meinte, andere Leute würden da auch bald reinstoßen. Und als sie mit dem Bau dieser neuen Stadt anfingen, sagte er: ›Es ist vorbei.‹ Von einem Tag auf den anderen hat er alles verkauft und gleich danach ist er losgezogen. Er hat mich zwar gebeten, mitzukommen – ich war schließlich seine rechte Hand, wissen Sie –, aber die Vögel waren eben nichts für mich.«

»Doch in jener Nacht haben Sie ihm trotzdem geholfen?«

»Ich sah ja, dass er mich dringend brauchte. Sie waren nur zu zweit, wissen Sie, er und Sayid. Mir war klar, dass das nicht reichen würde, schon gar nicht in der Dunkelheit. Also bin ich eingesprungen. Aber auch zu dritt war es nicht leicht. Den größten Teil der Nacht haben wir damit zugebracht. Aber schließlich haben wir es geschafft. Und erst dann, nachdem wir den Vogel gefesselt hatten, hat Zaghlul mich gefragt: ›Sag mal Ali, was hast du denn so spät am Abend hier zu tun gehabt?‹ – ›Ich hatte eine wichtige Sache zu erledigen‹, sag ich. Und er sagt: ›Tja, ich glaube, ich habe einen Teil dieser Sache hinten beim Baum gesehen. Dort liegt ein Toter.‹ – ›Ich sag nichts‹, meine ich. ›Nein‹, sagt er, ›das ist wohl besser so. Aber wer war dann das Mädchen?‹ – ›Das war meine Schwester.‹ – ›Oh‹, sagt er. Natürlich wusste er über die ganze Geschichte Bescheid. ›Na ja‹, meint er. ›Er hatte sich das alles selbst zuzuschreiben.‹ Und damit hatte er Recht. Ich konnte doch nicht anders handeln, wo Leila doch meine Schwester ist. Irgendwie hat es mir auch Leid getan. Er war schließlich ein Freund von mir. Aber ich war so verdammt wütend auf ihn …! Ich hatte sie zusammengebracht, verstehen Sie. Eines Tages habe ich zu Ibrahim gesagt: ›Ich hab eine Schwester, weißt du.‹ Und er hat gemeint: ›Dann schauen wir sie uns doch mal an.‹ Und es schien auch alles gut zu gehen. Sie sind eine anständige, fleißige Familie. Aber dieser dumme Hurensohn … Ich hätte es gleich wissen müssen. Ich hätte es wissen müssen! Und er machte auch überhaupt kein Geheimnis daraus. Jeder wusste darüber Bescheid. Da konnte ich doch nicht zulassen, dass es so weiterging, oder? Und dann war auch noch diese andere Sache … Da ist eben eins zum anderen gekommen. Darum musste er weg. Ich hatte doch keine Wahl, oder?«

»Warum haben Sie die Leiche auf die Gleise gelegt?«, fragte Mahmoud.

»Das war Zaghluls Vorschlag. ›Was willst du denn jetzt mit dem Toten machen?‹, fragt er. ›Ihn einfach da liegen lassen‹, sag ich. ›Ich hab da eine bessere Idee‹, sagt er. ›Ach?‹, frag ich. ›Was denn für eine?‹ – ›Leg ihn doch auf die neue Eisenbahnstrecke‹, sagt er. ›Dann können sie sich schön den Kopf darüber zerbrechen.‹ Na ja, je länger ich darüber nachdachte, desto besser gefiel mir die Idee. Und Ibrahim hätte bestimmt nichts dagegen, sagte ich mir. Er hat ja immer den Mund gegen die Belgier aufgemacht, und wenn er ihnen Ärger bereiten würde, einfach indem er auf den Gleisen lag, dann würde ihn das bestimmt freuen, dachte ich mir. Und schließlich wusste ich, wie andere Leute das sehen würden. Ein Tod, der nicht umsonst war, würden sie sagen. Ich war also einverstanden: ›Na denn los‹, hab ich gesagt. Und der alte Zaghlul hat mir beim Tragen geholfen. Er war ganz schön schwer, das kann ich Ihnen sagen … teilweise mussten wir ihn ziehen … Schließlich haben wir ihn auf die neuen Gleise gelegt … aber nicht einfach so, sondern wirklich mit der größten Achtung. Und dann musste ich weg, denn es wurde schon hell.«

Zaghlul bestätigte diese Aussage, nachdem Ali es ihm erlaubt hatte. Danach tat Sayid es ihm gleich.

Von Alis Schwester war dasselbe zu hören, als sie in der Gegenwart ihres Bruders vernommen wurde. Nun stellte sich die Frage, wie man mit ihr verfahren sollte. Sie war eindeutig eine Komplizin, aber genauso eindeutig hatte sie unter dem Einfluss ihres Bruders gestanden, der offenbar zu keinem Zeitpunkt daran gedacht hatte, dass im Fall der Aufdeckung des Verbrechens nicht nur er die Folgen zu tragen hätte, sondern auch sie.

»Effendi, das ist nicht gerecht«, beklagte er sich tief bestürzt bei Owen. »Sie ist ein gutes Mädchen.«

»Man wird ihr einiges zugute halten«, versicherte ihm Owen. »Ich habe mit meinem Freund vom *Parquet* gesprochen, und er sagt, dass man sie milde behandeln wird. Die Zeit, die sie im Gefängnis verbracht hat, wird ihr angerechnet werden.«

»Sie ist im Gefängnis?«, rief Ali entsetzt.

»Nur bis zum Prozess.«

»Wie lange wird das dauern?«

»Ein, zwei Monate.«

Das vermochte Ali jedoch nicht zu beruhigen. »Wer hütet bis dahin das Haus?«

»Haben Ihre Brüder keine Frauen?«

Ali schüttelte den Kopf. »Nein. Aus irgendeinem Grund sind die Familien hier nicht darauf aus, uns zu heiraten.«

»Nun, das ist Ihr Problem. Oder das Ihrer Brüder.«

Sie waren am Vortag entlassen worden.

»Aber ich werde für sie tun, was ich kann«, versprach Owen.

Und damit, dachte er voller Genugtuung, hatte es sein Bewenden. Der Fall war geklärt, mehr noch, die befürchteten Begleiterscheinungen, die sich zwischendurch scheinbar so bedrohlich zugespitzt hatten, waren ausgeblieben. Letztlich war nichts als ein Rachemord übrig geblieben, bedauerlich genug, aber, wie Owen Mr. Rabbiki gegenüber betonte, in Ägypten nicht unbedingt ungewöhnlich.

»Die Ursache«, meinte Rabbiki, um eine Antwort nicht verlegen, »ist die Rückständigkeit, in der die Leute gehalten werden. Mit einer besseren Bildung und mehr Geld für die Wohlfahrt ...«

Dennoch ließen die Nationalisten das Thema wie eine heiße Kartoffel fallen. Was sie gewollt hatten, hatten sie zum größten Teil ja bekommen. Die Regierung war in größte Verlegenheit gestürzt worden. Sie war – wieder einmal – als Werkzeug in der Hand von Ausländern bloßgestellt worden. Natürlich wäre es nett gewesen, hätte man den Bau der Eisenbahn lange genug verzögern können, um dem Khedive die geplante große Eröffnungsgala zu verderben, aber man konnte eben nicht alles haben. Abgesehen davon waren die Nationalisten keineswegs gegen den Fortschritt. Sie waren nur dagegen, dass andere den Fortschritt ermöglichten.

Der letzte Gleisabschnitt wurde in diesen Tagen verlegt. Ein paar Dinge standen noch an, doch bis zur Gala wären auch sie erledigt. Der Khedive schnurrte wie eine zufriedene Katze.

Die Belgier trafen bereits die Vorkehrungen für ihren Abzug. Die Kontrolle über das Neu-Heliopolis-Projekt würde beim Baron bleiben, doch man war inzwischen so weit übereingekommen, dass er seinen Einfluss hinter den Kulissen ausübte, was weniger dazu angetan war, Anstoß zu erregen, und auf keinen Fall die Gewinne schmälerte.

Das Syndikat hätte letztlich also nichts mit dem Mord zu tun gehabt, legte Owen Mahmoud dar, als sie eines Abends in einem Café am Ataba-Platz saßen und gemeinsam Kaffee schlürften. Genauso wenig natürlich die Nationalisten, wie Mahmoud Owen darlegte. Zwar hatten die Nationalisten, wie Rabbiki später in einem Gespräch unter vier Augen einräumte, Wahid eingeschleust, um die Eisenbahnarbeiter zu unterwandern und gezielt Unruhe zu stiften, doch so weit, dass jemand Ibrahim deswegen ermordet hätte, war diese Unruhe nicht gegangen. Wahids Entsetzen und Wut waren echt gewesen, als man Ibrahims Leiche auf den Gleisen gefunden hatte. Er hatte wirklich geglaubt, dass das Syndikat dahinter steckte. Das war auch der Grund, warum er sich so entschlossen für einen Arbeitskampf eingesetzt hatte.

Als sie die zweite Tasse austranken, hatte Mahmoud Owen davon überzeugt, dass der Vorstoß der Nationalisten angesichts des hemdsärmeligen Vorgehens der belgischen Arbeitgeber nur gerechtfertigt war. Und nach der dritten Tasse bestand zwischen ihnen Einigkeit darüber, dass die neue elektrische Eisenbahn und andere ähnlich geartete Projekte womöglich durchaus Nutzen brachten, wenn der Fortschritt auf lange Sicht half, die Zahl der Rachemorde in den rückständigeren Gebieten Ägyptens zu senken.

Alles wurde solchermaßen bereinigt. Außer …

Außer dass eines Morgens Leila, Ibrahims Witwe, Owen aufsuchte. Sie setzte sich in seinem Büro auf den Boden. Einen Stuhl lehnte sie ebenso ab wie den Kaffee, den er ihr anbot. Er nahm an, sie wolle mit ihm über die Sonderzuwendung des Syndikats reden, zu deren Gewährung es sich bereit erklärt hatte, nachdem er sich persönlich dafür verwendet hatte. Eigentlich hatte er darum gebeten, ihr eine Rente zu bewilligen, aber das Syndikat hatte ihm zu verstehen gegeben, dass es Witwen keine Renten zahlte, dass es Hilfsarbeitern keine Renten gewährte, ja, dass es niemandem eine Rente zahlte, wenn es sich irgendwie vermeiden ließ. Aber angesichts der Umstände und um dem Khedive nicht die Eröffnungsgala zu verderben, waren sie bereit, eine einmalige Barauszahlung in Erwägung ziehen.

Leila war tatsächlich gekommen, um mit ihm darüber zu reden. Zunächst erstaunte es sie, dass sie überhaupt etwas bekommen sollte. Da man es ihr nun zugesprochen hatte, wollte sie mit Owen die Art und Weise der Auszahlung erörtern. Ließe es sich so regeln, dass die Vergütung ihren Kindern gutgeschrieben wurde und nicht den Männern der Familie, in die sie hineingeheiratet hatte?

Owen antwortete, dass das nicht leicht sein würde. Ginge die Auszahlung direkt an die Kinder, würde die Familie die Summe kurzerhand beschlagnahmen. Ungefähr dasselbe würde drohen, wenn sie den Betrag persönlich erhielte. Die Familie würde argumentieren, dass sie ohnehin schon sie und ihre Kinder unterstütze und das Geld darum dem Wohl aller diene.

Das wäre doch nicht gerecht, hielt Leila matt dagegen. Aber angenommen, sie würden sie nicht mehr unterstützen, was wäre dann?

Owen erkundigte sich, ob sie etwas Bestimmtes im Sinn habe.

Sie habe im Sinn, ins Haus ihrer Brüder zurückzukehren, antwortete sie. Da ihre Schwester mit Ali im *Caracol* sitze, sei dort keine Frau mehr.

Ah, erwiderte Owen, aber ihre Schwester würde bald nach Hause zurückkehren. Und würden ihre Brüder nicht genau dasselbe tun wie die Familie ihres Mannes und ihr das Geld wegnehmen?

Das sei richtig, gab sie zu. Darum wollte sie Owen bitten, das Geld für sie zu verwahren und ihr jeden Monat einen kleinen Teil davon zu geben, den sie dann für den Haushalt verwenden würde. Den Rest sollte er für sie aufbewahren, falls sie und ihre Kinder etwas benötigen sollten.

Dazu zeigte sich Owen bereit, worauf sie gemeinsam überlegten, wie die monatliche Auszahlung erfolgen sollte. Leila hielt es für das Klügste, wenn sie einmal im Monat zu ihm ins Büro käme und das Geld abholte. Bevor er seine Zustimmung gab, wollte Owen wissen, wie sie jedes Mal in die Stadt zu fahren gedachte, denn ihm war bereits klar, dass es eine weite Reise für sie bedeuten musste. Wie sich schnell herausstellte, war sie heute tatsächlich zum ersten Mal in ihrem Leben in Kairo. Sie war mit einer Draisine gekommen. Der Barbier und ein paar Freunde von Ibrahim in Matariya hatten alles für sie in die Wege geleitet. Sie glaubte, dass sie dasselbe vielleicht wieder tun könne.

Owen meinte, dass sie den weiten Weg zu seinem Büro nicht auf sich nehmen müsse. Die Auszahlung könne schließlich auch durch den örtlichen Mamur in Heliopolis erfolgen.

Ein, zwei Atemzüge lang blieb Leila stumm. Dann erklärte sie, dass sie lieber in die Stadt kommen wolle, weil der örtliche Mamur zu sehr unter dem Einfluss des Sohns des Paschas stehe.

»Und Malik steckt ohnehin schon viel zu tief in dieser Angelegenheit drin.«

»Inwiefern?«

Es folgte eine längere Pause, ehe Leila schließlich antwortete: »Er hat mit Ali gesprochen.«

»Er hat mit Ali gesprochen?«

»Meine Schwester hat es mir erzählt. Eines Tages ist er zu ihnen ins Haus gekommen und hat gesagt, dass er mit Ali reden wolle. Sie haben dann lange vor dem Haus miteinander gesprochen. Als Ali zurückkam, hat er bloß gesagt: ›Das ist dann also abgemacht.‹ Meine Schwester wollte wissen, was sie vereinbart hätten. Das ginge sie nichts an, hat Ali ihr gesagt. Dann hat er gelacht und gemeint, einmal wenigstens seien die Interessen des Paschas und seine eigenen die gleichen. Schließlich hat er sie nachdenklich angesehen und gesagt, dass es sie vielleicht doch etwas angehe.

Sie wollte wissen, was er damit meine, aber er sagte

nur, dass sie es schon noch rechtzeitig erfahren würde. Mehr ließ er sich nicht entlocken.«

Owen überlegte einen Augenblick lang. »Wann war das? Nach diesem heftigen Wortwechsel zwischen Ibrahim und dem Sohn des Paschas?«

»Ja.« Und in bitterem Ton fügte Leila hinzu: »So etwas sollte es nicht geben. Ein Pascha und ein Dörfler, die sich um eine Schlampe streiten! Das habe ich Ibrahim auch gesagt und er ist furchtbar böse geworden. Also habe ich mit meinen Brüdern geredet. ›Ein Pascha sollte so etwas doch nicht tun‹, habe ich gesagt. ›Ein Pascha kann tun, was er will‹, hat Ali entgegnet, ›denn die Leute gehören alle ihm. Dein Mann ist derjenige, der sich ins Unrecht gesetzt hat.‹ Darauf habe ich nichts mehr geantwortet, weil ich wusste, dass ich es zwischen Ibrahim und meinem Bruder damit nur noch schlimmer machen würde. Außerdem war mir schon klar, dass Ali Partei für den Pascha ergreifen würde.«

»Und aus welchem Grund?«

»Er war einer von den Männern des Paschas.«

»Einer von den Dorfbewohnern?«

»Nicht nur das. Er erledigte bestimmte Sachen für Malik. In der Stadt. Zusammen mit anderen Männern. Und jetzt wollten sie alle nach Heliopolis gehen und dort wieder für ihn arbeiten!«

»Hat Ali in Ihrer Gegenwart je einen gewissen Roukoz erwähnt?«

»Ja.« Leila zögerte. »Aber das ist schon einige Zeit her. Jetzt nennt er immer einen ganz anderen Namen.«

»Welchen?«

Leila sah ihm unverwandt ins Gesicht. »Den des örtlichen Mamurs«, antwortete sie.

13

Owen beschloss, dass es an der Zeit für einen Ausritt war. Am nächsten Morgen stand er wie immer früh auf, lieh sich in der Kaserne bei Abbasiya ein Pferd und sprengte in Richtung Heliopolis los. Um diese Tageszeit war das Reiten noch möglich. Später würde sich die Hitze wie in einem Brutkasten ausbreiten und Mann wie Pferd würden davor zurückschrecken. Draußen in der Wüste, die in jenen Tagen unmittelbar an der Stadtgrenze begann, würden die Temperaturen sprunghaft steigen. Nur Leute wie Zaghlul, die daran gewöhnt waren, würden sich auch in der Mittagsglut auf ein Pferd schwingen. Aber in aller Frühe, wenn die Sonne gerade erst aufging und über der Wüste noch die Frische der Nacht lag, war das Reiten nicht nur möglich, sondern herrlich. Owen, der schon länger nicht mehr ausgeritten war, fragte sich, was ihn eigentlich davon abgehalten hatte.

Er trieb das Pferd zum Galopp. Es begrüßte förmlich die frische Luft und jagte bereitwillig los. Die Sonne stand noch tief am Himmel, noch hatte sie sich einen Teil ihrer Röte bewahrt und die Schatten von Reiter wie Tier erstreckten sich schier endlos über den Sand.

Niemand war unterwegs. Rechter Hand sah Owen Felder, doch bislang war kein Dorfbewohner auszumachen, der auf ihnen arbeitete. Weiter vorn erkannte er nun den Obelisken, der sich deutlich vom Himmel abhob, und irgendwo dahinter musste der Baum sein.

Owen preschte auf Heliopolis zu. Dann sah er plötzlich zu seiner Linken weiter draußen in der Wüste, wo es zum Nil ging, eine einsame Gestalt zu Pferde. Sie wechselte die Richtung und kam ihm entgegen.

Sie war noch ein gutes Stück von ihm entfernt, als er erkannte, dass sie Reithosen, einen Tropenhelm und einen dazu überhaupt nicht passenden Schleier trug.

»Hallo!«, rief Amina.

Sie ritten nebeneinander her.

»Ich habe mich schon gefragt, wann Sie nun endlich kommen.«

»Ich wäre schon eher gekommen, aber ich war immer ziemlich beschäftigt …«

»Um halb sechs am Morgen?«

»Ja«, sagte er.

»Mit Ihrer schönen Dame?«

»Mit meiner Arbeit. Mein Tag beginnt sehr früh.«

»Und es ist Arbeit, die Sie heute Morgen hierher führt?«

Er lächelte. »Vielleicht.«

»Hm, wie enttäuschend. Vielleicht sollte ich lieber allein ausreiten.«

Damit galoppierte sie davon. Er folgte ihr.

Nach einer Weile hielt sie an.

»Da bin ich aber erleichtert«, rief sie. »Einen Augenblick lang hatte ich schon befürchtet, Sie würden mir nicht folgen. Bis jetzt sind Sie mir wenigstens treu geblieben. Oder geht es Ihnen nur um Ihre Arbeit?«

»Das auch. Ich wollte Sie etwas fragen.«

»Was bekomme ich, wenn ich es Ihnen verrate?«

»Was möchten Sie denn?«

»Dich.«

»Ich fürchte …«, begann er.

Sie nickte verständnisvoll. »Dann eben ein bisschen von dir.«

»Hmm …«

Erst später – zu seinem Glück – fiel ihm wieder ein, wie alt sie war oder vielmehr nicht war. Plötzlich machte er sich Vorhaltungen und löste sich von ihr.

Auch Amina hatte ihre Sorgen. »Ich wünschte, ich wäre größer«, murmelte sie betrübt.

»Was?«, fragte Owen erschrocken.

»So wie sie.«

»Wie …?«

»Deine Freundin. Ich habe sie ihm Geschäft gesehen. Sie ist Nuri Paschas Tochter, nicht wahr?«

»Ja. Aber Größe spielt da wirklich keine Rolle.«

»Ich werde noch größer«, sagte Amina. »Es dauert nur eben noch eine Weile.«

»Darum würde ich mich nicht sorgen.«

»Nein«, räumte Amina ein. »Du meinst etwas anderes, nicht wahr?«

»Das Problem ist nun mal«, gestand Owen, »dass ich auch ihr treu bin.«

»Ich weiß. Überall Treue. Wie schwer das sein muss!«

»Du hast es noch nicht ganz erfasst. Es ist wie das Großwerden.«

»Es ist eben so«, erklärte Amina, »dass ich zuallererst das Untreusein übe.«

»Warum übst du das Untreusein?«

»Weil ich«, zischte Amina, »sollte ich jemals Malik heiraten, ihm die ganze Zeit untreu sein werde!«

»So weit muss es nicht unbedingt kommen. Die Söhne von Paschas heiraten gewöhnlich nicht die Töchter von Mamurs. Und überhaupt, egal was Malik alles so behauptet, ich kann mir nicht vorstellen, dass er vorhat …«

»Nicht er hat das vor«, unterbrach ihn Amina, »sondern mein Vater.«

»Ich weiß, dass er dich gut verheiraten will, aber …«

»Nein, nein. Er weiß etwas über Malik. Und Malik muss nach seiner Pfeife tanzen.«

»Ich frage mich, ob es dasselbe ist wie das, was ich über Malik weiß.«

Amina seufzte. »Na gut, mir war ja klar, dass du darauf zu sprechen kommen würdest. Was genau wolltest du von mir in Erfahrung bringen?«

»Der Rennverein bei Heliopolis. Was weißt du darüber?«

»Er wird von einer Gruppe bedeutender Männer kontrolliert. Die Rennen sind nur ein Teil davon. Sie hoffen, die ganze Stadt in eine riesige Spielhöhle zu verwandeln. Überall Casinos. Ihr Ziel ist es, die ganz Reichen zu unterhalten. Rings um Heliopolis liegen ja lauter Paläste von Paschas. Aber es geht ihnen nicht nur um sie. Sie schauen weiter in die Ferne, sogar ins Ausland. Sie wollen, dass die Leute allein wegen des Glücksspiels nach Heliopolis kommen. Die Rennen sind im Grunde nur ein Zubrot. Es war reiner Zufall, dass die Rennbahn als Erstes fertig wurde und in Betrieb genommen werden konnte.«

»Was für ein Zusammenhang besteht zwischen diesen Leuten und dem Syndikat?«

»Gar keiner. Die Belgier haben nur die Bauten errichtet und vermieten sie. Natürlich ist ihnen klar, wofür sie benutzt werden sollen, aber sie stellen keine allzu unbequemen Fragen. Für sie steckt einfach zu viel Geld darin. Außerdem ist die Gruppe sehr einflussreich. Hinter ihr stehen Paschas. Sogar Mitglieder der Königsfamilie …«

»Gehört auch Malik der Gruppe an?«

»Nicht wirklich. Er ist weder klug noch reich genug. Aber er hält sich dafür und sie lassen ihn in seinem Glauben. Sie benutzen ihn als Zeugen, wenn sie zum Beispiel eine Lizenz fürs Glücksspiel beantragen, solche Dinge eben.«

»Und andere Dinge?«

»Wahrscheinlich. Er arbeitet mit einem gewissen Zenakis zusammen.«

»Und dein Vater?«

»Den benutzen sie auch«, antwortete Amina bitter. »Er weiß das natürlich, aber er spielt trotzdem mit, weil er glaubt, dass man nur so aufsteigen kann. Er will nämlich unbedingt aufsteigen.«

»Das habe ich schon gemerkt. Dabei würde er sogar so weit gehen und dich mit Malik verheiraten.«

»Dass er dazu bereit ist«, stieß Amina hervor, »kann ich ihm nicht verzeihen.«

»Ich denke«, brummte Owen, »dass ich in dieser Hinsicht vielleicht etwas unternehmen kann.«

»Aber Ali!«, rief Owen. »Das überrascht mich nun wirklich: Ein Mann wie Sie, der immer zu den Reden des großen Mustapha Kamil ging, schlägt sich auf die Seite der Paschas!«

»Er ist mein Herr«, knurrte Ali verstockt. »Irgendwem muss man ja treu sein.«

»Aber einem wie Malik?«

»Es steckt auch Geld mit drin.«

»Es wäre besser für Sie gewesen, Sie wären beim alten Zaghlul geblieben und hätten für ihn Strauße gepflegt. Ich wette mit Ihnen, dass *er* nicht zu den Paschas übergelaufen wäre.«

»Der bestimmt nicht«, schmunzelte Ali.

»Warum dann Sie? Gegen Ihre eigenen Leute?«

»Es sind nicht meine eigenen Leute. Wir nehmen bloß die Reichen aus.«

»Ah, in Heliopolis vielleicht. Aber was ist mit Matariya?«

»In Matariya haben wir überhaupt nichts getan.«

»Nein? Und der Mord an Ibrahim?«

»Das war eine Privatangelegenheit.«

»Was hatte dann Malik damit zu tun?«

»Bei ihm war es auch eine Privatangelegenheit.«

»Wenn dem so war, warum musste er dann zu Ihnen kommen? Hätte er es nicht allein regeln können?«

»Es ist eben nicht angemessen, wenn der Sohn eines Paschas durch die Dörfer zieht und ...« Ali unterbrach sich.

»Und Leute umbringt?«, vollendete Owen für ihn. »Ist es also angemessener, wenn man die Dreckarbeit für ihn erledigt? Wenn ein Dorfbewohner einen anderen umbringt? Auf Geheiß seines Paschas?«

»Ich wollte ihn sowieso umbringen.«

»Konnte er das nicht abwarten? War es so, dass er nichts dem Zufall überlassen wollte?«

»Ich habe keine Ahnung, was Sie damit meinen«, brummte Ali. »Das Einzige, was ich weiß, ist, dass er zu mir gekommen ist und mich gebeten hat, Ibrahim auch einen Schlag in seinem Namen zu verpassen, wenn ich ihn wirklich umbringe.«

»Hätten Sie es auch getan, wenn er Sie nicht darauf angesprochen hätte?«

»Klar.«

»Obwohl Ibrahim Ihr Freund war?«

»Er hat uns in Schande gestürzt!«

»Jede Wette«, sagte Owen, seine Worte mit Bedacht einsetzend, »dass Mustapha Kamil damals, als er während seiner Reden nach unten schaute und Sie vor sich stehen sah, niemals gedacht hätte: Dort ist ein Mann, der seinen Freund umbringt, nur weil sein Pascha es ihm befohlen hat!«

Ali sprang wutentbrannt auf.

Der Nationalismus hat auch seine Vorteile, dachte Owen.

»Sie werden doch nicht das Wort eines Fellachen mit meinem gleichsetzen!«, rief Malik erschrocken.

»Warum nicht? Zumal mir Beweise dafür vorliegen.«

»Aber er ist doch bloß ein Spitzbube, ein Gauner ... ein Gelegenheitsverbrecher!«, stotterte Malik.

»Das ist richtig. Und wir werden darlegen, dass Sie zusammen mit ihm in verbrecherische Machenschaften verwickelt waren.«

»Verbrecherische Machenschaften?«

»Bei der Rennbahn.«

»Aber das ... aber das ...«

»Waren nur Geschäfte?«

Malik hatte es die Sprache verschlagen. Nach einer Weile sagte er: »Ali hätte ihn sowieso umgebracht.«

»Das ist wahr. Und den Preis dafür wird er zahlen.«

»Ganz richtig«, sagte Malik, schon wieder obenauf. »Ein ganz gefährlicher Kerl.«

»Aber Sie hatten die Hände mit im Spiel. Und dafür müssen auch Sie einen Preis zahlen.«

»Das glaube ich nicht!«, rief Malik voller Zuversicht. »Für den Tod eines einfachen Dörflers?«

»Vielleicht nicht direkt dafür. Sagen wir, für Ihre anderen Machenschaften.«

»Welcher Preis schwebt Ihnen denn vor?«, fragte Malik belustigt.

»Ich denke, Sie sollten das nächste Boot nehmen und sich fünf Jahre lang von Ägypten fern halten.«

»Da bestehen leider keine Aussichten. Ich habe hier gewisse Verpflichtungen, verstehen Sie.«

»Ich denke, der Rennverein wäre unter Umständen bereit, auf Ihre Dienste zu verzichten.«

»Das bezweifle ich allerdings. Dafür bin ich denen viel zu wertvoll.«

»Ihnen könnte eine Überraschung blühen.«

»Und hinter den Vereinsoberen stehen Leute, die sogar noch mächtiger sind.«

»Der Khedive?«

Malik wagte es nicht, das zu bestätigen.

»Nun«, sagte Owen, »hinter mir steht der Generalkonsul. Wir werden es also einfach abwarten müssen.«

Wer regierte Ägypten: der britische Generalkonsul oder der Khedive?

Im Grunde war gar nicht so sicher, ob überhaupt jemand Ägypten regierte. Was jedoch die Gesetze zum Glücksspiel betraf, so stand eine Macht dahinter, die weit mehr vermochte als der Generalkonsul oder der Khedive, nämlich die vorherrschende Meinung unter den nonkonformistischen Protestanten in England, die kürzlich zum ersten Mal seit vielen Jahren der liberalen Regierung eine zweite Amtszeit beschert hatten.

Der Generalkonsul hatte bereits beschlossen, die Glücksspielgesetze zu verschärfen und alle Anträge auf Erteilung von Lizenzen abzulehnen. So wurde sehr bald nach Owens Meldung, dass in der neuen Stadt der Freude vielleicht nicht alles zum Besten stand, verfügt, dass Heliopolis in Zukunft seine Freude anderweitig zu suchen hatte. Die Haltung des Generalkonsuls fand begeisterten Anklang bei den religiösen Behörden Ägyptens, und zwar sowohl den örtlichen wie auch den nationalen, die mit Nachdruck auf die unzumutbare Nähe zum Versammlungsort der Karawanen nach Mekka hinwiesen, und auch bei den Nationalisten, nach deren Empfinden allein schon dann zwingende Gründe gegen etwas sprachen, sobald es vom Khedive befürwortet wurde. Angesichts einer solchen Koalition blieb den Paschas keine andere Wahl als der Rückzug.

Rückzug bedeutete selbstverständlich Opfer, und eins der ersten Opfer war Malik, der zwar nicht das nächste Boot nahm, aber das übernächste.

Ein weiteres Opfer wurde Salah-el-Din, der noch an dem Tag, an dem Garvin von seiner Verbindung zur Rennbahnbande erfuhr, seinen Posten verlor. Da er ein rühriger Bursche war, tauchte er bald wieder an anderer Stelle auf, aber diesmal in Alexandria und in der freien Wirtschaft, wo sich seine Auslandserfahrung und seine Kontakte zur Regierung als attraktiv für solche Firmen erwiesen, die auf dem ägyptischen Markt den Durchbruch schaffen wollten. Freilich waren seine Kontakte – vielleicht – nicht ganz so gut, wie sie dachten.

Alles in allem war Owen in Hinblick auf das, was er Amina versprochen hatte, erleichtert, weil Salah–el-Din sein Glück nicht wieder im Ausland suchte, wo er Malik über den Weg hätte laufen können und unter Umständen erneut versucht hätte, sie mit ihm zu verheiraten.

Amina heiratete schließlich eine gute Partie, genauer gesagt, sie heiratete mehrere.

Als sie während einer dieser Ehen vorübergehend in Kairo residierte, bekam Owen sie gelegentlich zu sehen.

Um des Friedens und der Ruhe Willen versuchte er das vor Zeinab geheim zu halten, in der Regel ohne Erfolg, denn Zeinabs Spionagedienst war dem seinen unendlich überlegen. Dabei hatte sie im Grunde überhaupt nichts zu befürchten, wie er ihr häufig genug auseinander setzte. Zeinab ließ sich davon jedoch nicht überzeugen. Was die Größe betraf, behielt Zeinab unbestreitbar einen Vorteil, auf anderen Gebieten dagegen holte Amina schnell auf, vor allem in Bezug auf Reife und Erfahrung. Und dann gab es auch noch diesen beunruhigenden Altersunterschied. Zeinab bewachte Owen mit Argusaugen.

Leila bewältigte jeden Monat die Reise von Tel-el-Hasan nach Kairo, um ihr Geld in Owens Büro abzuholen. Nun, da ihre Schwester aus dem Gefängnis entlassen worden war, wurde sie nicht mehr so sehr im Haus ihrer Brüder gebraucht, und eines Tages erwähnte sie verschämt die Wärme ihrer Beziehung zu einem von Ibrahims Freunden.

Owen verstand den Wink, und als er sich bei seinem nächsten Besuch in Matariya in den Kreis um den Barbier setzte, nutzte er die Gelegenheit, um Leilas Vorzüge zu preisen, von denen nicht der geringste der Besitz eines Notgroschens sei, der beim Mamur Zapt in sicheren Händen sei.

Die Freunde des Barbiers jubelten über sein großes Glück.

»Die Liebe einer guten Frau ist wertvoller als Rubine«, erklärte dieser, »aber wenn sie auch noch ein paar Rubine hat, ist das umso besser.«

Dieses Glück würde helfen, ihn für die enttäuschten anderweitigen Hoffnungen zu entschädigen. Der Rennverein war nun offenbar doch nicht mehr am Kauf von Grundstücken für ein Trainingsgelände interessiert.

Dennoch blieb er auch weiterhin ein glühender Verfechter des Fortschritts. »Eines Tages«, prophezeite er der Runde, »werden Häuser von hier bis nach Kairo stehen! Und die Pilger werden nicht auf Kamelen nach Mekka reisen, nein, auch nicht mit der Eisenbahn, sondern auf fliegenden Teppichen, und die werden sie im Handumdrehen durch die Luft nach Mekka tragen.«

Der ganze Kreis – einschließlich Owen – protestierte lebhaft und erklärte das unisono für blanken Unsinn. Andererseits hätte ein nach ihnen geborener Historiker einwänden können, dass achtzig oder neunzig Jahre später genau das in gewisser Hinsicht tatsächlich eingetreten war.

Blieb nur noch der Baum der Jungfrau. Eines Tages schlug er zur großen Freude von Scheich Isa und Daniel dem Kopten über Nacht neue Triebe. Es war also doch noch Leben im Alten Ägypten.